La
DUQUESA CORTESANA

La
DUQUESA CORTESANA

· *Joanna Shupe* ·

TITANIA

Argentina • Chile • Colombia • España
Estados Unidos • México • Perú • Uruguay • Venezuela

Título original: *The Courtesan Duchess*
Editor original: Zebra Books / Kensington Publishing Corp., New York
Traducción: Marta Torent López de Lamadrid

1.ª edición Septiembre 2015

ISBN: 978-84-92916-95-5
E-ISBN: 978-84-9944-895-4
Depósito legal: B-14.322-2015

Fotocomposición: Ediciones Urano, S.A.U.
Impreso por Romanyà Valls, S.A. – Verdaguer, 1 – 08786 Capellades (Barcelona)

Impreso en España – *Printed in Spain*

1

Una mujer inteligente es capaz de transformarse en aquello que la situación requiera.

Señorita Pearl Kelly a la duquesa de Colton

Venecia, noviembre de 1816

La primera vez que la duquesa de Colton vio a su marido tras su apresurada boda, se lo encontró sentado a una mesa de cartas con una mujer pechugona en el regazo, sus piernas colgando por el lateral de la silla. Julia pudo verlos claramente desde el otro extremo de la sala de juego. La mujer… gozaba mientras el duque, con una mano por dentro de su corsé, movía los dedos bajo la tela acariciándole el pecho con abandono. Su otra mano, junto con su atención, seguía en las cartas.

Aquel alarde impresionó a Julia. Escandalosa, pero curiosamente seductora, esa puesta en escena sirvió para recordarle que la vida de su marido no podía distar más de su propia y resguardada existencia londinense. Aunque ¿qué más podía esperarse de un hombre apodado el Duque Depravado?, razonó. Se tragó la humillación y continuó observando el desarrollo de la escena.

Tomó conciencia de lo guapo que era. En la boda, Julia lo había visto fugazmente, pero ambos eran más jóvenes, por no decir que ella era una chica tímida y aterrorizada de dieciséis años. Ahora él parecía mayor y… más corpulento. El pelo moreno un poco largo le caía alrededor del cuello de la camisa y enmarcaba sus rasgos perfectos: nariz recta, pómulos marcados y labios gruesos. Era verdaderamente imponente.

A algunas mujeres les habrían corroído los celos al sorprender a su marido en actitud semejante. A Julia no. Ese hombre era un desconocido para ella y no sintió más que una combinación de rabia y fastidio.

Rabia de que Colton la hubiese ignorado durante ocho largos años, y fastidio por haberse visto obligada a urdir tan compleja artimaña y cruzar el continente para valerse de ella.

Julia observó cómo la pelandusca de su regazo empezaba a jadear. La mujer cerró los ojos y se estremeció de la cabeza a los pies; la cabeza hacia atrás en éxtasis. La expresión de Colton no dejó entrever nada sobre su acompañante ni sus naipes, al tiempo que los demás jugadores parecían estudiar sus propias manos de cartas con perplejidad. Al margen de Julia, en la sala nadie les prestaba la más mínima atención. Colton tenía a una mujer… encontrando un desahogo en su regazo y nadie se volvía siquiera para mirar. ¿Sería algo frecuente?

En cuanto la mujer recuperó el aliento, se inclinó para susurrarle a Colton al oído. Él sonrió, la ayudó educadamente a bajar de su regazo, y le dio una palmadita en el trasero antes de dejar que se marchara. Volvió a concentrarse en la partida.

El buen amigo de Julia, Simon Barrett, el conde de Winchester, apareció a su lado.

—¿Seguro que quieres hacerlo? No es demasiado tarde para echarse atrás, ya lo sabes.

Ella sacudió la cabeza.

—No. He llegado demasiado lejos para dejarlo ahora.

Simon era un hombre bastante apuesto por derecho propio, más aún esta noche, con su pelo rubio y sus ojos azules, que contrastaban agradablemente con su traje de noche negro. Se había empeñado en acompañarla a Venecia para hacerse pasar por su amante actual, y en que le dejara escoltarla y protegerla. En el fondo, ella le agradecía su ayuda.

Le sonrió.

—Y después de lo que acabamos de ver, yo diría que mi plan es perfecto.

—Temía que dijeras eso.

Se puso seria. Esta no era la batalla de Simon y le pareció justo ofrecerle la misma posibilidad de escapar.

—Simon, ya te he dicho muchas veces que puedo hacer esto sola. Tu amistad con Colton no tiene por qué verse afectada por tu implicación.

Él miró hacia el duque, al otro lado de la sala.

—Tengo mis razones para ayudarte. Me ocuparé del enfado de Colt cuando llegue el momento.

Ella se puso de puntillas y le dio un beso en la mejilla.

—Eres un buen amigo. —Bajó de nuevo los talones al suelo al tiempo que le recordaba con dulzura—: Ahora soy la inigualable señora Juliet Leighton, la cortesana más conocida de Londres. Déjame unos minutos con él, pero no más.

—Muy bien. Solo espero poder reconocerte.

Al enterarse de la predilección obstinada de su marido por las pelirrojas, Julia se había hecho con un tinte para convertir temporalmente sus bucles rubio claro en un rojo rabioso.

—Lo importante es atraer la atención de Colton.

—Yo no me preocuparía por eso. —Simon le ofreció el brazo—. ¿Vamos?

Ella asintió y aceptó que la acompañara. Las mesas de cartas estaban alineadas junto a la pared del fondo, de modo que Simon y ella tuvieron que pasear entre los grupos de invitados y los criados que llevaban copas de champán para poder llegar a su destino. Si bien Simon le había advertido de lo que cabía esperar de una fiesta privada de moral laxa, a Julia le estaba costando no fijarse en lo que ocurría a su alrededor. No había esposas presentes; antes bien, las mujeres eran amantes, actrices y prostitutas. Y los hombres, en su mayoría antiguos miembros del gobierno veneciano o acaudalados comerciantes, parecían deseosos de aprovecharse de la situación. Las parejas se besaban a la vista de todos y se acariciaban con descaro, el aire denso de humo, lujuria y sudor.

Su confianza en sí misma aumentó conforme avanzaban por la sala. Ninguna de las personas con las que hablaron sospechó que fuese una impostora, y la trataron de manera informal, como a una cortesana, no una duquesa.

A pesar de los nervios lo cierto era que la situación no daba margen para otras opciones. Este plan *tenía* que funcionar. Si el odioso primo de Colton, lord Templeton, cumplía su reciente amenaza de reducirle más aún su estipendio, en pocos meses no tendría dinero suficiente para pagar a los sirvientes ni el alquiler de su casita de Mayfair. La madre de

Colton había dejado claro que no era bienvenida en ninguna de las propiedades ducales, lo que significaba que su tía y ella quedarían en la indigencia.

Necesitaba un hijo varón, uno legítimo, que sirviese de heredero para la finca Colton. Solo entonces podría desbaratar las intenciones de Templeton para con el ducado.

Su plan era infalible. Seis meses antes, había vendido todas las joyas que le quedaban a fin de contratar en secreto a Pearl Kelly, la auténtica reina de las cortesanas de Londres, para que la asesorara. Pearl había resultado ser una verdadera fuente de información que le había dicho a Julia exactamente cómo vestirse, actuar, hablar y flirtear como una prostituta.

Pearl incluso había ayudado a la modista de las cortesanas a diseñar los vestidos de Julia. El guardarropa resultante fue soberbio y elegante, de suntuosos tejidos y atrevidos escotes, como el vestido verde esmeralda intenso que llevaba esta noche. La ropa interior se había encargado en París, y todavía le sacaba los colores. Lo de las joyas había sido problemático, ya que en los últimos años había vendido todas las alhajas buenas, por lo que Pearl le había prestado gentilmente varios conjuntos espléndidos, que incluían el costoso collar de diamantes y perlas que ahora llevaba al cuello.

Asimismo, había aprendido a usar cremas y maquillaje para realzar al máximo sus facciones. Hasta entonces se había aplicado polvos de perla blanca en la cara, crema rosa en los labios y las mejillas, y una fina capa de negro bujía en las pestañas y las cejas. Las mejoras combinadas con su pelo rojizo la volvieron completamente irreconocible para cualquiera familiarizado con la rubia y discreta duquesa de Colton.

Se acercaron al duque. Al cabo de un segundo Colton alzó la vista y su cara denotó sorpresa.

—¡Winchester! —Dejó las cartas en la mesa y se plantó ante ellos alargando su desgarbada silueta—. No me lo puedo creer. ¿Por qué no me has escrito para informarme de que venías?

Simon logró aparentar sorpresa y le dio unas palmadas al duque en la espalda.

—Me llegaron rumores de que seguías por aquí, amigo.

—No tengo motivos para irme. —Colton se volvió a Julia y se centró en ella con educado interés—. Veo que no estás solo. Te ruego que nos presentes.

—Naturalmente. Colton, te presento a la inimitable señora Juliet Leighton. Juliet, este holgazán es mi amigo de toda la vida, el duque de Colton.

Ella hizo una marcada reverencia y pestañeó coqueta mientras su marido se fijaba en el asombrosamente pronunciado escote de su vestido, por donde sus generosos pechos amenazaban con aparecer en cualquier momento.

—Señora Leighton, su reputación la precede —dijo el duque mientras ella se incorporaba—. No he oído más que elogios de su belleza e ingenio. Comentan que es usted la mujer que tiene a todo Londres en la palma de la mano.

A Julia le alivió constatar que habían llegado a oídos de su marido los rumores que ellos mismos habían esparcido.

—Tal vez no a todo Londres, su excelencia, pero unos pocos afortunados sí que, efectivamente, han sentido la palma de mi mano.

Él arqueó una ceja negra y le dedicó una sonrisa diabólica que, sin duda, derretiría las entrañas de una mujer más débil.

—Winchester, estoy empezando a envidiarte —musitó Colton, sin apartar de ella su mirada gris ahumada.

—No me extraña. Estoy totalmente a merced de la señora Leighton.

La sonrisa cómplice de Simon no dejó lugar a dudas sobre la naturaleza de esa relación.

—¡Qué halago! —dijo Julia con su voz más coqueta—. Simon, cariño, déjame un momento a solas con su excelencia. Sé un buen chico y ve a buscarme un poco de champán.

Simon le lanzó una mirada de enamorado que en cualquier otra circunstancia habría hecho reír a Julia.

—Por ti lo que sea, amor. —Se alejó para dejar a Julia a solas con el marido al que no había visto en ocho años.

Debería quedarse sin habla, pensó mientras observaba al hombre que ejercía, incluso desde tan lejos, un poder enorme sobre ella. Pero ante el ardiente destello de interés masculino en los ojos de Colton, el modo en que la escudriñaba con detenimiento, supo que ahora ella llevaba las riendas.

—Su excelencia —empezó diciendo. Entonces se le acercó con descaro y le agarró del brazo—, tengo la sensación de que ya nos conocemos. —Julia lo condujo hacia las puertas que daban a la terraza.

—¿Ah, sí? —Él fue sorteando con destreza a otras parejas y puso su mano grande allí donde la espalda de Julia perdía su nombre mientras salían a la fresca oscuridad—. Si nos hubiéramos visto, señora Leighton, estoy convencido de que me acordaría.

—¡Oh! Llámeme Juliet. Todos mis buenos amigos lo hacen.

—En ese caso, llámeme usted Nick. Nunca me ha gustado mucho mi título. —Alto y ágil, se apoyó como si tal cosa en la barandilla de la terraza; como telón de fondo, un tramo sorprendentemente limpio del canal. En las distancias cortas era aún más guapo. Sus hombros eran anchos y su fuerza, latente bajo su ropa hecha a medida con exquisitez. De pronto se sintió muy... viva y se puso nerviosísima en su presencia poderosamente atrayente. No era de extrañar que su marido se hubiese convertido en semejante vividor y sinvergüenza.

—Si insiste, Nick. —Arrastró las palabras, reparando en cómo él observaba sus labios—. ¿Amigos, pues?

—Eso espero, sin duda. —Su rostro se suavizó con una sonrisa insinuante y a Julia le temblaron las piernas; la intensidad de ese insignificante gesto le excitó hasta los dedos de los pies—. ¿Le está gustando Venecia, Juliet?

—Es preciosa. Este es mi primer viaje y reconozco que no es en absoluto como me imaginaba. La comida es magnífica y la gente es apasionada y amable. ¿Y usted? ¿Lleva mucho aquí?

—Unos tres años. Antes estuve en Viena, Colonia, París...

—¿Y piensa regresar algún día a nuestra hermosa Inglaterra?

Sus facciones se tensaron muy levemente.

—No. No pretendo regresar. Allí no tengo nada ahora mismo.

En el pecho de Julia germinó la rabia, ardiente e intensa. ¿Cómo se atrevía? No tenía nada... ¿y su *mujer*? Aunque su mano le pedía propinarle un bofetón en la mejilla, forzó lo que esperaba que fuese un gesto cómplice y redujo su voz a un ronco ronroneo:

—¡Qué suerte he tenido de encontrarlo aquí, pues!

—Desde luego. Y justo cuando empezaba a pensar que Venecia se había vuelto aburrida. ¿Hace mucho que conoce a Winchester?

—No, no mucho. Aunque me ha hablado de usted. Tengo entendido que son amigos de toda la vida.

—Así es. Desde Eton, de hecho. Fuimos…

—Aquí tienes, amor.

Simon apareció con una copa de champán.

—Bueno, Winchester —empezó el duque—, cuéntame qué tal estos dos últimos años.

¡Dos años! Julia ahogó un grito y por poco se le atragantó el sorbo de champán. ¿Hacía dos años que Simon no veía a su marido? Si Colton no estuviese presente, le habría dado a Simon un buen puntapié en la pierna por no habérselo dicho.

—Extraordinariamente bien. ¿Y tú?

—Me lo paso bien aquí —respondió Colton a la ligera—. Los venecianos son muy simpáticos, a pesar de la animadversión hacia la presencia austríaca. Sin embargo, había pensado en viajar a San Petersburgo el año que viene.

—Han pasado ocho años. ¿No te parece que ha transcurrido suficiente tiempo…?

—No lo digas. —La voz de Colton se volvió incisiva y su rostro se ensombreció—. Después de nuestra última pelea pensaba que habías accedido a dejar de acosarme para que vuelva.

—Ahora en serio, Colt. Tu mujer merece…

—¡Ah…! ¿Te refieres al títere de mi padre? —Se irguió cuan largo era—. Déjalo ya. No hagas que me arrepienta de haberte mantenido al tanto de mi paradero todos estos años.

«¿Títere? Pero ¿qué diablos…?» Julia estaba ansiosa por estar a solas con Simon para obtener respuestas.

Simon alzó las manos en señal de rendición.

—No quiero pelearme contigo, especialmente en presencia de una mujer tan hermosa —dijo, rodeó a Julia con el brazo y le estrechó los hombros en ademán tranquilizador.

Su semblante una máscara de atenta cortesía, centrada en el duque.

—Su excelencia, pasado mañana por la noche queríamos ir a ver la representación de *Tancredi* a La Fenice. Tal vez le apetezca acompañarnos.

—De hecho, ya tenía pensado asistir —contestó Colton, su postura nuevamente relajada—. Sería un honor que ambos se unieran al grupo de mi palco.

Julia procuró fingir sorpresa, aunque ya conocía sus planes. El ayuda de cámara de Simon había persuadido a una de las doncellas del duque para darles información acerca de la agenda social cotidiana de Colton, en cuyo futuro habría más encuentros casuales con la señora Leighton.

—Eso sería maravilloso, su excelencia. Estoy deseando que llegue el momento.

*N*icholas Francis Seaton, el séptimo duque de Colton, presenció subrepticiamente la marcha de Winchester y la señora Leighton desde su asiento a la mesa de cartas. Desde que volviera de la terraza no había sido capaz de apartar los ojos de la acompañante de su amigo, que cautivó a todos los hombres de la fiesta. Era buena. La mejor, de ser ciertos los rumores sobre su extraordinario ingenio, encanto, inteligencia y pasión. Pero Nick nunca había dado mucho crédito a los rumores. No después de que su propia vida diera un vuelco debido a las habladurías y las insinuaciones, y se hubiera visto obligado a abandonar su hogar y su país.

No, él estaba mucho más interesado en descubrir por sí mismo los talentos de aquella mujer.

Si tuviese que evocar la imagen de la mujer perfecta, sería la de la bellísima señora Leighton. De piel alabastro y ojos azul claro, su cabello teñido de rojo, sus facciones delicadas y su silueta exuberante, todo estaba compuesto y dispuesto para lucir al máximo. ¡Qué caray! Era una auténtica diosa. El escotado vestido apenas cubría sus generosos senos y Nick juraría haber visto de refilón una oscura areola.

Y esa sonrisa de comisuras misteriosamente curvadas hacia arriba… Su boca provocaba y seducía. Pedía a gritos que un hombre pasara la lengua por su contorno con la esperanza de que supiese la mitad de deliciosa de lo que parecía. Había visto un centenar de veces una sonrisa atrayente de mujer, pero jamás una tan cautivadora como la de la señora Leighton. Casi le había dado la impresión de que se había divertido coqueteando con él.

No era de extrañar que Winchester pareciese tan perdidamente enamorado. De jovencitos, muchas mujeres habían saltado de su cama a la de Winchester y viceversa. No era más que un juego. Pero la ternura con que su amigo había mirado esta noche a la señora Leighton resultaba sorprendente, de modo que tendría que calibrar los sentimientos de Winchester por esa mujer antes de dar cualquier paso. Aunque ella hubiese flirteado descaradamente con él, no ofendería a uno de los pocos hombres a los que todavía tenía por amigo.

Tres cuartos de hora después mostró su juego. Había sido una velada rentable y estaba cansado. Trasnochaba demasiado últimamente. Recogió sus ganancias y se marchó.

Ya en la calle, Fitzpatrick, el ayuda de cámara de Nick, y escolta por designación propia, salió de la oscuridad.

—Buenas noches, su excelencia.

—¡Dios, Fitz! Deja de llamarme así.

—Que no quiera oírlo no significa que no sea verdad —dijo Fitz con su áspero acento irlandés; y empezó a dirigirse hacia la góndola.

Nick musitó una obscenidad y Fitz se rió entre dientes. Nick sabía que su ayuda de cámara usaría siempre el debido tratamiento de respeto por mucho que le dijera al irlandés que no lo hiciera.

Siete años antes, Nick había sacado a ese gigante de una espantosa pelea en un callejón de Dublín. Dos rufianes lo sujetaban mientras un tercer hombre le hacía incisiones en la cara con un puñal. Nick los había identificado a todos como ladrones locales, así que intervino pese a estar en minoría. En aquella época, él tenía sed de pelea y, junto con Fitz, hizo trizas a los tres criminales. Lamentablemente, el hombre había sufrido cortes severos en la refriega, cicatrices que a día de hoy aún conservaba.

Fitz consideraba que Nick le había salvado la vida. Desde entonces se arrimó al duque, y este comprendió enseguida que era más fácil contratarlo que intentar deshacerse de él. El irlandés empezó a trabajar como ayuda de cámara, pero los problemas le seguían a dondequiera que fuese; de modo que Fitz asumió la responsabilidad de velar también por su seguridad y le devolvió el favor salvándole la vida una y otra vez.

Volvieron una esquina y desembocaron en una calle poco alumbrada relativamente solitaria. Se aproximaron un par de hombres y Fitz deslizó una mano en el abrigo, presto a sacar la pistola de la pretina. Sin embargo, los hombres siguieron enfrascados en su conversación y pasaron de largo sin incidencias. Fitz se relajó y continuaron andando hacia el agua.

—Te preocupas demasiado —le dijo Nick—. Hace ocho meses que no tenemos un altercado.

—Tres ataques aislados en dos años, por no mencionar el contratiempo de Viena. Tal vez debería preocuparse un poco *más*, su excelencia.

Era una conversación recurrente, y Nick sabía que no podría disuadir a Fitz de la idea de que el peligro lo acechaba. Se subió a su góndola.

—¿Cuántas veces tienes que salvar mi miserable vida para que te des cuenta de que no lo merezco? —«Mocoso indigno y desagradecido», oyó decir a su padre con desdén. Nick rechazó el recuerdo, como tantas veces antes—. Podrías estar viviendo tranquilamente en tu país natal, Fitz. Es una tontería que te exilies por mí.

Fitz tomó asiento en la parte de atrás, cerca del gondolero.

—Usted me salvó la vida. Hasta que la deuda esté saldada o deje de necesitarme, me quedaré.

Discutir era inútil, por lo que se reclinó para contemplar las demás embarcaciones que pasaban flotando.

—¿Ese que ha salido unos minutos antes que usted era su amigo lord Winchester?

—Sí —respondió Nick.

—Llevaba un ejemplar adorable del brazo.

Nick esbozó una sonrisa. La señora Leighton era mucho más que una prostituta cualquiera.

—Averigua dónde se hospedan, ¿quieres? Me gustaría mandarle una nota a Winchester mañana.

«Y quizá también un pequeño obsequio a la señora Leighton.»

—¡*D*os años! ¿Lo viste hace *dos años* y no me lo has dicho? —Ya en su góndola, Julia se sacó los guantes y los dejó sobre el asiento de la *felze*. Las cortinas estaban echadas y la única lámpara interior arrojaba un cálido resplandor amarillo sobre la cabina. Estaba demasiado enfadada para sentarse, pero poca más opción tenía en el reducido espacio—. ¿Cómo has podido ocultármelo, Simon?

La embarcación se alejó del muelle y él se dejó caer a su lado.

—Para qué te lo iba a contar. Vine a Venecia e intenté convencerlo de que volviera conmigo. Le hablé de ti. La verdad es que le canté tus alabanzas, pero no logré convencerlo. Me dio miedo que enterarte pudiese herir tus sentimientos. —Mientras Julia pensaba en ello, él continuó—: La única razón por la que lo he mencionado esta noche era para que fueses plenamente consciente de a qué te enfrentas con Colton.

—¿A qué se refería cuando ha dicho que era el títere de su padre? ¿Títere de qué, exactamente?

Simon suspiró.

—Según él, eres la mujer con la que su padre lo casó sin tener en cuenta sus deseos al respecto. Como te decía, era el hijo olvidado hasta que su hermano falleció. Y al convertirse en el heredero, su padre quiso por todos los medios hacer entrar en vereda a su único hijo vivo, para que se volviera responsable. En opinión de Colt, tú eres simplemente otro intento de su padre por meter en cintura a su hijo díscolo. —Simon estiró sus largas piernas—. Pero ya sabes lo bien que resultó aquello, porque se fue a París nada más hacer sus votos, ¿no?

Sí, y aquello le había dolido. Y si bien alcanzaba a imaginarse lo manipulado que se sentiría Colton, Julia necesitaba concentrarse en su plan; un plan del que Simon no estaba enteramente al tanto.

—A ver… Se ha interesado por la señora Leighton. Después de engatusarlo, podré dedicarle tiempo no en calidad de esposa, sino como mujer. Así podré satisfacer mi curiosidad por mi marido —mintió.

—Que Dios salve a los hombres de las mujeres inteligentes —musitó Simon con un bostezo—. No sé si este vínculo con Pearl Kelly ha sido beneficioso, Julia. Antes no eras tan… descarada.

—¡Qué remedio! Estoy harta de esperar y preguntarme si Nick volverá. Estoy harta de la compasión y el desdén, de todos los rumores. La esposa ingenua del Duque Depravado; si se tratase de otra persona, sería ridículo. Ya hemos hablado de esto, Simon. Como mínimo, debería ser capaz de conocer al hombre con el que estoy casada. De ver si encajamos.

—¡Vaya! Ese es Nick, ¿verdad?

La góndola se detuvo y Simon se levantó para tender su mano. Subieron al muelle y continuaron hacia las escaleras de su *palazzo* alquilado.

—Ha insistido —dijo ella—. Ya te he dicho que estaba interesado.

—¡Claro que está interesado! Sería una idiotez no estarlo, y Colton no es idiota. Como te decía, apruebo totalmente este plan. Colton lleva demasiado tiempo ignorando sus responsabilidades.

Se habían procurado unos cuantos sirvientes locales a su llegada, y nadie sospechaba que los inquilinos no fuesen quienes decían ser. De cara a los sirvientes, el trío incluía a un acaudalado lord inglés que viajaba con su querida, y a la dama de compañía de esta. Julia, su tía, Theodora, y Simon se esmeraron por mantener las apariencias, a menos que tuvieran la certeza absoluta de estar a solas.

Una vez dentro, Simon le quitó la capa a Julia y se la dio al criado. Tía Theo apareció en la puerta del salón.

—¿A alguien le apetece un jerez?

A juzgar por el alborotado desorden de bucles de la cabeza de Theo, Julia supuso que su tía iba ya por la segunda o tercera copa.

—Sí, creo que a mí sí. ¿Cariño? —soltó, lanzándole a Simon una seductora sonrisa dedicada al sirviente que merodeaba por ahí cerca.

—Adelante, mi amor —dijo él con desenvoltura, haciendo un ademán hacia la puerta.

—¿Qué tal vuestra velada? —preguntó Theo al tiempo que acomodaba su figura redondeada y exuberante en el diván.

A la tía de Julia le gustaban el jerez y los pasteles, y raro era el día en que no se diera el capricho de tomar al menos una de las dos cosas.

—Productiva —respondió Julia, cerrando la puerta al entrar—. Simon, tráeme una copa de lo que sea que vayas a tomar. El jerez me produce arcadas —dijo y se dejó caer en un sillón enfrente de su tía.

Simon le puso una copa en la mano y Julia tomó un sorbo. Vio que era un burdeos y tomó otro trago agradecida.

—¡Oh, tía Theo! —Julia suspiró—. No te imaginas cómo era esa fiesta. *Escandalosa* sería una forma irrisoria de describirla. ¡Qué liberales son estas mujeres! Desde luego, nada que ver con el club Almack.

—Esa libertad no dura mucho cuando tu físico se marchita o tu benefactor se harta de ti. ¡Y la salud peligra! —Theo agitó un dedo hacia Julia—. No las envidies. Es una vida dura, llena de incertidumbre y desdén.

—Pero sí que ejercen una cantidad determinada de poder. Pearl ha tenido aventuras con dos duques, un conde, un vizconde y un príncipe bávaro. Le han adjudicado dos rentas vitalicias y solo tiene treinta y uno.

—Julia, no seas ingenua —dijo Simon—. Es imposible que todas las mujeres sean como Pearl Kelly.

—¿La conoces? —le preguntó Julia.

—Sí, la conocí en Vauxhall Gardens. Una noche salimos en grupo a cenar y ella acompañaba a lord Oxley. Es inteligente e ingeniosa —confesó—. No solo es capaz de llevar una conversación, sino que escucha. Y Pearl hace que un hombre tenga la sensación de que cuanto dice es importante; lo que, en el caso de Oxley, habría sido un auténtico milagro. Aunque es carísima.

—Si la mitad de lo que me ha dicho es cierto, vale todos los billetes y joyas que recibe.

—Casi me compadezco de tu pobre marido —dijo Simon alargando las palabras.

Julia frunció las cejas. Colton no merecía compasión alguna. Era un depravado. Y la había dejado a merced de su estafador y lascivo pariente.

Iba a rebatírselo, pero Simon levantó una mano.

—He dicho «casi». Nadie sabe tan bien como yo lo infeliz que has sido estos últimos años. Colt merece un castigo por lo que ha hecho, y más. Sin embargo, da la impresión de que vas camino de conseguir tu objetivo.

—¡Oh, alabados sean los santos! —Theo se dio una palmada en el muslo—. ¿Cuánto tiempo crees que nos quedaremos en Venecia?

—No mucho. Apuesto a que poquísimo —contestó Julia con una sonrisa pícara.

—Bueno, me voy. —Simon se levantó y apuró su copa—. Sé de un par de fiestas más a las que me gustaría asistir esta noche; sin la mirada atenta de la señora Leigthon, naturalmente.

Julia alzó la mano.

—No digas nada más. Te deseamos suerte, ¿verdad, tía Theo?

Theo, que era una loca maravillosa, asintió, sus bucles castaños moviéndose hacia delante y hacia atrás.

—Así es. Por el vino, las mujeres y las canciones, milord.

Simon les dedicó una pomposa reverencia y se marchó.

—¿Crees que esta estrategia funcionará? —preguntó Theo en cuanto se quedaron a solas.

—Tiene que funcionar. La última visita de Templeton sigue provocándome pesadillas.

Tras informarle, de nuevo, de la reducción adicional de su asignación mensual, aquel esperpento de hombre había sugerido qué servicios podría ofrecer Julia para compensar la diferencia. Y por servicios no se refería a remendarle la ropa.

La idea de tener relaciones íntimas con Templeton (de pequeños ojos negros, frente sudorosa y actitud degradante) casi la enfermaba físicamente. «¡Odio a Colton por haberme puesto en esta tesitura!»

—¡Cómo me gustaría que mi padre siguiese con vida!

—A estas alturas seguro que tu padre habría agarrado a tu duque de las pelotas y lo habría traído a casa.

Julia se echó a reír.

—Es posible. Sea como sea, Templeton no sería un problema. Sé que mi padre creía que una boda con un duque era un acierto sin precedentes para su única hija, pero quiero pensar que habría recapacitado de haber sabido los problemas que ello me depararía.

—El problema es que tu duque haga caso omiso de sus responsabilidades hogareñas. Que te deje ocho años a tu suerte, ¡sin tener noticias suyas! —Theo resopló con desdén—. Y que se lave las manos en lo relativo a la finca. ¿Acaso se piensa que todos los administradores de fincas son honestos? Sabes perfectamente que Templeton está sobornando al brazo derecho de Colton para que obedezca sus instrucciones.

—A Colton le da igual. Él mismo me ha dicho que no tiene la menor intención de volver a Inglaterra. Por eso teníamos que hacer *algo*. Como bien sabes, destinamos nuestras últimas joyas a pagar a Pearl y financiar el vestuario de la señora Leighton. Apenas nos alcanza para sobrevivir hasta la primavera.

—Sigo pensando que podríamos haber pedido ayuda a Winchester. O tal vez a tu lord Wyndham.

Julia se puso furiosa.

—Sabes que no podemos pedir que otro hombre nos mantenga indefinidamente. Y de *mi* lord, nada. Te dije que únicamente había flirteado con Wyndham con la esperanza de forzar a Colton a volver a Londres, pero o mi marido no oyó los rumores o no le importó que le pusiera los cuernos, porque no funcionó.

—Pues si a Colton no le importa que le pongas los cuernos…

—Aun así sería incapaz de hacerlo. Colton sabría que el hijo no es suyo, y no puedo arriesgarme a que se lo cuente a nadie. Si se supiera, mi hijo sería un marginado. No, Colton tiene que ser el padre de mi hijo. Y cuando descubra que estoy encinta, volveremos a Londres y le escribiré para explicarle lo que he hecho.

Ambas permanecieron en silencio, pensando en la reacción del duque a semejante carta, mientras el reloj de sobremesa hacía un tictac fuerte y regular que se oía en toda la habitación.

—Me pregunto si Colton reconocerá al bebé —dijo su tía, que sorbió su jerez.

Julia frunció las cejas.

—¿Por qué no iba a hacerlo? Todo el mundo quiere un heredero.

—Ya… ¿qué pasará si das a luz a una niña?

—Pues que la querré con locura; desde la cárcel para deudores.

2

Para llamar su atención, sea seductora y señorita a la vez. Una ramera inocente es lo que la mayoría de los hombres desea al cabo del día.

Señorita Pearl Kelly a la duquesa de Colton

El duque de Colton anduvo a paso ligero hacia la *piazza* San Marco, esquivando los enormes charcos que había dejado la inundación de comienzos de semana. En esta época del año, Venecia tenía *acqua alta*, que significaba que las partes bajas de la ciudad con frecuencia quedaban sumergidas debido a las copiosas lluvias. El agua, tanto dentro como alrededor de la ciudad, era aquí una circunstancia natural.

Nick continuó por el margen derecho de la *Piazza* y entró en el Florian. Localizó a Winchester de inmediato, sentado a una mesa al fondo del abarrotado café.

Este se levantó y le dio unas palmadas en el hombro.

—¡Qué alegría recibir tu nota! Ha pasado demasiado tiempo.

—Ciertamente, amigo. —Los hombres se sentaron, y Nick se sirvió una taza de café de la jarra de la mesa—. Confieso que anoche me sorprendiste.

—¿Sí? Parece increíble que lleve dos semanas en Venecia y no nos hayamos encontrado hasta ahora. Claro que he estado bastante ocupado.

—¡Ah…! ¿Te refieres a tu señora Leighton? Es encantadora.

Sabía que «encantadora» no le hacía justicia a la mujer. «Despampanante» y «fascinante» eran atributos mucho más adecuados.

—Es solo temporal. Nadie la retiene mucho tiempo. No te imaginas lo que tuve que prometerle para conseguir que viniese de viaje. Aun así, temo que me sustituya nada más atracar en Londres; si no antes.

—Es una astuta mujer de negocios, ¿verdad?

Winchester asintió.

—Astuta e implacable. A duras penas necesita los cua
mujer de recursos que puede elegir a sus amantes por dist   ⎯⎯⎯⎯⎯⎯⎯⎯ ⎯⎯⎯ones.

—¿Y por qué razón te eligió a ti?

—¿Aparte de por mi reputación en la cama, quieres decir? —Nick resopló y Winchester se echó a reír—. Le prometí una estancia en Venecia tan larga como quisiera. Eso y un arsenal de joyas lo bastante grande para sacarle los colores a una princesa.

Nick esperaba que Juliet se quedase el tiempo suficiente para que los dos se conocieran mejor. Había notado la atracción de la noche anterior y, después de lo que había flirteado con él, estaba convencido de que ella también la había notado; pero en el proceso no quería ofender a uno de sus amigos más antiguos.

—¿Y si encuentra a otra persona estando en Venecia?

Winchester se encogió de hombros y tomó un sorbo de café.

—No puedo decir que me sorprendería. —Le lanzó a Nick una mirada cómplice—. Vaya, me da que pretendes ganarme la partida. ¡Qué feo, Colton!

Pese al tono burlón de Winchester, Nick quiso apaciguar a su amigo.

—Solo con tu aprobación. Eres uno de los pocos hombres que me ha apoyado todos estos años. La señora Leighton es fascinante, pero no tanto como para arruinar una amistad de veinte años.

Winchester se mostró momentáneamente violento, lo que desconcertó a Nick. Tal vez todos estos años fuera le habían vuelto más sentimental de lo que era apropiado en la vieja y huraña Inglaterra.

Empezó a disculparse, pero Winchester alzó una mano.

—No me importa que le eches el ojo, Colt. No sería la primera mujer que pierdo por ti. Pero ella tendrá sus propias razones para elegir acompañante. Retenerla sería como retener el viento.

—¡Qué poético! —se mofó Nick—. Te estás volviendo muy elocuente con la edad.

—Teniendo en cuenta que solo me llevas unos meses, deberías abstenerte de hacer comentarios sobre la edad. Aun así, si pretendes cortejar a mi Juliet, yo diría que debería ir buscándome una sustituta. ¿Qué tal las mujeres en Venecia?

—Abundantes —respondió Nick con una sonrisa—. Talentosas. Hermosas. —Su mente evocó a Francesa, quien, hasta hacía unos meses, había sido su amante durante casi un año. De piel de oliva, pelo moreno y largas piernas, su temperamento fogoso casaba con el suyo propio. Acostarse con ella había sido una batalla feroz por el control—. Ardientes. Nada que ver con las inglesas.

—No te precipites en el juicio. Hay una inglesa en concreto que, desde luego, es todas esas cosas.

—Acaso tenga la oportunidad de comparar. ¿Hay un señor Leighton?

—No. Falleció hace años, dejando a la pobre mujer totalmente carente de fondos. Pero tiene algo de noble en sus orígenes. Su padre era primo del conde de Kilbourne, creo. —Entonces Winchester se puso serio y Nick se imaginó lo que venía a continuación—: Colt, por mi amistad con tu mujer me siento cuando menos obligado…

—Ya basta. ¿No hablamos de ello anoche? Tengo…

—¡Déjame hablar! —Winchester dejó la taza con brusquedad—. Puede que llegue un día en que lamentes el pésimo trato que le has dado a esa mujer. Incluso ahora los arribistas la rodean como a un preciado corderito. Se cansará de esperarte y que Dios te asista cuando eso suceda, Colt.

Nick ignoró la ligera culpa que le produjeron las palabras de Winchester. Su esposa no era más que el instrumento de control de su padre, se recordó Nick. «Es lo mejor que te pasará en la vida, mocoso desagradecido. ¿O crees que vales para algo más, chico?» Nick no tenía la menor intención de hacer nada de lo que su padre había querido que hiciera, aunque el arrogante hijo de su madre llevase tiempo muerto.

Con experto control, reprimió la desolación y la rabia de su pecho, y tomó con parsimonia un sorbo de café.

—Si mi mujer encuentra a otra persona, tanto mejor. No quiero un heredero, ni seré un duque ni un marido como Dios manda. Su excelencia es libre de hacer lo que le plazca. Es duquesa, maldita sea, y no tiene un marido que coarte su libertad, ¿de qué demonios puede tener queja?

Winchester tamborileó con los dedos sobre la mesa, un claro signo de que la respuesta de Nick le había molestado.

—Se llama Julia, Colt. Es una persona de carne y hueso, y no tuvo nada que ver en lo que pasó. Sé que culpas a tu padre, pero a ella le estás haciendo sufrir innecesariamente. Si no quieres vivir en Inglaterra, manda a alguien a buscarla. Tráela aquí.

Una parte de Nick aceptó la sensatez de aquellas palabras, pero la parte mayoritaria y más rabiosa de su ser deseaba castigar a todos los miembros de su familia: incluida la mujer que se había casado con él. Además, ¿por qué una dama de ilustre cuna iba a quererlo a él, un hombre mucho más familiarizado con los burdeles que los salones de baile? ¡Dios! ¡Qué joven y hermosa (y qué inocente) estaba el día de su boda! ¿Cómo podía mancillar a una chica tan casta, tras haber empujado a su propio hermano…?

Nick reprimió deliberadamente esa línea concreta de pensamiento. No, a su esposa más le valdría encontrar a un joven galán cargado de títulos que supiese ser un amante cauto y respetuoso.

—No mandaré a nadie a buscarla ni me disculparé por ello. Si realmente eres su amigo, confío en que le transmitirás lo que te he dicho. Deja que encuentre la felicidad en otra parte, porque en mí no la encontrará.

Winchester se reclinó y cruzó los brazos delante del pecho.

—Muy bien, pero cometes un error.

Nick observó con aire pensativo a su amigo.

—¿Sientes algo por mi esposa? Estás inusitadamente preocupado por su felicidad. —Winchester se puso de un rojo apagado, y Nick añadió—: No albergo sentimientos amorosos hacia esa mujer. Pero, si *tú* los sientes, te prometo que no afectará a nuestra amistad. De hecho, explicaría por qué estás tan empeñado en verme regresar a Inglaterra.

—No fantaseo con Julia. Ese honor le corresponde a Wyndham. —Las cejas de Nick se arquearon ante esa novedad, pero no hizo ningún comentario, por lo que Winchester continuó—: Pero ¿no crees que has dejado que dure suficiente? Me refiero al escándalo. Maldita sea, han pasado ocho años, Colton. Y ver a Templeton comportarse como si él fuera el duque… ¡Dios! Es indignante.

Nick sacudió la cabeza.

—Todo Londres cree que seduje a mi cuñada, cosa que hizo que mi hermano montara en cólera y se cayera del caballo, desnucándose. Eso, además de todo ese disparate del Duque Depravado, garantiza que las malas lenguas *no* me olviden nunca.

—El apodo es justo, puesto que yo mismo viví gran parte de tu depravación juvenil. La prensa apenas sí se hizo eco de la etiqueta una vez que asumiste el título. —Su voz se apagó—. Pero Colt, ambos sabemos las verdaderas circunstancias que hay detrás de la muerte de tu hermano.

«Y cargo a diario con la culpa de esas circunstancias.»

—Eso no cambia nada. Por no hablar de que mientras mi madre respire estás malgastando el aliento.

La viuda del duque era tan merecedora (si no más) de la rabia de Nick como todos los demás; después de todo, fue ella quien se aseguró de que la institutriz llevase únicamente a su hermano al salón para la inspección diaria de sus padres. «Nicholas es un maleducado y no es digno del apellido Seaton. Solo Harry bajará a la hora requerida. Nadie más.»

A partir de aquel momento, Nick había decidido que no necesitaba a su familia. Y heredar el título no había cambiado nada.

—Los animales que se comen a sus crías tienen más instinto maternal que esa mujer —murmuró Winchester—. La vi hace poco. Me fulminó con la mirada desde la otra punta de un salón de baile abarrotado.

—Es evidente que desaprueba nuestra duradera amistad, cuando casi todos los demás han tenido la sensatez de hacerme daño. Te ruego que inventes las historias más espantosamente sensacionalistas sobre mí y te asegures de transmitírselas a la viuda del duque la próxima vez que la veas. Me temo que mi paradero actual está demasiado alejado de Londres como para que mi salacidad llegue de otro modo a sus oídos.

—Hablando de salacidad... —dijo Winchester arrastrando las palabras—. Si la cosa prospera con Juliet, serás... cuidadoso con ella, ¿verdad?

—¿Cuidadoso?

Nick arqueó las cejas. ¿Qué le preocupaba exactamente a Winchester? Si la señora Leighton era tan talentosa como apuntaban los rumores, podría defenderse sin problemas de cualquier hombre.

Winchester agitó una mano.

—Ya sabes a qué me refiero.

—No, no lo sé. No tengo ni puñetera idea de a qué te refieres.

—Puede que parezca que… tiene mucho mundo, pero es una buena actriz. En realidad, todas las mujeres de su condición lo son —matizó—. No quisiera verla sufrir.

Ahí había gato encerrado. Nick lo intuía. Tal vez Winchester albergase realmente sentimientos por Juliet, sentimientos no correspondidos por la señora Leighton; al fin y al cabo, su amigo no sería el primer hombre en enamorarse de una cortesana. Solo había que fijarse en Fox y su señora Armistead.

—Si prefieres que no…

—No —interrumpió Winchester—. Únicamente quiero que su siguiente protector sea tan… generoso con ella como lo he sido yo.

—Entonces no tienes nada que temer. Seré sumamente amable y generoso, si quiere estar conmigo.

—Aún no he conocido a ninguna mujer que haya podido resistirse a ti, Colt, ni siquiera antes de convertirte en duque. Pero la señora Leighton decidirá por sí sola.

A la noche siguiente, Julia y Simon entraron en el palco del duque en La Fenice. El interior de la Ópera, con su majestuosa pero sencilla arquitectura, era suntuoso. Hileras de palcos privados para los patronos acaudalados circundaban el interior dorado, mientras que la platea ofrecía un espacio amplio para aquellos de menos recursos.

Con seis hombres por lo menos e igual número de mujeres, el gran palco de Colton estaba repleto. La necesidad de localizar a su esposo, sin embargo, resultó ser innecesaria porque apareció al instante a su lado.

—Señora Leighton —la saludó el duque al tiempo que ella hacía una reverencia. Reparó en su vestido bordado de satén blanco con *bandeau* plateado y acompañado de una túnica verde esmeralda.

—Esta noche está usted deslumbrante.

Lo mismo podría decir ella de él. El duque llevaba frac y calzones negros hechos a medida encima de un chaleco blanco recto que acentuaba su torso enjuto. Su corbata nívea, que formaba una serie de complicados nudos bajo su mentón bien afeitado, ofrecía un marcado contraste con sus oscuras facciones. Cuando vio que ella lo miraba fijamente, él le obsequió con una sonrisa cómplice y astuta a la vez, casi como si los dos compartieran una broma íntima. A ella se le aceleró un poco la respiración pese a su determinación de permanecer impasible.

—Buenas noches, su excelencia.

Nick saludó a Simon y luego les presentó al resto del grupo. Había dos embajadores (uno antiguo y otro actual), así como un conde ruso, un pintor veneciano y un actor francés. Si bien las mujeres eran hermosas, por su vestido y porte podía uno apreciar que no había presencia de esposas. Eso sin contarla a ella, pensó Julia.

Nick los condujo a sus asientos. Ella aprovechó la ocasión para arreglarse un mechón de pelo que le había caído sobre la frente. Fiorella, la joven que había contratado de doncella, no era tan competente con el pelo como Meg en Londres. Esta noche Fiorella le había recogido los gruesos cabellos pelirrojos en una serie de ingeniosos bucles que había atado con una cinta plateada. Pero una capa rebelde no quería cooperar y caía, tapándole prácticamente la totalidad del ojo derecho. Ante la imposibilidad de arreglarse el peinado por sí sola, no tuvo más remedio que ignorarlo.

Al tomar asiento no le sorprendió lo más mínimo verse sentada entre Nick y Simon. Al otro lado de Simon había una butaca vacía, pero pronto la ocupó una despampanante actriz veneciana. Nick se relajó en su asiento y presionó la cara externa de la pierna contra la rodilla de Julia. Ella alzó los gemelos para escudriñar al público mientras le ordenaba a su corazón que fuese más despacio.

—¿Han gozado las flores de su aprobación, señora Leighton?

El día antes Nick le había enviado un enorme ramo de rosas blancas, hábilmente dispuestas en un colorido jarrón de cristal de Murano. Era un arreglo espléndido. Su tarjeta había sido concisa y astuta: «Por la amistad».

Por un lado le indignaba tanto ese gesto que quiso gritarle como una verdulera. Era incapaz de mandarle a su esposa desde hacía ocho años una simple nota… y, en cambio, no dudaba en enviarle un obsequio como demostración de estima a una mujer a la que no hacía ni veinticuatro horas que conocía. Julia se tragó la indignación y el resentimiento, y recordó el papel que representaba y el motivo de ello. Esta noche el objetivo era flirtear, para garantizar así el interés del duque por sus encantos.

—Son bellísimas, su excelencia. Es usted demasiado generoso —contestó ella, haciendo ojitos.

—Temo que tenga usted el listón muy alto, señora Leighton; al fin y al cabo, he oído que en cierta ocasión devolvió un collar a Wellington, porque contenía un número impar y no par de diamantes.

Julia se mordió el carrillo para evitar echarse a reír. Esa anécdota en particular era una de las contribuciones de tía Theo a la leyenda de la señora Leighton.

—¡Ah…, qué fastidiosa es esa historia! Yo no hice tal cosa. —Julia levantó de nuevo sus gemelos para mirar con despreocupación al público—. Lo devolví porque era feo.

Nick soltó una estruendosa y sincera carcajada.

—Pues intentaré por todos los medios ser más selectivo en mis regalos.

—¿Habrá más regalos, su excelencia?

Pretendía que el comentario fuese pícaro e insinuante, pero su voz la delató con un tono ronco e íntimo.

Él cerró los párpados y se arrimó más a ella.

—Tendrá cualquier cosa que desee, señora Leighton.

Julia no pudo evitar el escalofrío que recorrió su cuerpo cuan largo era. Gracias a las instrucciones de Pearl, no se le escapó la sensual promesa que encerraban sus palabras. Si bien sabía perfectamente qué quería él de ella, no podía estar más que agradecida de que Nick no sospechara lo que ella quería de él.

La música llenó la sala, evitándole la necesidad de responder.

Con la pierna de su marido cómodamente apoyada en la suya, cualquier intento por concentrarse en la ópera colosal de Rossini fracasó. Aprovechó la ocasión para reflexionar sobre su plan.

Primero, ganarse el interés de Colton. Luego, escenificar una discusión con Simon en público; así Colton la perseguiría y, a los pocos días, ella se dejaría cazar por él. Solo faltaría dedicarse a actividades tan ancestrales como el tiempo, con la mayor asiduidad posible.

Julia estaba nerviosa, pero no asustada. Pearl le había proporcionado los detalles básicos del proceso, además de formas de intensificar el placer de un hombre. Asimismo, pese a su bochorno inicial, había aprendido sobre su propio placer, dado que Pearl sostenía que una cortesana competente como la mítica señora Leighton se aseguraría de que ambos miembros de la pareja gozaran de la experiencia.

Pero Julia no había estado preparada para lo que sentiría sentada al lado de ese hombre irresistiblemente guapo, su marido, mientras el calor de su musculoso muslo le calentaba la pierna traspasando las capas de ropa. Su cuerpo bien proporcionado tan próximo, sus hombros rozándose ligeramente, hizo ahora que sus entrañas palpitaran al ritmo de los latidos de su corazón. No se había imaginado que se sentiría tan atraída por él; después de todo, llevaba tanto tiempo ignorándola que ella había acumulado una cantidad considerable de resentimiento hacia su persona. Pero esos sentimientos estaban desvaneciéndose con celeridad ante su presencia perversamente poderosa.

Al plantearse si él le gustaba de verdad, Julia se preguntó si tal cosa hacía más fácil o más difícil conseguir su objetivo; a fin de cuentas, qué importaba. Había que detener a Templeton, y engendrar al heredero de los Colton era la única manera de hacerlo.

Decidió provocarlo un poco; al fin y al cabo, tenía que seducir a un hombre. Dejó que los gemelos se le cayeran de las yemas de los dedos al suelo enmoquetado entre ellos, donde aterrizaron con un golpe seco.

—¡Oh! —susurró ella.

La cabeza del duque se volvió en su dirección, una ceja negra arqueada, inquisidora.

—Su excelencia, parece que los gemelos se me han caído. ¿Tendría la amabilidad…?

Nick inclinó educadamente la cabeza antes de agacharse, sus dedos palpando a tientas sus gemelos en la penumbra. Julia esperó unos instantes y a continuación se levantó el dobladillo de la falda y la enagua hasta media espinilla. Deslizó la pierna un poco hacia él y recibió su recompensa cuando las yemas de los dedos de Nick rozaron su tobillo enfundado en una media.

Los hombros de Nick se tensaron, como si ella lo hubiese sorprendido, y Julia sintió entonces cómo su mano, siempre muy lentamente, se deslizaba pantorrilla arriba, su roce una descarga candente a través de la seda. No pudo impedir que se le escapara un grito ahogado. Al llegar a la parte posterior de la rodilla, sus dedos se detuvieron allí, dibujando delicadas figuras en la suave parte inferior del muslo. Julia cerró los ojos y se mordió el labio al tiempo que procuraba mantener la compostura. Algo ardiente y compulsivo se desplegó en su vientre, una sensación que intuía que era una excitación desenfrenada por su marido.

Él no parecía tener ninguna prisa por retirar la mano y ella no sabía cuánto más podría aguantar sin gemir de puro gozo.

—¿Los ve, su excelencia? —jadeó entonces.

Él retiró la mano y al cabo de un segundo se irguió.

—Sus gemelos, señora Leighton.

—Gracias —musitó ella, y tomó los gemelos de su mano.

—Para lo que guste usted mandar —repuso él, su tono ronco evidenciando claramente el significado.

Las mejillas de Julia ardieron y agradeció que la luz tenue ocultara su rubor. Procuró tranquilizarse durante el resto del primer acto.

Justo antes de que empezara el segundo acto, Nick volvió a inclinarse hacia ella y su perfume de cítricos y almizcle ya familiar le rondó la nariz.

—¿Puedo acompañarla después a casa, señora Leighton?

—Me acompañará Simon. Y por muy solícito que se haya mostrado esta noche, actualmente no estoy buscando otro compañero de cama, su excelencia.

—¡Oh, no! Es demasiado pronto para que seamos amantes. —Nick se acercó a su oído, su aliento tibio le hizo cosquillas en la piel—. Cuando por fin la posea, Juliet, cuando por fin la tenga desnuda bajo mi cuerpo, olvidará el recuerdo de todos los demás hombres con los que ha estado. No pensará más que en mí… y me suplicará que la posea.

Julia exhaló todo el aire del pecho de un suspiro. Le recorrió un estallido de deseo, tan intenso que, de haber estado de pie, probablemente le habrían fallado las piernas. Nick era el mismísimo demonio, todo lo misterioso y prohibido y lo que a ella le faltaba en la vida.

Estaba totalmente desconcertada. Intentó decir algo gracioso, pero no se le ocurrió nada. Hasta que recordó las palabras que le había oído decir a Pearl meses atrás, y que salieron atropelladamente de su boca.

—Me pregunto si verdaderamente posee la habilidad de avalar su arrogancia.

Los ojos de Nick subieron de temperatura hasta un plata líquido.

—Si encuentra un rincón apartado, encantado de la vida le demostraré mis habilidades antes de que acabe la representación; al fin y al cabo, es justo que conozca lo que obtendría.

La mención del rincón fue como una ducha de agua fría. ¿Cuántos rincones y cuántas mujeres había en su pasado? No cabía duda de que había tenido citas en edificios desde París a Pisa. Aun así, ella desempeñó su papel.

—¿Un rincón? No le hacía tan poco original.

Pretendía ofenderlo, pero él se limitó a guiñarle un ojo.

—En ese caso estaré deseoso de demostrarle exactamente lo creativo que puedo llegar a ser.

Tras la ópera el grupo entero se trasladó a un café cercano. Simon la acompañó de un local al otro, pero una vez allí, Nick gestionó hábilmente la distribución de los asientos para asegurarse de que los dos se sentaban juntos. Simon acabó en la otra punta de la mesa, al lado de Veronica, su compañera en la ópera.

El grupo del teatro estaba animado y alborotado, y el olor a café impregnaba el espacio abierto. Julia pidió café solo, mientras que Nick pidió un *caffè corretto*, con un chorro de grapa.

Mientras charlaba con la amante de un pintor local, pudo sentir los ojos de su marido, penetrantes y oscuros, clavados en ella como si fuese su siguiente comida. Cada fragmento de su piel cobró vida, erizándose, anhelante, al percatarse. Pearl Kelly le había enseñado a no desperdiciar jamás una oportunidad de exhibir sus encantos, así que ya que Nick estaba mirando… Deslizó los dedos por debajo de la doble y larga sarta de perlas que llevaba al cuello y jugueteó con ellas, desplazando de aquí para allá las suaves bolas color crema encima de sus escotados senos mientras conversaba.

Notó que Nick se inclinaba hacia ella, la boca junto a su oreja.

—¡Oh, lo que daría por ser una perla en este preciso instante!

Julia levantó la vista pestañeando.

—¿De veras? No pensé que querría ser algo tan… pequeño, su excelencia.

Él le lanzó una sonrisa pícara, su voz un susurro grave.

—¿Quién ha dicho pequeño?

Afortunadamente, en ese momento llegaron las bebidas. Julia se entretuvo añadiendo nata y azúcar a su café, agradecida de tener algo en lo que centrarse más allá de su marido.

Una vez que el grupo estuvo servido, Nick se dirigió a ella.

—Bueno, señora Leighton, ¿qué le ha parecido la obra de Rossini de esta noche?

—Excitante —contestó, y todas las miradas se volvieron hacia ella—. Una verdadera evolución desde sus obras tempranas y la absoluta esencia del *bel canto*. La obra es una prueba rigurosa de las habilidades de su mezzo-soprano, quien debe poseer una verdadera agilidad y resistencia vocales para interpretar el papel. Me ha gustado especialmente *Di tanti palpiti*, aunque creo que el final de la historia necesita un retoque.

Nadie habló. En alguna parte una cuchara repiqueteó en un platillo. Julia tomó un sorbo de café, deleitándose en la sorpresa producida por su respuesta. Jamás lo reconocería, pero había estado ordenando sus ideas desde que el telón cayera con la esperanza de impresionar al duque.

—¿Necesita un retoque? —preguntó alguien del fondo de la mesa.

Julia asintió.

—Es demasiado oscuro. A Rossini le habría sido más útil que Tancredi aprendiese de la inocencia de su amante y volviera a casa triunfante. ¿No cree, su excelencia?

Miró con disimulo a Simon, quien le guiñó un ojo alentándola.

—Sí. —Nick se reclinó en la silla—. Aunque semejante giro difícilmente concordaría con la historia de Voltaire en la que se basa la obra.

—Como Voltaire está muerto, no hay que preocuparse de que vaya a desaprobar la toma de libertades —dijo Julia sonriendo de oreja a oreja, incapaz de refrenar su deleite con el intercambio.

—Hombre, tomarse libertades es algo con lo que Colton está sin duda familiarizado —soltó el actual embajador británico en Austria, lord Lanceford, desde el otro lado de la mesa, y todo el grupo se rió.

—Ciertamente. ¿Cómo iba si no a ganarse el sobrenombre de Duque Depravado? —se preguntó Julia en voz alta.

—Nunca me he tomado libertades —susurró Nick solo para ella—. Siempre me han sido generosamente ofrecidas.

—Me lo creo —repuso ella—. No me lo imagino forzando a doncellas inocentes.

—Las doncellas inocentes me hacen llorar de aburrimiento. Prefiero abiertamente forzar a pelirrojas insolentes de ojos azul claro como el Mediterráneo.

—¡Qué… gustos tan precisos, su excelencia!

—Sé lo que quiero, señora Leighton. Y la quiero a *usted* precisamente. Desnuda. Estremeciéndose debajo de mí, gritando mi nombre.

Julia procuró no sonrojarse, pero entre la piel blanca y sus palabras subidas de tono, el calor le subió lentamente por la nuca. Tomó un sorbo de café y rezó para que su marido no lo notara.

—Mi querida señora Leighton —empezó a decir Lanceford—. ¡Qué encantador ver que una mujer de su experiencia aún es capaz de ruborizarse!

—Bueno, me temo que no es más que la combinación del café caliente y el aire tibio —mintió—. Me repondré en unos instantes.

Se atrevió a mirar hacia Colton y vio que él la estudiaba detenidamente, las comisuras de sus labios curvadas en el más leve esbozo de sonrisa. Abochornada, apartó los ojos y procuró distraerse escuchando al resto de invitados.

La conversación derivó hacia la política y la atención de Julia se dispersó. En un intento por pensar en cualquier cosa que no fuese Nick, visualizó la tercera alcoba de su casita de Mayfair. Sería una habitación espléndida para su hijo. ¿Cómo la decoraría? Tal vez haría pintar historias de caballeros y doncellas en las paredes…

De pronto notó que su falda se movía. Un pie enorme se abrió paso por debajo de la tela y le frotó la pierna. Tragándose un chillido, procuró apartarse, pero el pie la siguió. Sospechó al instante de Nick, pero una mirada furtiva hacia abajo puso de manifiesto que sus piernas no se estaban moviendo. Cuando alzó la vista, Lanceford captó su mirada y le lanzó una sonrisa fugaz.

Julia entornó los ojos para hacerle saber con exactitud qué opinaba de sus insinuaciones. Sin embargo, en lugar de recular, Lanceford subió con osadía el pie aún más por su pantorrilla. De modo que ella hizo lo primero que le vino a la mente: le dio a su pierna estática el puntapié más fuerte de que fue capaz.

—¡Auch! —gruñó este, y retiró bruscamente los pies hacia su lado de la mesa.

Todo el mundo se quedó inmóvil.

—Mis disculpas —musitó el embajador—. Es que me resiento de una vieja herida.

El rostro de Nick se ensombreció, su atención puesta ahora en Lanceford. Ella supuso que su marido conocería las intenciones de aquel. Seguramente él mismo había jugado muchas veces al mismo juego de coqueteo, el muy canalla. Aunque en este momento Nick parecía tan enfadado que era imposible prever qué haría. Julia le puso una mano en el brazo y le dedicó una leve sacudida de cabeza para darle a entender que se había ocupado del asunto por sí sola.

—Señora Leighton —intervino Veronica con marcado acento veneciano—, ¿ha entablado amistad con Sarah Siddons? Me han llegado muchas historias sobre su talento en el escenario.

Julia tosió para disimular un grito ahogado. Si ella, una duquesa, se relacionaba con una actriz (aunque fuese la señora Siddons, de talento por todos conocido), el escándalo resultante sería espantoso. Pero se recordó a sí misma que Juliet Leighton no era una duquesa. Tomó un sorbo de café y decidió contestar con diplomacia.

—Si bien no somos amigas, la he visto actuar numerosas veces. Es verdaderamente talentosa.

—Tengo entendido que se ha retirado —comentó otra mujer de la mesa.

—Sí, así es, aunque se ha retirado muchas veces —repuso Julia, que de nuevo se apartó del ojo el dichoso y obstinado mechón de pelo—. Asistí a su última actuación de despedida y desde mi asiento del palco no logré ver un ojo seco entre el público.

—¿Tiene un palco en Covent Garden? —preguntó Nick.

«Sí, el suyo», quiso contestar.

—En efecto, su excelencia. ¿De qué otra forma puede uno ver y ser visto en Londres?

—La señora Leighton es una gran actriz por derecho propio. Es más: diría que no he visto otra mejor —dijo Simon arrastrando las palabras. Incluso desde el otro extremo de la mesa, ella detectó la diabólica intención en los ojos azules de su amigo.

—¿Es eso cierto? —Veronica se inclinó hacia delante—. Cuénteme qué papeles ha representado.

Julia se sorprendió momentáneamente y, antes de que pudiera quitarle importancia a las palabras de Simon, él respondió por ella.

—A mí me gustó especialmente en *La escuela de las mujeres*, de Molière.

Por poco se le cayó la taza de porcelana. Cómo no, Simon pensaba aprovecharse de la oportunidad de meterse con sus clases con Pearl. Si lo tuviese más cerca, también le habría dado un puntapié.

—¿Ah, sí? ¡Qué detalle, milord! Aunque prefiero claramente mi papel en su obra posterior: *Las mujeres sabias*.

A Simon se le escapó una intensa carcajada. El resto del grupo pareció desconcertado, así que Julia lo zanjó educadamente volviéndose de nuevo a Veronica.

—¿Y qué papeles le han tocado a usted en suerte, señorita DiSano?

Verónica empezó una explicación exhaustiva de su breve carrera teatral, y Julia aprovechó la ocasión para fulminar a Simon con la mirada y hacer un discreto gesto hacia la puerta con el mentón. Había tenido suficiente por esta noche. Entre su desgreñado peinado, los comentarios sardónicos de Simon, el pie de Lanceford y la poderosa presencia de Nick, se había quedado sin energías. Este le correspondió asintiendo levemente y ambos se pusieron de pie.

Los demás hombres también se levantaron, y ella dijo al grupo:

—He disfrutado de su compañía, pero me temo que estoy demasiado exhausta para continuar. Les ruego que prosigan con el jolgorio mientras lord Winchester me acompaña a casa.

*N*ick observó a la pareja abandonando el café. Nunca había envidiado tanto a Winchester. ¡Qué maldición! Pero es que la señora Leighton era cautivadora. Lista, bella, ingeniosa… ¿Qué más necesitaba un hombre de una mujer?

Al marcharse ella, la velada perdió su encanto. Incluso cuando Veronica se sentó a su lado y le susurró al oído ciertas proposiciones realmente obscenas, su mente permaneció centrada en Juliet.

—Esta noche no, *cara* —le susurró a Veronica.

No mucho después Nick también se marchó. Casi al instante Fitz apareció a su lado.

—¡Qué temprano se va usted a casa! —comentó su amigo al partir.

—Un poco. —Aún no era la una y no solía llegar a casa antes de las tres—. La noche ha resultado aburrida.

—Tras irse su dama, querrá decir.

—Sí, aunque no es mi dama. Todavía.

Las calles de Venecia estaban animadas esa noche. Soldados, mujeres elegantemente vestidas, prostitutas y caballeros, todos paseaban en una velada fresca y neblinosa. Fitz señaló una calle lateral.

—La embarcación está por aquí, su excelencia.

—Si te doblara el salario, ¿conseguiría que dejaras de llamarme así? Fitz se rió entre dientes.

—No.

—¡Qué fastidio! —masculló Nick, sin saber con seguridad si se refería a su título o a Fitz. Probablemente a ambos.

Por fin llegaron a la embarcación y los dos se subieron sin problemas de un salto. Permanecieron en silencio unos instantes mientras la góndola se alejaba del embarcadero. El gondolero navegó por el angosto canal y sorteó el resto de embarcaciones en la oscura noche veneciana. Nick contempló las negras y relucientes aguas, y se preguntó cuál sería la mejor manera de perseguir a la señora Leighton. Le gustaba la caza. Y había cortejado a un sinfín de mujeres a lo largo de los años, con lo que debería ser fácil, aunque era evidente que la señora Leighton no era como las demás mujeres.

—Cuenta con la aprobación de esa mujer —dijo Fitz.

Nick alargó la vista hacia él.

—¿Por qué lo dices?

Fitz encogió un hombro macizo.

—Se lo he visto en los ojos. He estado mirando por la ventana. Cuando usted no estaba atento ella lo observaba detenidamente.

Curiosa noticia.

—Debo andarme con cuidado. Como sabes, ha venido a Venecia con Winchester.

—Los he visto juntos. No son amantes, al menos ya no.

Las cejas de Nick se arquearon.

—¿Por qué estás tan seguro?

Si esa información era cierta, no escatimaría esfuerzos en seducirla.

—Se ha mantenido a cierta distancia de él, únicamente agarrándolo del brazo. Nada de sonrisas ni cuchicheos mientras caminaban juntos. Miradas cómplices, pero no la clase de mirada que le había dedicado a usted.

Nick lo averiguaría por sí mismo, pero en estas cosas Fitz solía acertar.

Que la señora Leighton se preparase.

3

Nunca haga lo que él espera. Sorprenderlo es mantener su interés.

Señorita Pearl Kelly a la duquesa de Colton

A la mañana siguiente, Julia y tía Theo estaban ya en el salón de desayunos cuando bajó Simon.

Le guiñó un ojo a Julia y se puso a silbar mientras se dirigía al bufé para llenarse el plato de huevos y una porción del delicioso pastel de almendras que su cocinera hacía diariamente. Antes de sentarse, echó al sirviente que merodeaba por ahí.

—Estás desagradablemente contento esta mañana, Simon —comentó Julia cuando estuvieron los tres a solas—. ¿Tiene algo que ver con la adorable Veronica? Anoche vi que volvías a salir después de acompañarme a casa.

—Como caballero sería impropio de mí tratar un asunto como este en presencia de unas damas —dijo Simon con evasivas mientras se servía una taza de café—. Pero tengo que acordarme de darle las gracias a Colton por presentarnos. Las venecianas son tal como me dijo, y más.

Julia entornó los ojos y tamborileó con los dedos sobre la mesa. Era de esperar lo que Nick tenía que decir de las venecianas, teniendo en cuenta que probablemente había fornicado con todas las mujeres de las inmediaciones que se hubieran prestado a ello. Dos veces.

Se dijo que no le importaba. De su marido necesitaba una cosa, y una vez conseguida él podría volver a su vida disoluta de amancebamiento.

—Fue un detalle por su parte que dispusiera los asientos para que los dos os sentarais juntos —dijo Simon.

—¿Juntos? —inquirió Theo.

—Tanto en el teatro como en el café de después —explicó Julia—. Mi plan progresa satisfactoriamente.

—¡Estupendo! —dijo la tía Theo y aplaudió.

Su criado, Sergio, llamó a la puerta, entró y a continuación le entregó una tarjeta a Julia.

—Señora Leighton. Han traído flores para usted.

—¡Más flores! Tu duque está loco por ti —declaró Theo—. Cuéntanos qué ha puesto en la tarjeta, por favor.

Julia echó un vistazo a la nota y soltó un gruñido.

—Gracias, Sergio. Enseguida voy a buscarlas. —El criado se marchó y Julia dejó la tarjeta a un lado—. Las flores son del embajador, lord Lanceford.

Simon se rió.

—¡Vaya! La señora Leighton tiene otro admirador.

—Deja de reírte, zoquete. No tiene gracia. Anoche en el café el hombre trató de meterme el pie por dentro de la falda, bueno de la falda de la señora Leighton.

Theo ahogó un grito.

—Espero que le dieras un puntapié.

Julia asintió.

—Eso hice. Con fuerza. Colton por poco saltó sobre la mesa para estrangularlo.

—Es lo que me imaginé cuando Lanceford de pronto aulló de dolor —dijo Simon—. Pero antes de que tires esas flores al canal, tal vez sirvan para dar celos a alguien que yo me sé.

Julia se reclinó en la silla y tomó un sorbo de té. ¿Tenía Simon razón? ¿Se pondría Nick celoso?

—Eso es muy retorcido; buena idea. Dispondré las flores de Lanceford en la entrada principal.

—Bueno, estoy deseando ver qué envía hoy Colton —dijo Theo al tiempo que untaba con mantequilla un trozo de pastel de almendras—. Las flores y el jarrón de ayer eran espectaculares, pero intuyo que mandará joyas. ¿Rubíes, quizás?

—Esmeraldas —conjeturó Simon.

Julia puso los ojos en blanco.

—¿Cómo sabéis que enviará algo?

—Después de veros anoche a los dos, yo diría que ahora mismo accedería a cualquier cosa que le pidieras. Por lo que si quieres alguna bagatela que te recuerde a Colt en esas largas y frías noches londinenses... —Simon se encogió de hombros—, bastará con que la señora Leighton deje caer un par de oportunas indirectas.

La idea tenía su mérito. ¡Cielos! Si no conseguía quedarse encinta, un collar de diamantes podría mantenerlas a su tía y a ella con modestia una buena temporada. Pero ¿luego qué? Empeñando joyas no conseguiría más que eso. No, necesitaba una garantía de futuro más firme. Un hijo implicaría libertad económica y el fin de las injerencias de Templeton.

Por no mencionar que una parte de ella ya había acariciado la idea de tener un bebé. Una vida diminuta traída al mundo para abrazarla y amarla. Habría meriendas campestres y cuentos y juegos... Y dado que Colton probablemente no ejercería jamás de verdadero padre, pensaba querer tanto a su hijo en común como para que su ausencia no importara demasiado.

Avanzada la tarde, Julia y su tía estaban leyendo junto al fuego en la sala del segundo piso. Era un lugar alegre, de grandes ventanas con vistas a un plácido canal. Al abrirlas se oía el tañido de las campanas del cercano *Campanile di San Marco*.

Sergio llamó y entró.

—Señora Leighton, tiene visita.

Le entregó una tarjeta. Julia dio por sentado que sería Nick, por lo que se sorprendió al leer el nombre.

—Que suba, Sergio, *per favore*. —Cuando el criado salió, Julia se volvió a Theo—. El *signore* Marcellino, de la joyería Marcellino e Hijos.

Los ojos de Theo se abrieron desmesuradamente.

—Sabía que serían joyas. ¡Y de Marcellino! Serás la envidia de todas las mujeres de Londres.

—¡Chsss...! —siseó Julia—. Que llegará de un momento a otro.

Hicieron pasar a un anciano de corta estatura y pelo canoso. Impecablemente vestido, llevaba un estuche negro, que dejó en el suelo para inclinarse sobre la mano de Julia.

—*Signora* Leighton. Un placer conocerla. Espero no interrumpirla.

—No, *signore*. Mi tía y yo solo estábamos pasando una tarde tranquila entre libros. ¿Le pido un té?

Julia se giró para avisar a Sergio, pero Marcellino la detuvo.

—Si no le importa, *signora*, me gustaría pasar directamente al asunto que nos ocupa.

Levantó su estuche y lo puso encima de la mesa, y acto seguido le indicó con un ademán que tomara asiento en el sofá. Marcellino abrió el estuche y descubrió tantas piedras preciosas centelleantes que a Julia casi le dolieron los ojos al reparar en todas ellas. Apenas podía respirar. Había diamantes, rubíes y camafeos exquisitamente tallados y montados en oro, todos ellos convertidos en deslumbrantes collares, pulseras y pendientes de lágrima.

—¡*Signore*! —exclamó ella con una mano en el corazón—. ¡Qué maravillas trae!

Marcellino estaba henchido de orgullo.

—He venido en nombre de su excelencia, el duque de Colton. Su excelencia ha seleccionado tres conjuntos de exquisitas joyas y me ha pedido que se las traiga a fin de que usted elija. Creo que le daba miedo dar un… paso en falso, como ustedes los ingleses dicen.

Su tía se desplomó en el sofá y le dio un codazo a Julia para que le hiciera un sitio.

—¡Cielo santo! —exclamó, y agarró a Julia con fuerza de la mano—. Es imposible elegir. Son todos espléndidos.

—Si me permite… —propuso Marcellino. Sacó un espejito del dorso de su estuche—. Que la *signora* se los pruebe todos y decida cuál prefiere.

—¡Ah, no! —Theo sacudió la cabeza—. Necesitarás un espejo mucho más grande. Le diré a Sergio que traiga uno.

Se levantó y corrió hasta el cordón de la campanilla.

Deslumbrada por las joyas expuestas ante sí, Julia solo fue capaz de contemplarlas. Nick no tenía un pelo de tonto y le había dado opciones. Era un gesto halagador y extravagante. «Sí, un gesto para con una cortesana», le recordó la esposa que había en ella. Pero la mujer que llevaba dentro estaba igual de sobrecogida.

—Primero los diamantes —intervino Theo, ya de vuelta en el sofá.

Julia asintió mirando al *signore* Marcellino.

—Sí, empecemos por los diamantes.

El joyero sonrió. Cogió un collar del que pendían diamantes. Había una piedra amarilla y grande en forma de lágrima en el centro, con piedras blancas más pequeñas que la flanqueaban a cada lado.

—Este collar contiene más de treinta diamantes —dijo mientras se lo abrochaba al cuello—. La piedra central es un diamante amarillo, que es muy poco común.

El peso le pareció de un inmoral pecaminoso, con el diamante más grande descansando justo por encima de su escote. Julia no dudó en ponerse la pulsera y los pendientes de lágrima a juego para ver el resultado. Se levantó y cruzó la habitación hasta donde Sergio había colocado el espejo de cuerpo entero que había traído de su aposento.

Se quedó sin aliento al ver su reflejo. Jamás había llevado nada tan vistoso. Ni siquiera las joyas que Pearl le había prestado podían competir con este conjunto. Se ladeó ligeramente y examinó las piedras. ¿Quién era esta mujer embellecida de un modo tan ridículamente exuberante? Era excesivo. No podía aceptarlas. Una cosa era una demostración de estima, pero aceptar un regalo tan generoso le hacía sentir sucia.

Aun así eran preciosas. Acarició las piedras con reverencia y suspiró porque su conciencia hoy clamaba.

—No, lo siento, *signore*. Esto no está hecho para mí.

Regresó al sofá, donde Theo estaba boquiabierta.

—¿Que no está hecho para ti? Querida, le sentarían bien a una difunta. El único requisito necesario son un cuello y dos orejas.

—No, tía Theo. Estas piezas son de una belleza indescriptible, pero no son para mí. —Sonrió a Marcellino—. ¿Probamos los rubíes ahora?

Casi tan ostentoso como los diamantes, el collar de rubíes tenía varias piedras grandes de un rojo intenso, rodeadas de diminutos diamantes que le cubrían con delicadeza el cuello. Pero su propia imagen en el espejo luciendo el conjunto le produjo idéntica sensación desagradable en el estómago. No podía aceptar las joyas.

—Son preciosas, *signore* Marcellino, pero me temo que los rubíes tampoco están hechos para mí. —Julia no se molestó en mirar hacia Theo, puesto que ahora una turbación palpable se extendía por la sala.

Devueltos los rubíes al estuche, estudió con detenimiento los bonitos camafeos.

—¿Probamos el último conjunto, a ver qué tal?

Marcellino extrajo el collar, para que ella pudiese ver los detalles del camafeo. El ónix blanco había sido tallado con delicadeza para representar la cabeza de una romana. Encima, una minúscula guirnalda de flores, hecha de ónix negro, estaba entreverada con su pelo. La pieza estaba montada en un pequeño marco de diamantes y pendía de una delgada cadena de oro. Marcellino aseguró que la había tallado un hombre de gran talento llamado Pistrucci, que trabajaba en Roma.

—Es único —dijo, porque Pistrucci jamás tallaba dos veces el mismo diseño.

Nada más ponerse el collar y los pendientes a juego, Julia supo que los quería antes de mirarse en el espejo. No era lo más caro ni lo más ostentoso de la selección, pero le sentaba bien. Sencillo, clásico y único. Aunque… ¿qué supondría aceptarlo?

Acarició el camafeo anhelante. ¡Ojalá el regalo fuese simplemente de un marido a su esposa! Se puso de pie y devolvió el collar, no fuese a cambiar de idea.

—Gracias por su tiempo y su paciencia esta tarde. Para cualquier mujer sería un honor aceptar una de estas selectas piezas, *signore* Marcellino, pero debo rehusar el gentil ofrecimiento de su excelencia.

Theo ahogó un grito, pero Julia la ignoró. Marcellino arqueó las cejas y un tenue brillo de sudoración apareció en su frente.

—*Signora*, ¿está usted segura? Su excelencia ha insistido mucho…

Julia se apiadó de él.

—Lo entiendo, *signore*, y le pido disculpas por cualquier molestia que esto pueda causarle con su cliente. Pero me temo que yo también debo insistir.

Él hizo una reverencia.

—Por supuesto, *signora*.

Acto seguido guardó las joyas en el estuche y se retiró.

Tía Theo salió disparada de su asiento con una mano en el pecho como asaltada por un agudo dolor.

—¡Cielos! Necesito un jerez. —Tras servirse una copa en el mueble bar, meneó la cabeza—. Pearl estaría muy decepcionada contigo.

Julia suspiró.

—Lo sé, pero, tomada la decisión, tendré que vivir con ello.

—Eso es lo que importa, entonces. —Theo tomó un sorbo de su copa y recuperó su asiento—. ¿Cómo le explicarás a Colton tu negativa? Porque ninguna prostituta en su sano juicio rechazaría unas joyas.

Julia frunció la nariz.

—No sé muy bien qué le diré, pero no me ha parecido bien aceptarlas. Sé que cuesta entenderlo, pero… sería incapaz de lucirlas con orgullo. Y Colton tendrá que aceptarlo y ya está. Francamente, debería estarme agradecido, porque acabo de ahorrarle un dineral.

—Los hombres y su orgullo —advirtió su tía.

—Bueno, yo también tengo mi orgullo. Colton no tardará en descubrirlo.

Al cabo de una hora, llamaron a la puerta justo cuando Theo y Julia se habían servido un té. Sergio entró y le dio una tarjeta.

—Una visita, *signora*.

A Julia le brincó el corazón. ¿Sería Colton? Echó un vistazo a la tarjeta y frunció el entrecejo.

—Que suba, Sergio, *per favore*. —El sirviente asintió y Julia se volvió a su tía—: Es Lanceford. Y si te atreves a dejarme a solas con él, echaré al canal hasta la última gota de alcohol que haya en el *palazzo* —susurró.

Theo abrió desmesuradamente los ojos, horrorizada por la amenaza. Se arrellanó en su silla y las dos mujeres esperaron en silencio a que Lanceford apareciera por la puerta. Julia se puso de pie y le dedicó la consabida reverencia.

—Mi señor embajador, qué sorpresa. ¿Tomará un té con nosotras?

Lanceford, un hombre fornido con cuatro pelos castaños peinados sobre su lampiña coronilla, miró hacia Theo con inquietud. Evidentemente, el embajador contaba con sorprender a Julia a solas.

—Buenos días, señora. Gracias, me vendrá de maravilla un té.

Julia le presentó a Theo, y a continuación Lanceford ocupó la silla que había enfrente de su asiento en el sofá.

Ella le sirvió una taza de té y, a petición suya, agregó leche y azúcar.

—He visto mis violetas en su recibidor —dijo Lanceford una vez servidos—. Me halaga que les haya concedido tanto protagonismo.

Julia reprimió un resoplido.

—Son preciosas, y un gesto muy considerado. ¿Disfrutó de la representación de anoche?

Él asintió.

—Ya lo creo que sí. Aunque jamás hubiese podido expresar mis pensamientos con palabras tan elocuentes como las suyas, señora Leighton. Francamente, hoy su disertación se ha propagado como el fuego por toda Venecia. —Lanceford le lanzó a Theo otra mirada furtiva y carraspeó—. Señora Leighton, quisiera plantearle la posibilidad de pasar un rato… a solas… con usted.

Julia debería haber visto venir tamaña osadía, pero aquello la agarró completamente desprevenida. Su mente se puso a pensar a toda prisa cuál era la mejor forma de proceder.

—Mi señor embajador, si bien la idea es halagadora…

Sergio entró volando por la puerta, interrumpiendo la conversación.

—*Signora*, el duque de…

Colton se abrió paso empujando al criado, su hermoso rostro tenso y adusto. Con el pelo moreno alborotado y su atuendo desaliñado, parecía como si Nick hubiera atravesado Venecia corriendo para ir a su encuentro. Se detuvo bruscamente al ver a Lanceford cómodamente reclinado en una silla, y entornó los ojos.

El criado de Julia se quedó helado, retorciéndose las manos junto a la puerta, sin saber qué hacer con el duque que no había esperado a ser anunciado. Julia se compadeció de él.

—*Grazie*, Sergio —dijo poniéndose de pie—. Puedes irte.

A Julia le sorprendió que tía Theo se levantara también de su silla.

—Si me dispensan, creo que yo también me retiraré —dijo su tía con una sonrisa enigmática en su rostro angelical mientras se apresuraba hacia la puerta.

Nick se acercó, y Julia hizo una gentil reverencia.

—Su excelencia. ¡Qué maravilla que se una esta tarde a nosotros!

Nick esbozó una sonrisa, aunque en ningún momento le llegó a las orejas.

—Señora Leighton. —Se inclinó sobre su mano, y luego se volvió al embajador—. Lanceford.

El duque aceptó la silla de Theo y todos se sentaron.

—¿Le apetece un té, su excelencia?

Él asintió y, una vez que ella le hubo servido, se hizo un incómodo silencio. Julia no sabía muy bien qué decir. Nick daba la impresión de que de un momento a otro haría sangrar a Lanceford de una paliza, y este se removía incómodo bajo la mirada encendida del duque.

—¿Lleva mucho tiempo en Venecia, lord Lanceford? —preguntó.

No estaba interesada en la respuesta, pero sí desesperada por decir algo.

—Tres meses. Solo me quedaré seis semanas más antes de regresar a Austria.

—Quedándole tan poco tiempo en Venecia, pues, no querríamos apartarle de todas las obligaciones importantes a las que, sin duda, tendrá que atender.

Nick tomó un sorbo de té y miró a Lanceford con aire indiferente.

—Sí, en fin… —farfulló Lanceford, dejando la taza encima de la mesa—. Debería irme. —Se levantó e hizo una reverencia—. Señora Leighton, la verdad es que me ha alegrado el día verla.

Julia ignoró el resoplido que emitió Nick y llamó, en cambio, a Sergio.

—Gracias por las flores, señor.

Él abrió la boca para decir algo más, pero reparó en la expresión amenazante de Nick y cerró la mandíbula en el acto. Llegó Sergio para acompañar a Lanceford hasta la salida, y la puerta se cerró a sus espaldas.

Nick no tardó mucho en dar inicio a su diatriba.

—¿Qué trastorno —empezó a decir mientras ella volvía a ocupar su asiento— le ha hecho rechazar una fortuna en joyas? Le di opciones, por Dios. Le envié las mejores piezas disponibles en Venecia. Le ruego que me diga de qué manera he herido su delicada sensibilidad con tan generosa demostración de mi estima.

Julia suspiró discretamente. ¿Cómo explicárselo? Para cualquier mujer sería impensable rechazar semejante regalo, menos aún uno que suscitaba placer y avaricia.

—Las joyas eran bellísimas, Colton…

—Nick —le corrigió él.

—Muy bien, Nick. Su selección no me ha ofendido ni tampoco el gesto. Pero apenas nos conocemos, y semejante generosidad sin duda alteraría el delicado equilibrio de nuestra relación.

Él parpadeó.

—He oído cada palabra y, sin embargo, no logro entenderlo. Por si no es consciente, alterar el delicado equilibrio de nuestra relación es precisamente en lo que estoy. —Nick resopló y cruzó los brazos sobre el pecho, como un niño enfurruñado que no se sale con la suya—. Le juro que me despista en cada curva. Me atrae hacia usted y al segundo me rechaza. Es usted peor que una virgen cazafortunas.

Era evidente que lo había dicho en broma, de modo que ella forzó una carcajada, aunque le dolió el comentario. No iba tan desencaminado.

—Nick, balbucea. —Julia se sirvió más té—. Es evidente que no soy virgen y no ando detrás de su fortuna. No es necesario que me impresione con regalos espléndidos. Tengo gustos… sencillos.

—Aún no he conocido a una mujer que no tenga gustos caros.

Inclinándose hacia delante para rellenar lentamente su taza, Julia le obsequió con un prolongado vistazo de la parte superior de sus pechos, que estaban a punto de salírsele del borde del vestido. Al volver a dejar la tetera en la bandeja, le satisfizo comprobar que la mirada de Nick se había nublado.

—Tal vez haya encontrado la horma de su zapato, su excelencia.

Levantó su taza y se arrellanó de nuevo en el sofá.

Él le dedicó una sensual media sonrisa que a Julia le cortó la respiración.

—Es posible, señora Leighton. —Nick también se relajó y estiró sus largas piernas por delante, los pies enfundados en unas botas cruzados a la altura de los tobillos—. Me ha sorprendido encontrarla agasajando a Lanceford. ¿Pasará a formar parte de sus amigos, pues?

Ella a duras penas reprimió el escalofrío.

—No. Lord Lanceford es un hombre distinguido, pero no está hecho para mí.

—¿Espera más visitas esta tarde?

Julia frunció las cejas, desconcertada, y dejó la taza en su platillo.

—No, ¿por qué?

—Porque estaba pensando en echar el cerrojo a la puerta, acercarme al sofá y besarla hasta perder el sentido. En realidad, no he pensado en mucho más desde que he puesto un pie en esta sala.

Ella observó, hipnotizada, cómo él dejaba cuidadosamente la taza en la mesa. Con natural elegancia, Nick se levantó de la silla y se fue al sofá, su imponente y esbelto cuerpo presionando contra el suyo. Alzó una mano y le rozó la mejilla con los nudillos en una caricia suave cual susurro antes de enredar un bucle alrededor de su dedo.

Ese simple contacto le produjo a Julia un escalofrío en la columna. Su respiración se volvió entrecortada y superficial, y le inquietaba que él percibiera su nerviosismo; pero los nervios eran irremediables. Estaban los dos solos en un espacio reducido; el calor del cuerpo de Nick la arrolló y la mareó. Y aunque se hiciese pasar por una mujer experimentada, en realidad era una doncella. Un dato que Nick no debía sospechar.

Tenía que mantener el control, seguir con su artimaña… y flirtear un poco más con él. Se humedeció el labio inferior, deslizando la punta de la lengua de una comisura a la otra.

—Le advierto que soy sumamente difícil de conquistar.

Él mantuvo la mirada fija en su boca un buen rato.

—Me gustan los desafíos. Y dado que es usted económicamente solvente, pretendo seducirla… de otras maneras.

Descendió lentamente la yema de un dedo por su brazo desnudo, su piel hormigueando a lo largo del sendero dibujado. Al llegar a su mano, la levantó y la volvió, y luego se inclinó para presionar los labios calientes en la palma. Continuó depositando besos fugaces y suaves en el pulpejo de su mano, sin ninguna prisa en absoluto. El corazón de Julia latió con fuerza en su pecho y se le derritieron las entrañas.

¿Era así como pretendía seducirla? Porque desde luego lo estaba consiguiendo. Julia tragó saliva y procuró no descentrarse.

—Pretende darme unas cuantas clases de depravación, ¿verdad?

—Tengo que hacer honor a mi sobrenombre —masculló Nick, sus ojos clavados en los de ella al tiempo que sus labios se deslizaban por la sensible piel de la cara interna de la muñeca de Julia. Entonces se enderezó, pero retuvo su mano, manteniendo los dedos de ambos entrelazados—. Me invade la curiosidad por su persona, Juliet. Nunca había visto a Winchester tan cautivado por una mujer, por lo menos no antes de marcharme de Londres. Y las historias que circulan sobre usted son absolutamente sensacionales, casi como si fuesen inventadas. Y luego, al conocerla, comprobé que tiene usted un aire de inocencia de lo más atrayente. —Julia abrió desmesuradamente los ojos, pero antes de que pudiera responder, él continuó—: Siento una... atracción hacia usted que jamás había sentido con una mujer. Estoy intrigado.

¡Cielos! Su marido podía llegar a ser encantador. Hizo lo posible para mantener la serenidad, pese al hecho de que notaba la lengua gruesa por el deseo.

—¿Intrigado? Y yo que me había imaginado que diría interesado. O, mejor aún, obsesionado.

—Bueno, también estoy todas esas cosas. —Le rozó la mejilla con los nudillos en un gesto tierno—. Nuestra amistad no irá a violentarla con Winchester, ¿verdad?

—No soy propiedad de nadie. Tengo el lujo de poder controlar mi propio destino. Para lord Winchester y para mí no supone problema alguno tener numerosas... amistades.

—En ese caso es más comprensivo que yo. —Nick se inclinó hacia delante, su boca peligrosamente cerca de la de ella—. Porque lo que a mí me pasa es que la quiero toda para mí solo.

Él se movió para poner los labios sobre los suyos, suave, dulcemente, como probándola. Cuando ella se relajó y empezó a devolverle el beso, él sonrió en contacto con su boca. Deslizó las manos por su pelo, inmovilizándola mientras intensificaba el beso. Si bien Julia notó un estremecimiento en las entrañas (¡a ver, era su primer beso de verdad!), tenía que ser valiente para convencer a Nick de que era una cortesana experimentada. Si titubeaba o se mostraba tímida, su plan fracasaría.

Puso las manos en sus hombros y se le arrimó más, sus senos aplastados contra él. Abrió ligeramente la boca y él aprovechó la ocasión al vuelo, rodeándola con los brazos y deslizando la lengua serpenteante dentro de su cavidad.

Fue una delicia. Salvaje pero hábilmente controlado, el beso fue más de lo que nunca se imaginó. Los senos turgentes, los pezones, ahora puntas endurecidas bajo la ropa, le produjeron un hormigueo al rozar la dura pared del pecho de Nick. Sus respiraciones se mezclaron mientras las lenguas continuaban batiéndose en duelo, y el sabor de él, a té y especias, amenazaba con arrollarla. Todo aquello era muchísimo, pero de algún modo insuficiente. Sin que pudiera evitarlo, Julia gimió dentro de su boca.

—¡Dios! Sabe usted incluso mejor de lo que me imaginaba —musitó él, y su boca descendió una vez más, los labios apoderándose de los suyos en una exhibición de posesividad brutal y necesidad acuciante.

Su lengua se extendió por dentro, friccionando y acariciando, provocándola. Sus respiraciones se aceleraron y se volvieron entrecortadas en la quietud de la sala mientras el beso seguía y seguía.

Pearl le había explicado con detalles explícitos lo que pasaba entre un hombre y una mujer. Sin embargo, había una gran diferencia entre el conocimiento y la experiencia. Julia no había sido consciente de cómo el pulso la martillearía con deslumbrante intensidad; cómo la zona de la entrepierna palpitaría anhelante con una desesperación diferente a cuanto había sentido. Su cuerpo se frotó contra él con desasosiego, buscando más, esperando aliviar la intensa ansia.

Nick le cubrió el seno turgente con una mano, rodeándolo y apretando, empujando hacia arriba para dejar al descubierto aún más carne de su pronunciado escote. Con los pezones dolorosamente erectos, ella no manifestó protesta alguna cuando él le bajó la ropa de un tirón. De pronto su boca estaba ahí, la lengua raspando el duro capullo antes de succionarlo con los labios. La aguda sensación recorrió el cuerpo de Julia, que ahogó un grito, lo que hizo que él chupara con más fuerza y ella hundiera las uñas en sus hombros, bien abrazada a él.

Nick le soltó el seno y alzó la vista.

—Si no paramos, la poseeré aquí mismo, en este maldito sofá.

Con la respiración agitada y los ojos ardiendo de deseo, Nick parecía tan desatado como ella se sentía. Y aunque Julia lo deseaba con frenesí, este no era el momento ni el lugar.

—Un hecho que, sin duda, dejaría perplejo a quienquiera que acertase a entrar por la puerta.

Ella se obligó a apartarse y, con manos temblorosas, se recompuso la ropa.

Él reclinó la cabeza en el sofá.

—Déjeme agasajarla esta noche. Necesito verla.

La puerta se abrió de golpe y apareció Simon.

—¡Colton! Me han dicho que estabas por aquí. —Sonriendo amablemente, Simon se acercó a besar la mano de Julia—. Querida —dijo con una mirada tierna antes de dejarse caer en una silla desocupada.

Si sabía lo que había estado a punto de interrumpir, no dio muestras de ello.

Nick le dedicó un escueto saludo con la cabeza.

—Winchester.

Simon observó a Julia con el rostro fruncido de preocupación.

—¿Has tenido una tarde ajetreada con visitas, querida? Pareces cansada. No quisiera que te fatigaras demasiado antes de nuestra cena de esta noche.

—¿Cena? —inquirió Nick.

—Sí. Aquí, esta noche. ¿Juliet no te ha invitado?

A Julia le costó contener su sorpresa. Aquella noche no había ninguna cena organizada, un dato del que Simon era perfectamente consciente. ¿Qué estaba tramando?

Ambos la miraron expectantes.

—Sí, su excelencia —atinó a decir—. Sería un honor que se uniera también a nosotros.

4

Todos los hombres se consideran irresistibles. Cólmelo de entusiasmo y creerá que es usted la más competente de las amantes.

Señorita Pearl Kelly a la duquesa de Colton

—¿Una cena, Simon? —preguntó Julia en cuanto los dos se quedaron a solas—. ¿Qué ardid disparatado estás urdiendo?

—Tu tía me ha contado lo de esta tarde. Después de recuperarme de la consternación que me ha causado tu rechazo de las joyas, he pensado que deberíamos escenificar nuestra riña y acabar con el sufrimiento de Colton. —Se frotó el mentón pensativo—. Aunque debo decir que me encanta ver sufrir a Colt.

—¿Cómo voy a organizar una cena en… —miró hacia el reloj— tres horas?

Él agitó la mano.

—Ya está organizada, Jules. He invitado a unas cuantas personas y Theo ha hablado con el servicio. Lo único que tienes que hacer es seguir con tu papel de hermosa y encantadora señora Leighton.

—A veces te mataría —refunfuñó ella—. Mira que soltármelo de esa forma delante de Colton.

—Guárdate la rabia. Ya me gritarás esta noche en presencia de todos nuestros invitados.

Sonrió y se levantó, volviéndose para marcharse.

—Espera, Simon. Tengo que preguntarte algo. ¿De dónde puede haber sacado Nick los fondos para ofrecer a la señora Leighton las costosas joyas que he visto hoy? Nunca hubiera dicho que trataba con los banqueros a propósito de la finca Colton.

—No lo hace. Colt no quiere nada de su familia. No ha aceptado dinero de la finca desde que abandonó Inglaterra. ¿No te fijaste en el montón de ganancias amasadas la otra noche en la fiesta privada? Colton se mantiene jugando a naipes. Lo hace estupendamente, además.

—Lógico, por lo que sé de las finanzas de la finca —dijo ella, mirando por la ventana; jugador y, además, réprobo.

¡Qué bicoca de marido le había caído en suerte!

Simon ladeó la cabeza.

—Espera, ¿qué significa eso? ¿Qué pasa con las finanzas de los Colton?

—No estoy segura. Lo único que sé es lo que me dice Templeton y que mi asignación se ha quedado prácticamente en nada.

Los ojos azules de Simon chispearon con un brillo impuro.

—Esa finca cuesta casi sesenta mil libras al año, ¿y te ha reducido *tu* asignación? —Retorció las manos junto al cuerpo—. Yo te juro que lo mato.

¿Sesenta mil libras? No tenía ni idea… aun así el dinero era insignificante si no podía echar mano de él.

—¡Qué se le va a hacer, Simon! Fui a ver a la viuda del duque y me miró como si fuese algo que hubiera pisado al pasar por detrás de un caballo. Me imagino que Templeton estará sobornando al administrador del ducado, pero no tengo pruebas. El único que puede hacer algo es Nick, quien ha dejado claro repetidas veces que le trae sin cuidado lo que nos pase a mí o a la finca.

—Lo mataré —masculló Simon de nuevo.

—No puedes matar a Templeton, por mucho que lo merezca.

—No me refería a Templeton, aunque me ocuparé de él. Me refería a Colton, ese egoísta malnacido.

—No, por favor. Yo me ocuparé de esto, Simon.

Él se pasó una mano por la cara.

—¿Por qué no recurriste a mí? Sabes que te habría dado dinero.

—No puedo aceptar tu dinero. Evidentemente, si no fuese más que un pequeño préstamo, habría acudido a ti, pero no puedes mantenernos a Theo y a mí el resto de nuestras vidas. ¿Qué pensarían?

—¿Desde cuándo pasa esto?

Ella se encogió de hombros, fingiendo una indiferencia que no sentía.

—Algo más de tres años.

Simon fue a trompicones hasta una silla.

—Me lo figuraba. Esta artimaña, este ardid tuyo... Me dijiste que tenías que encontrar a Colton, satisfacer tu curiosidad por tu marido, pero no tiene nada que ver con eso. Es por el dinero. Para forzar la posición de Templeton, pero ¿cómo? —Frunció el ceño—. Si tenías la esperanza de conseguir suficientes baratijas de Nick para venderlas, ¿por qué has rechazado las joyas?

—No es cuestión de baratijas. —No quería decírselo así, pero se imaginó que lo mejor era ser honesta—. Tengo la intención de quedarme encinta. De Nick. El único modo de conseguir cierto poder personal es engendrar al heredero de los Colton.

Simon palideció y se desplomó en la silla.

—¡Santo Dios!

Julia no contaba con esta reacción desmedida. ¿Acaso Simon no veía que era la única manera?

—Simon...

Alzó una mano para acallarla, con lo que ella se mordió la lengua para no decir lo que había estado a punto de decir. Simon cerró los ojos y se masajeó la frente durante un minuto largo.

—No diré nada que pueda sabotear tus planes. Esa es la razón por la que no me lo contaste, ¿correcto? —Como Julia no respondió, él se puso rápidamente de pie y masculló—: Colton será afortunado si no le doy un puñetazo en la mandíbula antes de que acabe la noche. Y puedes estar completamente segura de que cuando volvamos a Inglaterra investigaré qué está haciendo Templeton.

Suspiró y se frotó la cara con ambas manos. Simon no se enfadaba fácilmente, pero cuando lo provocaban solía ser rencoroso. Julia no tenía ni idea de cómo esta información incidiría en su amistad con Colton.

—Simon, funcionará. Lo sé.

No parecía convencido.

—Lamento que no confiaras suficientemente en mí para contarme esto, Jules.

A ella se le anudó el estómago. Simon había sido un buen amigo y en ningún momento había pretendido herirlo.

—Confío en ti, pero esto nos supera a los dos. Nick ha sacado de quicio este caos, así que habría que obligarle a poner orden, aunque sea a regañadientes.

*E*n lo que a Nick concernía, la cena fue infernal.

Desde el momento en que llegó nada fue como debería ser. Evidentemente, Winchester estaba enfadado con él. La mirada de su amigo era dura como el cristal cada vez que se posaba en él, aunque ignoraba el motivo. Además, Winchester no había dejado de gruñirle en toda la noche y, francamente, estaba un poco harto de ser el objeto de ese odio sin ninguna razón aparente.

La vivaracha y encantadora señora Leighton de la ópera aún no había hecho acto de presencia; antes bien, Juliet se mostró comedida, su jocosidad forzada, como si percibiera la discordia entre él y Winchester. Los observó a ambos con cautela, procurando que durante la cena la conversación fuese trivial. En más de una ocasión, la vio reprendiendo a Winchester con una mirada fulminante después de que su amigo dijese algo.

Veronica estaba sentada al lado de Winchester y los dos flirtearon toda la velada con descaro. Nick se preguntó fugazmente si la presencia de la otra mujer había causado el extraño humor de Juliet, pero recordó que esta había dicho que su relación con Winchester no impedía que ninguno de los dos tuviese otras parejas. Entonces ¿qué estaba pasando?

Aunque el resto de invitados le resultaban familiares, él no consideraba amigo a ninguno de ellos. El banquero prominente, el propietario de una gran flota de barcos y el acaudalado abogado allí presentes provenían todos de una clase social veneciana más respetable que los degenerados con los que el solía relacionarse. Por lo menos las damas presentes eran más de su agrado: una cortesana, una actriz, una bailarina y una viuda. ¡Ah…, Dios guarde a las mujeres de placer descarado!

El tenedor de Juliet repiqueteó en su plato, sorprendiendo al grupo.

—Simon, ¿me has oído? Porque la verdad es que estoy un poco cansada de repetirme esta noche.

Nick vio que Winchester apartaba los ojos del escote de Veronica para dedicarle a la señora Leighton una mirada aburrida.

—Perdona, querida. ¿Qué decías?

—Da igual. —Juliet se volvió hacia Nick, sentado a su derecha—. Su excelencia, ¿ha explorado ya buena parte de los alrededores de Venecia desde que está aquí?

—Un poco —masculló él, fascinado con el baile de la luz de las velas sobre el tono rosa de sus labios. Recordó el beso de esa tarde, y fue lo que impidió que se abalanzase sobre ella en plena cena.

—Tengo entendido que la isla de Torcello es una maravilla —afirmó ella, deslizando el labio inferior entre los dientes y mordiéndolo suavemente, como si conociera la dirección de los pensamientos de Nick.

Su falo empezó a hincharse y se obligó a apartar la vista de la boca de Juliet para no ponerse a sí mismo en evidencia.

—Lo es. La catedral contiene algunos mosaicos espléndidos. Sería un honor que me dejase acompañarla allí tan pronto como le sea posible. ¿Mañana tal vez?

—Tal vez —contestó ella de forma evasiva.

—Querida —dijo Winchester desde el otro extremo de la mesa—, prometí llevarte de compras, como recordarás.

—No será necesario, Simon —le contestó y dejó el cuchillo y el tenedor en el plato, indicando que había acabado.

Poco tiempo después, los hombres volvieron a unirse a las señoras en el salón. Desde su sitio en el sofá, Nick saboreó una copa de grapa y observó cómo Winchester se llevaba a Juliet aparte, cerca de la ventana, para una conversación privada.

Veronica se sentó sigilosamente a su lado en el sofá.

—Creo que hay problemas en el *paradiso* —susurró, señalando hacia la pareja, ahora enfrascada en un diálogo más bien acalorado, pero en voz baja.

Winchester parecía suplicarle a Juliet, que se limitaba a negar con la cabeza. Nick vio que ella formaba un «Se acabó, Simon» con los labios, y contuvo el aliento. ¿Sería eso posible?

Juliet se volvió para irse y Winchester le puso una mano en el brazo para impedírselo. Ella le lanzó una mirada fulminante lo bastante dura para arrugarle el pene a un hombre. Era la mirada acerada, altiva y resuelta propia de una duquesa. Nick se quedó impresionado y encantado de no ser el receptor de semejante mirada. Entonces la soltó de inmediato, y Juliet se fue toda dignidad al otro extremo de la sala, donde entabló conversación con algunos de los invitados.

Su amigo se fue corriendo al sofá, e ignorándolo completamente a él, le tendió una mano a Veronica.

—Señorita DiSano, ¿querría venir conmigo? Al parecer ya no me necesitan como anfitrión esta noche.

Sin decir ni una palabra más, los dos se marcharon. Perplejo, Nick se preguntó tanto por la rudeza de Winchester como por el hecho de que Juliet ya no estuviese emparejada con su amigo de toda la vida. Pese a haberle asegurado lo contrario, a Winchester tal vez le había molestado que él cortejara a la señora Leighton. ¿Sus insinuaciones habían distanciado a Winchester y a Juliet? Mañana iría a verlo para aclararlo.

Pero por el momento… por el momento quería pasar el tiempo con la única mujer en la que no había podido dejar de pensar desde hacía días. Notó una sensación ardiente y punzante en la nuca, y al levantar la cabeza vio a Juliet caminando hacia él a paso largo, sus caderas contoneándose suavemente y una sonrisa enigmática en su hermoso rostro. El escote de su vestido de color zafiro dejaba ver la parte superior de sus generosos senos, la carne tersa botando al ritmo de sus pasos. El deseo se precipitó desde su vientre a su falo. Demonios, era cautivadora, y estaba impaciente por poseerla.

Nick se puso de pie.

—Parece que se ha quedado usted sin anfitrión esta noche.

Ella suspiró sin mostrar excesiva consternación ante la idea.

—Pobre Simon. A algunos hombres les cuesta aceptar lo inevitable, ¿no cree, su excelencia?

Nick se inclinó hacia su oreja. Olía a gloria, como a gardenias y a sol.

—Yo podría decir lo mismo de algunas mujeres, señora Leighton.

Notó que a ella se le cortaba la respiración y se apoderó de él una inmensa satisfacción. No faltaba mucho para que las piernas de Juliet envolvieran sus caderas mientras él entraba en su dulce ardor. La condujo lejos del grupo, donde nadie pudiera oírles. La arrinconó cerca de la ventana.

—¿Qué le parece si esta noche concluimos nuestro juego y vemos qué placer hallamos juntos? ¿Qué puedo ofrecerle para engatusarla? Joyas no, obviamente. ¿Qué tal dinero? ¿O quizás un coito único?

Ella empezó a notar un rubor en la nuca y su piel delicada adquirió un hermoso tono rosa.

—Vaya…, ¿podría ser eso? ¡Cómo me gusta verla ruborizarse, Juliet! Me pregunto si sus pezones son del mismo tono. ¿A qué sabrán cuando me los meta en la boca y mi lengua juguetee con ellos? —El pulso de la base de la nuca de Julia latió fuerte y deprisa, clara muestra de su deseo. Él fue incapaz de dejar de atormentarlos a ambos—. ¿Le gustaría notar lo duro que estoy únicamente por estar tan cerca de usted? ¿Constatar cómo mi pene se muere por hundirse en su lubricado y estrecho canal?

A Julia se le vidriaron los ojos y un gemido entrecortado escapó de sus labios; Nick sonrió.

—Venga conmigo, a mi *palazzo*, *tesorina*. Ardamos juntos.

Ella asintió escuetamente con la cabeza y luego carraspeó.

—En cuanto se marchen los invitados.

Antes de que él pudiera decir nada más, ella pasó por su lado y se reincorporó a su fiesta.

Curiosamente, su pene se puso aún más duro. Tendría que quedarse aquí, de cara a la ventana, hasta que pudiera volver a girarse.

*A*l aproximarse su góndola al *palazzo* del duque, Julia sintió cierta inquietud. Esta noche seduciría a su marido haciéndose pasar por otra persona. ¿Y si él descubría su mentira? De ser así, su plan fracasaría, su futuro peligraría, en el mejor de los casos, y Nick probablemente la tiraría de cabeza al canal más cercano. Le vino a la mente una imagen de Templeton e inspiró hondo. Ella nunca, jamás, sería la amante de aquel hombre. Antes preferiría morir de hambre.

No tenía mucha más opción que llevar a cabo su ardid. Un ardid que había tardado más de cinco meses en preparar, durante los cuales había investigado, planificado y escuchado. Había pensado en una respuesta para casi cada pega que tía Theo le había planteado.

La primera preocupación de Theo había sido la concepción, porque Nick lo mismo sacaba el tema. Dado que Pearl dijo que muchas cortesanas no podían tener hijos (el resultado de interrumpir demasiados embarazos no deseados), Julia pretendía decirle eso a su marido y esperaba que no lo cuestionara. Sin embargo, en caso de que no la creyese o le preocupara la contracción de enfermedades, el ridículo de Julia contenía unos cuantos preservativos, cada condón meticulosamente pinchado en el extremo para practicar un agujerito por el que pasara su semen.

Entonces Theo sacó el asunto de su virginidad. ¿Cómo justificaría Julia la sangre? Pearl creía que, debido a su edad, era bastante probable que hubiese perdido ya el himen, pero Julia no lo sabía a ciencia cierta. Pearl le había sugerido que previamente usara un falo de madera para garantizar su eliminación, pero Julia no tuvo valor.

Cuando su embarcación se detuvo junto al muelle del *palazzo* de Nick, envió al cielo una oración silenciosa para que, si sangraba, Nick no se diera cuenta. Lástima que no pudiese hacer el amor en el canal, donde el agua arrastraría la sangre.

Como mínimo el deseo no sería un problema. No había duda de que lo deseaba. Su forma de besarla… su olor… hasta su modo de andar por la sala hacía que olvidara todas las razones por las que debería odiarlo. Su marido era atractivo y le hacía anhelar cosas que sabía que jamás tendría.

Y aquello que le había dicho hacía un rato… Dios del cielo, por poco se había derretido en un charco en el suelo.

Al subir al muelle vio que un hombretón salía de entre las sombras.

—Buenas noches, señora Leighton. Soy Fitzpatrick, el ayuda de cámara de su excelencia. El duque me ha pedido que la lleve dentro.

¿Su ayuda de cámara? Julia se tragó la sorpresa y dijo:

—Encantada de conocerlo, señor Fitzpatrick. Usted delante, se lo ruego.

—Llámeme Fitz —dijo él antes de volverse.

Mientras se dirigían al *palazzo* ella examinó al ayuda de cámara de Colton. Grande y corpulento, Fitz era sin lugar a dudas un hombre al que uno querría esquivar en un callejón. ¿Era una cicatriz eso que le atravesaba la cara? Sus nervios, ya a flor de piel, no se calmaron con la presencia de Fitz. ¿Por qué necesitaría el duque un criado tan grande e imponente?

Julia meneó la cabeza. Una auténtica prostituta estaría preparándose para cautivar al duque mientras contaba para sus adentros las sartas de perlas que pretendía comprarse con su dinero, no cavilando sobre su ayuda de cámara. La señora Leighton tenía que ser deslumbrante, coqueta y ocurrente. «Concéntrate», se regañó a sí misma.

Fitz abrió la puerta y se hizo a un lado para dejarle entrar en el *palazzo*. Ella cruzó el umbral y vio a Nick bajando las escaleras. Julia por poco se quedó muda de asombro ante su belleza. Su pelo de ébano estaba mojado y peinado hacia atrás, realzando la elegante línea de sus pómulos. No llevaba chaleco, corbata ni abrigo; en su lugar, una fina camisa blanca de hilo cubría su torso enjuto, un puñado de vello negro asomando por la parte superior. Sus pantalones y zapatos de vestir eran negros y le hacían parecer increíblemente alto y fuerte.

Y la sonrisa triunfal y cómplice que le dedicó rebosaba de perversas promesas. Ella se estremeció al entregarle a Fitz su capa.

—Mi querida señora Leighton —dijo Nick al llegar al último escalón. Se inclinó para besarle en la mejilla—. Su resplandor me arrebata el mismísimo aire de los pulmones —musitó, la voz ronca y grave en su oído. La tomó de la mano—. Venga conmigo.

Nick se arrimó bien a ella al subir por las escaleras. A Julia le temblaban ligeramente las rodillas, pero o eso o daba media vuelta y echaba a correr hacia la puerta. Aunque había llegado demasiado lejos, tenía demasiado que perder como para echarse ahora atrás.

Subieron otro tramo de escalones en silencio y llegaron por fin al piso de arriba, donde Nick abrió una puerta que dejó ver su alcoba. «Puedo hacerlo. Y no me desenmascarará.» Lo repitió una y otra vez para sus adentros para tener coraje mientras entraba con timidez.

Frente a una mesita y dos sillas se encontraba su enorme cama. Gigantesca cama. Dio un pequeño traspié y él la agarró del codo, sujetándola.

—He pensado que igual le gustaría tomar primero una copa —dijo—. ¿Le gustan las almendras? Hacen un licor de almendras cerca de aquí que está delicioso.

Julia asintió y tomó asiento. Nick sirvió sendos vasitos de líquido marrón claro y le pasó uno. Se sentó enfrente, sin apartar en ningún momento los ojos de su rostro mientras se acomodaba en la silla, sus largas piernas ahora estiradas ante sí.

—¿Y bien?

Ella dio un sorbo y le sorprendió su sabor dulce.

—Está bueno —afirmó, inclinando el vaso para otro trago.

Si bien su postura era de relajación, ella pudo percibir la expectación de Nick en su tensa mandíbula y sus hombros rígidos. Era un enorme felino de la selva, esperando pacientemente a abalanzarse sobre ella. La idea resultaba aterradora y emocionante a un tiempo.

Unos ojos gris oscuro entornados le estudiaron el rostro.

—¿Está nerviosa?

Julia negó con la cabeza, aunque su corazón latía apresuradamente.

—No —mintió—. Solo tengo curiosidad.

Apuró el vaso y el calor se extendió por sus huesos. Los nervios empezaron a disiparse y la agradable sensación del licor le dio valor.

—Bien, pues, miremos de satisfacer su curiosidad.

Ofreció su mano. Ella se levantó y fue frente a la silla de Nick, donde le retiró el vaso de las manos y lo dejó encima de la mesa.

Antes de que pudiera hacer nada más, él la sujetó por la cintura y tiró de ella para sentarla de lado en su regazo. La estrechó con fuerza por el talle, inmovilizándola, mientras la mano que estaba libre subía hasta hundirse en su pelo. Sus caras estaban cerca, tan cerca que ella podía notar su respiración, ahora tan irregular como la suya propia. La erección de Nick se hallaba debajo de ella, dura e imperiosa pese a las capas de ropa que había entre ellos. La prueba de su deseo la excitaba. La alentaba. Julia lo miró con arrojo, sintiendo un hormigueo en la piel, y esperó.

La mirada nublada de Nick se posó en sus labios. Inconscientemente, la punta de la lengua de Julia asomó para humedecerlos y él la asió con más fuerza.

—Mala pécora —susurró él, y se inclinó para cubrir su boca con la suya propia. En el instante en que sus labios se apoderaron de los de Julia, el deseo latente entre ellos estalló en algo salvaje.

Entonces él intensificó el beso, girando ligeramente la cabeza de Julia para ajustar el ángulo, dejando que su lengua se deslizara dentro; y la habitación dio vueltas. Ella hundió las uñas en los hombros de Nick en un intento por resistir la arremetida de la sensación.

Él la persuadió con caricias, su lengua caliente y húmeda como terciopelo contra la suya, y ella fue incapaz de concentrarse en nada más que su beso. No existía nada salvo este hombre perversamente cautivador y lo que estaba haciendo con su boca. Julia frotó los senos, ahora turgentes, contra las duras tablas de su pecho en un desesperado intento por aliviar el ansia interior.

La mano de Nick se deslizó hasta su rodilla, por debajo de su vestido, a lo largo de sus medias, hasta que llegó a su muslo desnudo. Sus dedos jugaron ahí, en su piel nuda, bailando y provocando, mientras su boca proseguía con el asalto a sus sentidos. El sexo de Julia ardió y sabía que él la encontraría caliente y lubricada si subía un poco más arriba. En sus vacilantes exploraciones corporales no había sentido nada *como esto*. No, esto era mucho más, más de lo que jamás hubiese creído posible; y aun así no era suficiente.

Ladeó las caderas hacia sus dedos exploradores, buscando, suplicante. Nick desplazó los labios a su cuello, mordisqueando y besando la piel sensible.

—Pretendía hacerme de rogar —le susurró él al oído al tiempo que su mano ascendía lentamente hacia el norte—, pero la más pura verdad es que dentro de unos minutos caeré de rodillas y le prometeré lo que sea con tal de que me deje acariciarla.

—Acaríceme, por favor —dijo ella, agarrándolo con más fuerza.

Él llegó a la cúspide de sus muslos y deslizó los dedos entre los húmedos pliegues para dar con su fuego, y ella ahogó un grito. Sus caricias eran suaves, depositadas exactamente donde más las ansiaba ella.

—¡Qué húmeda está por mí! —susurró él—. Pronuncie mi nombre. Diga quién le ha hecho estar tan caliente y húmeda, Juliet. —La yema de su dedo trazó círculos alrededor de la diminuta protuberancia, acariciándola e intensificando su excitación. Con la ropa a la altura de la cintura, las piernas enfundadas en unas medias se separaron sobre su regazo, sin ofrecer resistencia alguna. Había dejado de preocuparle parecer una descocada—. Dígalo, querida —ordenó él.

—Nick —suspiró ella, e inspiró con brusquedad cuando él introdujo un dedo en su entrada.

Entonces la besó, con intensidad, su lengua encontrando la suya. Apenas podía pensar ni respirar mientras él la provocaba, su dedo entrando y saliendo para aumentar su excitación. Interrumpió el beso y echó la cabeza hacia atrás, jadeando conforme el placer se incrementaba.

—¡Dios, qué estrecho está esto! —susurró él contra su cuello. Añadió otro dedo, ensanchándola, preparándola—. Ya no aguanto más.

Agarrándole de la cintura, la levantó para que se sentara a horcajadas sobre él, el ardor de Julia directamente sobre su erección. Ella lo asió de los hombros para aguantar el equilibrio, demasiado ida para hacer nada salvo procurar respirar mientras Nick metía la mano entre ellos para desabrocharse los pantalones.

Cuando ella quiso darse cuenta, el falo de Nick quedó libre y empujó suavemente contra su abertura. Él se sujetó la base con una mano y presionó las caderas de Julia hacia abajo con la otra, el placer mezclándose con el dolor mientras Nick se iba adentrando en su cuerpo.

Él blasfemó entre dientes, un ligero brillo de sudor en su frente.

—¡Qué estrecho, qué gusto! ¡Qué gozada!

Cuanto más empujaba él, más se esforzaba Julia por permanecer relajada. Sabía que, si se tensaba, él no podría entrar fácilmente; y lo último que quería era que Nick se diera cuenta de que era su primera vez. Respirando con regularidad, Julia deslizó las manos por su pecho, notando los duros músculos bajo su fina camisa para apartar la atención del creciente dolor de su entrepierna.

Pearl le había dicho que se lo quitara de encima enseguida, que el falo perforara el himen lo antes posible. Tal vez así Nick no notase su presencia. De modo que agarrándose fuerte de sus hombros e inspirando hondo para hacer acopio de coraje, Julia bajó las caderas con todas sus fuerzas y se sentó enteramente sobre él. El dolor la desgarró por dentro mientras él la llenaba por completo, pero procuró disimularlo con un gemido que esperó que pareciera de placer.

Nick no pareció darse cuenta. También gimió, su cabeza reclinándose en la silla mientras sus dedos se hundían en las caderas de Julia.

—¡Demonios, Juliet! Pero ¿qué me está haciendo?

¡Dios, qué *daño*! Pero ya estaba, y él no se había dado cuenta. Julia sintió que la invadía una sensación triunfal, un rugido interno de poder femenino por el éxito. Ahora el dolor estaba disminuyendo, tal como Pearl le dijo que pasaría, y surgió una extraña y nueva sensación, una de deliciosa plenitud. Balanceó las caderas y el deseo se extendió por todo su canal cuando el pene de Nick salió y acto seguido volvió a entrar en ella.

—¡Oh, sí! —gimió él, los ojos cerrados y la cara tirante de placer—. Mónteme, *tesorina*.

Desesperada por sentir de nuevo el deseo aturdidor, Julia subió y volvió a bajar, sus caderas buscando engullir su falo. Él guió sus movimientos al principio, ayudándole a moverse arriba y abajo, y el placer empezó a aumentar conforme ella se movió más deprisa. Nick deslizó las manos por su espalda hasta los cierres de su vestido y no tardó en soltar la parte superior lo suficiente como para que únicamente la camisa le cubriera los senos.

Sus generosos senos habían sido su eterna cruz; los modistos se quejaban constantemente de tener que retocar los patrones para cubrirlos con holgura. Y Julia siempre había envidiado las siluetas de las mujeres delgadas sin pecho que tan elegantes y regias parecían con sus vestidos de talle corto. A su lado ella se sentía gruesa y desgarbada, tratando continuamente de taparse el escote con un chal por decoro.

Pero en vista del modo en que Nick la contemplaba ahora, mientras le bajaba la camisa de encaje para dejar al descubierto sus pechos desnudos, no cambiaría un ápice de su cuerpo. La mirada de Nick, tan reverente y apasionada, la abrasó, y sus pezones se endurecieron casi hasta dolerle. Arqueó la espalda al tiempo que sus caderas cabalgaban una vez más sobre su falo, con lo que unas oleadas de éxtasis recorrieron su cuerpo cuan largo era. Las manos de Nick le rodearon los senos.

—Es usted como una diosa salida directamente de lo más profundo de mis sueños —susurró él antes de introducirse un pezón en la boca.

Los labios de Nick tiraron deliberadamente de un capullo rígido y un estallido de sensaciones se precipitó por el abdomen de Julia y se instaló en su útero. Sus caderas se movieron más deprisa por voluntad propia, su cuerpo deleitándose en el placer que le producían tanto la boca como el falo de Nick. Este le lamió un pezón con la lengua y pasó rápidamente al otro para dedicarle la misma atención. Julia notó que sus músculos se tensaban, cada nervio estirándose conforme el placer aumentaba. Él continuó succionándole el pezón con los labios, y ella le pasó los dedos por el pelo para inmovilizarle la cabeza. Cada succión de su boca disparó vertiginosamente el placer de Julia, sus caderas embistiendo con más fuerza contra su pene, hasta que se creyó morir. Era demasiado maravilloso.

Nick metió la mano entre ellos y utilizó el pulgar para acariciar el diminuto cúmulo de nervios sobre su sexo. Una, dos veces, y entonces Julia estalló, una descarga candente se activó en su interior.

—Nick —gimió, alargando su nombre al tiempo que su cuerpo se convulsionaba contra él. Apenas sí notó que él la agarraba con firmeza de las caderas y la penetraba con una fuerza casi feroz. Nick se puso rígido, un gemido escapando de lo más hondo de su pecho, mientras se estremecía y eyaculaba dentro de ella.

Jadeante y sudorosa, Julia dejó caer la cabeza en su hombro. Cielos, aquello había superado todas las descripciones de Pearl. No le extrañaba que los hombres lo hicieran cada vez que se presentaba la ocasión.

—¡Dios! —exclamó Nick resollando—. No pensaba poseerla en una silla la primera vez. —Le retiró el pelo de la cara con una suave caricia—. No sé qué me ha pasado. Pensará que soy un sinvergüenza.

Ella esbozó una sonrisa. Sí, lo tenía por un sinvergüenza redomado, pero no por los motivos que él creía.

—Creo que lo que ha pasado entre nosotros le ha sorprendido tanto como a mí —susurró Julia.

Necesitaba levantarse, asearse y comprobar si había sangre, pero aún era incapaz de moverse. Nick seguía dentro de ella, y Julia deseaba prolongar el contacto lo máximo posible.

Sus grandes manos le acariciaron la espalda, y ella se relajó sobre él. Acababa de hacer el amor con su *marido* (la idea se le antojó tan absurda que tuvo que reprimir una carcajada) y había sido magnífico. A decir verdad, estaba ansiosa por repetir el espectáculo.

Él se movió para tratar de salir de ella.

—Espere, *cara*. Deje que vaya a por una toalla para limpiarla.

Julia se tensó. Nick no podía hacer eso, porque lo mismo encontraría sangre en cualquiera de ellos.

—No, no, por favor, su excelencia —le susurró ella, volviéndolo a sentar en la silla—. Cierre los ojos y relájese. Deje que le limpie yo.

Le besó con ternura con la esperanza de garantizar su aquiescencia.

—¿Sabe que detesto mi título? —masculló, sus pestañas descendiendo sobre sus mejillas—. Pues menos mal que no quiere que me levante, porque no sé si me responderían las piernas en este momento.

Ella lo besó de nuevo, incapaz de contenerse, antes de levantarse de la silla y subirse el vestido para taparse el pecho. El lavamanos estaba al otro lado de la habitación, donde encontró una toalla y agua fresca. Tras asegurarse de que los ojos de Nick seguían cerrados, se inclinó para echar un vistazo a la cara interna de sus muslos. En efecto, una leve salpicadura de sangre le manchaba la piel. Se apresuró a enjugarla para eliminar de su cuerpo la prueba de su virginidad. Una vez hecho, aclaró la toalla y regresó junto a Nick.

Despatarrado en la silla, todavía completamente vestido salvo por su virilidad medio fláccida, era la cosa más hermosa que ella había visto jamás. Los planos de su rostro estaban laxos, menos a la defensiva. Con el pelo moreno alborotado, tenía cara de pícaro, más propia del botarate que sabía que era.

Le lavó con ternura, fascinada por la transformación de su falo. Pearl le había mostrado ilustraciones y hasta había insistido en que sostuviese un falo de madera, pero aquello era diferente. Sin estar rígido como antes, la piel suave y rosa era tersa pero sorprendentemente firme. A cada caricia de la toalla parecía palpitar bajo sus cuidados, volviendo a crecer.

—Si continúa mirándome de esa manera, no tardaremos en repetir lo que acaba de pasar en esta silla.

Levantándose, ella sonrió y regresó tranquilamente hasta el lavamanos para volver a dejar la toalla en el agua. Pearl le había dicho a Julia que quizás estaría dolorida tras su primera vez. Por ahora no notaba molestia alguna por el encuentro, pero no había por qué precipitarse, pensó Julia, así que decidió entablar conversación con él.

—Venga a la cama conmigo —dijo, ofreciéndole la mano a Nick.

Nick volvió a meterse el miembro en los pantalones y se abrochó unos cuantos botones. Ella vio cómo se ponía de pie y rellenaba sus vasos. Le pasó uno y le ayudó a subirse a la gigantesca cama con dosel. Ella se acomodó mientras él se agachaba, le quitaba con ternura los zapatos y los dejaba en el suelo.

—Ahora sé por qué Winchester parecía tan enamorado cada vez que los he visto a los dos juntos. —Dio un sorbo de licor y se tumbó—. Es usted una mujer capaz de arrebatarle el alma a un hombre.

Ella disimuló la sonrisa tras el vaso, tomando un traguito.

—Solo que es bien sabido que no tiene usted alma que arrebatar.

—¿Eso es lo que dicen?

—Entre otras cosas. Sigue siendo un tema de conversación recurrente en Londres. Llevo bastante tiempo oyendo hablar de usted.

Él dejó el vaso en la mesa y acto seguido se apoyó sobre un codo.

—Mucho se ha dicho del depravado duque de Colton a lo largo de los años. ¿Por qué no me cuenta lo que ha oído y yo lo le digo si es verdad?

Nick arrastró un dedo largo y elegante por la clavícula de Julia y ella se estremeció.

—Que se acostó con lady Sherbourne y su hermana a la vez.

Él sonrió, su dentadura uniforme y blanca.

—Verdadero.

—Además de su hermano.

La sonrisa se esfumó.

—Falso.

—Que tuvo dos amantes a la vez y les compró sendas casa, una al lado de la otra.

—Lo que requirió memorizar únicamente una dirección. Muy práctico, en mi opinión.

Nick alargó el brazo para enroscar uno de sus tirabuzones pelirrojos en su dedo.

—Se rumoreó que era usted cliente habitual del burdel de Theresa Berkley, donde esta practicaba sus artes flageladoras con usted.

—Cliente habitual no, pero habré entrado un par de veces, sí. Esas cosas despiertan curiosidad, ya sabe.

Nick estaba intentando escandalizarla, pero no había manera de disuadir a Julia.

—La mujer de su hermano. ¿Eso también es verdad?

El bello rostro de Nick se crispó fugazmente antes de recuperar su habitual expresión indolente.

—¡Ah..., querida! ¿Acaso no es eso lo que todos quieren saber? ¿Si el perverso hermano menor sedujo a la esposa de su hermano mayor, causando tal desesperación que el heredero sufrió un accidente fatídico? —Nick introdujo un dedo en la manga del vestido aflojado de Julia y tiró, dejando al descubierto la parte superior de su seno derecho. La tela se desbocaba peligrosamente de tal modo que una inspiración profunda liberaría su seno del corsé y la camisa—. Esa información, *tesorina*, tiene un precio.

5

Al principio le prometerán lo que sea.

Señorita Pearl Kelly a la duquesa de Colton

—¿*En* qué precio está pensando? —le preguntó Juliet.

Como si Nick fuese a decírselo, ni a ella ni a nadie, en realidad. Tanto Fitz como Winchester intuían la verdad, pero él jamás había confirmado ni negado sus suposiciones. Deslizó una mano por la redondez de su cadera.

—En uno más alto del que jamás alcanzaría a pagar.

Ella le sonrió, parpadeando, y a Nick de pronto se le encogió el corazón. Decidido a ignorar lo que sea que estuviera sintiendo, volvió al asunto en cuestión.

—Con las prisas, en ningún momento nos hemos preocupado de evitar la concepción. No sé si me atrevo a preguntar…

—No puedo concebir —se apresuró a decir ella.

—Lo lamento —repuso él. Aunque nunca había deseado tener hijos, Nick sabía que muchas mujeres sentían el deseo de tener descendencia.

Juliet agitó una mano en el aire.

—Probablemente sea lo mejor.

Nick no supo muy bien qué decir, así que le señaló el pelo.

—¿Puedo soltarlo?

Ella asintió y se volvió ligeramente para que él llegara a las horquillas que sostenían su soberbia cabellera pelirroja. Las extrajo una a una con parsimonia, como si quisiera torturarse a sí mismo, colocándolas cuidadosamente encima de la mesa antes de localizar la siguiente. Cuando hubo sacado la última horquilla, pasó los dedos por las sedosas hebras, contemplando cómo el resplandeciente fuego se deslizaba por su piel. Deseó sentir ese terso calor contra sus muslos cuando ella se introdujera su miembro en la boca. La mera idea aumentó el deseo en su vientre, su pene cobrando vida.

La quería desnuda; ahora. Se inclinó para acariciar la generosa turgencia del seno que su pronunciado escote dejaba a la vista. Maldición, esos senos… bastaban para hacer llorar a un hombre adulto de gratitud. Sería capaz de contemplarlos y acariciarlos durante horas.

—Desvístase para mí.

La confusión chispeó en los ojos de Julia antes de que descendiera las pestañas. Su reacción fue desconcertante. Seguro que le habían hecho con anterioridad esta petición. Con ese cuerpo tan exuberante, cualquier hombre fantasearía con verla desvestirse lentamente. Juliet era una extraña combinación de atrevimiento e inocencia, y a él ambos rasgos le parecían decididamente atractivos.

Ella se humedeció los labios con la punta de su lengua rosa.

—¿Quiere quedarse mirando mientras me quito la ropa?

Él dejó que todo el deseo agudo y candente que sentía en ese momento se reflejara en sus ojos mientras recorrían su cuerpo.

—Nunca he deseado nada tanto en toda mi vida.

Los labios de Julia se separaron y se le escapó una exhalación. Él vio que el pulso le latía acelerado y con fuerza en la base de la nuca, y sonrió. Por suerte no era el único afectado.

Ella se incorporó y se arrimó al borde de la cama para dejar el vaso encima de la mesa mientras se sujetaba el vestido suelto por delante a modo de escudo. El pelo le caía hasta media espalda, una cascada de rojo resplandor. Nick ya se había excitado, el pene iba a reventarle dentro de los pantalones y eso que ella aún no se había quitado ni una sola prenda.

Juliet se volvió y apartó la mirada en todo momento, casi con timidez. Dios, la capacidad de una mujer tan experimentada para parecer novata le tenía en vilo. Con un movimiento suave, Julia levantó las manos por los lados y el vestido cayó al suelo. A Nick se le quedó la boca seca. Dios del amor hermoso, ¡qué visión! De pie con una simple enagua, una fina camisa de encaje, medias y un escueto corsé, casi podía ver su silueta entera a través de la tela transparente. Piernas largas y torneadas, cintura de avispa, un triángulo de vello claro sobre sus muslos, vientre plano... y sus senos enmarcados de forma tan tentadora. Estaba ansioso por saborearla.

De pronto a él le molestó su propia ropa. Se levantó brevemente para sacarse la camisa por la cabeza y la tiró al suelo junto a los pies de Julia.

Ella arqueó una ceja, su mirada acariciando ahora el torso desnudo de Nick.

—Eso está mejor.

Él se sonrió y se tumbó sobre los cojines.

—Le enseñaré más cuando usted me enseñe más a mí.

Ella se mordió el labio y se concentró en el diminuto cierre frontal de la enagua. Más delgada que el papel, la prenda le bajó por los hombros y revoloteó hasta el suelo.

—Necesitaré ayuda con las cintas del corsé —dijo Julia, dándole la espalda.

Nick se acercó a una velocidad de la que no se había creído capaz. Levantó la cortina pelirroja, se la llevó a la nariz e inspiró profundamente. «Gardenias», pensó, aspirando una vez más la dulce fragancia. Supo que asociaría para siempre ese olor con ella.

Le colocó el pelo sobre el hombro, se apresuró a desatar las cintas y volvió a su sitio en la cabecera de la cama.

Juliet se contoneó para desprenderse del corsé, dejando que el tejido cayese al suelo, y el cuerpo entero de Nick se tensó intentando evitar abalanzarse sobre ella. Era adorable. La pechera de encaje de la camisa no hacía nada por ocultar las oscuras areolas ni los pezones rosáceos de sus senos, la delicada tela apenas contenía la munificencia.

«Qué cosas hacen hoy día con la ropa interior femenina...»

—No se lo quite —dijo él con voz ronca, se le había secado la garganta—. Venga aquí.

La insolente arpía sacudió la cabeza y señaló sus pantalones.

—Los pantalones, Nicholas.

Él refunfuñó. Le estaba bien empleado por acostarse con una amante tan experimentada. Se desabrochó enseguida los botones y levantó las caderas de la cama para quitarse la ropa restante. Desnudo y obviamente excitado, cayó en la cama boca arriba y cruzó los brazos detrás de la cabeza.

La mirada de Juliet se ensombreció al posarse en su pene, ahora enhiesto sobre su abdomen. Nick separó un poco los muslos y se rodeó el miembro con una mano, acariciándolo despacio al tiempo que la miraba a ella. En pocos segundos este se había alargado y ensanchado. Con la piel sensible, los nervios respondían a la más mínima caricia mientras se estimulaba el pene dentro del puño.

Con los músculos tensos, Nick procuró mantener un ritmo pausado de la mano. Podría correrse en un santiamén, eyacular meramente contemplando su precioso cuerpo.

—Suba aquí, Juliet. Me muero de ganas de saborearla, de que me saboree.

Ella trepó a la cama sin prisas, la camisa se le subió dejando a la vista sus muslos lechosos, y Nick tuvo que dejar de masturbarse; de lo contrario, explotaría. Juliet deslizó las manos por sus piernas mientras se le acercaba, rodeándole las pantorrillas con las yemas de los dedos, por encima de sus rodillas. Se acomodó entre sus muslos, y él se puso tenso de expectación.

—Yo también estoy muerta de ganas de saborearlo, su excelencia.

Su cabello rojo sedoso cayó como una caricia sobre Nick, de cintura para abajo, mientras agachaba la cabeza hacia su pene.

Él quiso decirle otra vez lo mucho que odiaba su título, pero solo alcanzó a gemir porque ella le había tocado la punta del falo con la lengua. Le dio un lametón vacilante que hizo que a él se le contrajeran todos los músculos del cuerpo, paralizándolo. Reprimió el impulso de incorporarse y obligarle a meterse su miembro caliente hasta el fondo para correrse en su garganta. Su paciencia se vio recompensada cuando, con una mano firme en la base, ella deslizó la boca por la extensión de su falo, chupándole con tal perfección que creyó que perdería el conocimiento.

—¡Oh, Jesús! Sí, *tesorina*, chúpemela. —Retorció las manos en las suaves hebras de pelo que formaban una ardiente cortina alrededor de su rostro—. Métasela en la boca.

Entonces ella empezó a moverse, en serio y con entusiasmo. Nick no podía respirar, no podía pensar, únicamente podía mirarla fijamente: sus labios, tan rosáceos e hinchados, rodeando su miembro con fuerza, con sus voluptuosos senos casi saliéndose de su camisa cada vez que le subía y bajaba la piel del pene. Una y otra vez… el ritmo perfecto. Al ver que se desenvolvía con tanta habilidad, el placer le aumentó en la columna, endureciéndole los huevos, y supo que no faltaba mucho.

Entonces ella empezó a arañarle suavemente los testículos con las uñas, y aquello fue la perdición de Nick. Pudo sentir el orgasmo emergiendo del fondo de su alma. Las paredes retumbaron con su grito cuando eyaculó dentro de la boca de Julia, su cuerpo estremeciéndose por la intensidad de la descarga. Duró una eternidad, y ella se tragó cuanto él arrojó, hasta que se tumbó boca arriba, absolutamente exhausto.

Ella le soltó y se incorporó para acostarse a su lado.

—¡Dios! —jadeó él, procurando recuperarse—. Creo que nunca volveré a ser el que era.

Si fuese menos hombre, sucumbiría al abrumador deseo de darse la vuelta y ponerse a dormir, pero deseaba desesperadamente devolverle el detalle, saborear el orgasmo de Julia con su lengua.

Se puso de lado y le rodeó la mejilla con la mano, obligándola a mirarlo. Sus extraordinarios ojos azules brillaban de excitación. Entonces la besó, dulce pero impetuosamente, saboreando el sabor salado de su boca. Ella se asió a sus hombros con fuerza y lo besó con fervor, su lengua ahora tan agresiva como la de Nick. A él lo desgarró por dentro una satisfacción brutal al comprobar que darle placer había incrementado el deseo de Julia.

Nick se incorporó. Juliet estaba boca arriba, sus cabellos sedosos esparcidos como llamas en abanico sobre la almohada, por detrás de la cabeza. Con las dos manos, agarró el borde de su fina camisa y la rasgó, el tejido ligero rompiéndose sin problemas en sus manos. Ella ahogó un grito.

—Le compraré diez más —prometió él mientras retiraba los jirones.

Le bajó medias y ligas, una por una, dejando ver la tersa y lechosa piel de sus piernas.

Ya estaba desnuda. Dios del cielo, era perfecta. Nunca había sido posesivo con una mujer, pero la idea de que otro hombre disfrutara de ella como él había hecho (como iba a hacer) le invadía de celos; así sin más. Se inclinó para introducirse un pezón, protuberante de excitación, en toda la boca; ella hundió los dedos en su pelo para inmovilizarlo (aunque no es que él lo necesitara). Nick le rodeó el otro seno con una mano y le pellizcó suavemente la prominencia. Julia le recompensó con un gemido prolongado y gutural.

¿Sus otros amantes habían sido bruscos? ¿Delicados? En este momento, Nick sería lo que ella quisiera. Tenía que proporcionarle a Juliet más placer que todos los hombres con los que hubiese estado.

Deslizó la mano por la tersa piel de su cuerpo, por su vientre plano, hasta su parche de íntimos rizos. Adoraba esa primera incursión de los dedos en el sexo de una mujer, en cuya entrada notabas la excitación acumulada. Y... ¡oh, Juliet estaba húmeda! ¡Húmeda y caliente! Se empapó dos dedos con el flujo y ascendió ligeramente para rodear la pequeña protuberancia de su cúspide. Seguía hinchada después del coito previo, suplicando sus caricias.

—¡Oh, Nick! ¡Sí! —exclamó ella con un jadeo.

Juliet se agarró de la colcha y abrió más las piernas.

A él le encantaban las mujeres que sabían lo que querían, pero tenía otros planes. Aunque ansiaba notar su orgasmo en la lengua, que ella chillara su nombre mientras se convulsionaba, necesitaba prolongar esto, volverla tan loca de deseo que jamás lo olvidara. Se inclinó para alcanzar su vaso de licor de la mesa.

Un indicio de recelo bailó en los ojos de Juliet. No sabía qué se disponía a hacer él, y eso a Nick le gustaba. Esta noche le borraría los recuerdos de todos sus anteriores amantes, y si ella no sabía lo que se avecinaba, tanto mejor.

—Nick, ¿qué...? —empezó a decir Julia hasta que una pequeña cantidad de líquido le salpicó el torso desnudo.

Tomó aire de golpe y él observó, fascinado, mientras el líquido de color ámbar bajaba serpenteando por el valle entre sus pechos y a continuación descendía por su costado. Su maravilloso cuerpo se desplegó ante él cual banquete, se inclinó con avidez y presionó la lengua contra sus costillas, enjugando la dulce humedad de su piel con la boca. El sabor a almendras y albaricoques mezclado con su tersa piel, el gusto y el tacto de Julia bajo la aspereza de su lengua eran más embriagadores que cualquier licor.

Él siguió acariciándola, más arriba, hasta que le lamió la parte inferior de su seno, bañando con suavidad la piel aterciopelada y turgente. Fue increíble, porque el pene cobró vida y creció con un deseo desesperante que solo esta mujer parecía suscitarle. Jamás había sido tan insaciable, pero Juliet le hacía sentir libidinoso cual chaval en su primera cópula.

Empezó a estimular el valle entre sus senos, depositando lentamente húmedos besos en sentido ascendente por su esternón, uno detrás de otro, hasta que ella arqueó la espalda y le sujetó la cabeza. Él aún no había usado las manos, hecho del que sabía que ella era perfectamente consciente. Julia intentó que él volviera con la boca a la punta rosada de un pecho, pero Nick se escabulló, decidido a atormentarla.

Levantándose sobre ella, arrastró la lengua a todo lo largo de su clavícula, limpiando la pegajosidad del licor conforme avanzaba. Ella respiró entrecortadamente y se movió inquieta en la cama, pero él quiso ser paciente.

—Nick, por favor.

Él le mordisqueó la delicada columna de la garganta. Cuando ella intentó unir sus bocas, él se apartó y se dedicó a observarla: su rostro ruborizado por la pasión y unos ojos cerrados con dulce entrega; nunca había visto mujer más hermosa.

—Por favor —jadeó ella, y la paciencia de Nick se resquebrajó ante su gutural súplica.

Vertió un largo y delgado chorro de licor sobre su cuerpo, acabando justo por encima de su montículo. Ella dio una sacudida y se estremeció, y Nick tiró distraídamente el vaso al suelo, toda la atención puesta en su carne desnuda.

Se inclinó y rápidamente deslizó la lengua por el reguero de licor y se instaló entre sus piernas sin perder tiempo. El olor a dulce almizcle combinado con las almendras y los albaricoques endureció aún más su falo.

—Quiero oírle gritar, Juliet. No se contenga —dijo Nick antes de agachar la cabeza y pasar la lengua con audacia por la extensión de sus pliegues. Ella subió las caderas a modo de respuesta y él sonrió; pretendía disfrutar de esto tanto como ella.

Sirviéndose de los pulgares, Nick separó los labios brillantes y sopló con suavidad. Acto seguido bañó la pequeña protuberancia de carne hinchada con la lengua, dibujando círculos rítmicos hasta que ella gimió bajo él, se le agarró con fuerza y se puso a jadear. ¡Dios! Podría pasarse horas haciendo esto. Pero quería darle más, incrementar su placer, de modo que introdujo un dedo en su canal tibio y húmedo, al que siguió otro. Juliet se arqueó en la cama, gritó su nombre y él supo que le faltaba poco.

Nick siguió usando la lengua, succionando un poco incluso, hasta que los muslos de Julia empezaron a temblar. Sus músculos internos se contrajeron alrededor de los dedos de Nick, y se puso rígida. Él notó cómo el orgasmo le recorría el cuerpo entero, y ella chilló tanto que la escucharon en Roma.

Cuando Julia dejó de temblar, él no pudo pensar en otra cosa que no fuera poseerla una vez más. Con el pene dolorosamente duro, se puso de rodillas, la sujetó de los muslos y penetró hasta el fondo de su estrechez con un suave empujón de caderas. Ella torció el gesto y soltó un chillido.

Él se quedó helado, el aturdimiento que le producía la lujuria desapareciendo al instante de su cerebro.

—¿Le duele?

Ella apretó con fuerza los labios.

—Un poco —susurró—, pero…

Él sacó el pene y le besó en la mejilla.

—Lo siento, Juliet. No debería exigirle tanto en nuestra primera noche juntos. Perdóneme.

—Soy yo la que debería disculparse, Nick…

—No, *tesorina*. —Nick rodó y la rodeó con los brazos a fin de que ella descansara sobre su pecho—. No tiene por qué disculparse. Prometo dejarla descansar, si se queda conmigo.

Le gustó sentirla pegada a él, toda suave y calentita. De hecho, ya no recordaba cuándo fue la última vez que había estado tan contento.

A modo de respuesta, ella se acurrucó junto a él. Nick, con una leve sonrisa en el rostro, oyó su respiración lenta conforme se quedaba dormida.

A la tarde siguiente, Sergio le entregó una nota a Julia.

—*Grazie* —dijo esta, tomando el papel. Era de Nick.

Mi querida señora Leighton:

¿Me concedería el honor de acompañarme esta noche al teatro?
Temo no entender bien la puesta en escena, a menos que esté usted
allí para ilustrarme.

Suyo,
Nick.

—¿Está su ayuda de cámara esperando respuesta? —le preguntó a su criado.

—Sí, *signora.*

—Pues concédame unos instantes.

Julia se levantó del sofá y fue hasta el pequeño escritorio del rincón de la sala. Escribió una escueta nota en la que le decía a Nick que sería un placer y que la pasase a buscar avanzada la tarde.

Cuando el criado salió con su nota, Julia se volvió a su tía.

—Esta noche voy al teatro con Colton.

Theo sonrió.

—¿Significa eso que volverás a pasar la noche fuera?

—Tal vez —contestó Julia, haciendo caso omiso de la emoción que fluía por ella al imaginarse otra noche con Nick.

Los recuerdos de su encuentro, la sensación de tenerlo dentro, la aturdían por momentos; y la forma en que había lamido el licor de su piel desnuda... Suspiró. Ese hombre era deliciosamente perverso.

Se había bajado sigilosamente de su cama temprano por la mañana, el duque medio dormido. En ese momento le había parecido más fácil, pero parte de ella deseaba haberse quedado más tiempo para experimentar más la perversidad en sus manos.

Su tía la escrutó.

—Es evidente a qué os dedicasteis anoche. Hoy estás absolutamente radiante.

Julia notó que el calor le trepaba por la nuca.

—De eso nada.

Theo resopló.

—Querida, un poco más relajada y te duermes. Supongo que no hace falta que te pregunte si los rumores acerca de la destreza de tu esposo son exagerados.

Julia frunció las cejas. No quería imaginarse a Nick acostándose con otras mujeres; mujeres como la señora Leighton. No cabía duda de que las mujeres que formaban parte de su pasado eran mucho más hermosas y experimentadas que ella, la esposa inexperta a la que no tenía intención de volver a ver. Toda la consabida ira que había arrastrado durante ocho años, el resentimiento que había olvidado con cuatro besos apasionados, empezó a hervir en su interior.

Las cosas que había dicho (y hecho) la noche anterior eran muy íntimas y personales. ¿Les hacía y decía eso a todas las mujeres con las que se acostaba? ¿O los hombres, por naturaleza, se mostraban así de… cariñosos con una mujer un día y con otra al siguiente? Para que luego dijeran que las mujeres eran criaturas veleidosas.

Julia se frotó la frente. De nada serviría ponerse sensiblera por eso. Había venido a Venecia a seducir al réprobo de su marido. Que fuese un réprobo no haría sino ayudarle a lograr su objetivo. Ya había triunfado. Pronto estaría embarazada, con lo que se marcharía y no volvería a verlo jamás. Elucubrar sobre la larga lista de mujeres que la habían precedido o las que, sin duda, vendrían tras ella no servía absolutamente para nada.

Además, echaría a perder la euforia de su victoria. Porque ya lo había hecho; había *seducido* a su marido.

—Piensa, tía Theo, que podría estar encinta en este preciso instante. —Se llevó la mano al abdomen—. ¿Crees que seré una buena madre? No recuerdo gran cosa de la mía. Tú me has hecho más de madre que nadie.

—Serás una madre excelente. Cariñosa, compasiva y dispuesta a proteger a tu hijo con uñas y dientes. Una mujer que es capaz de hacer lo que tú has hecho para conseguir lo que quiere… Tienes agallas, Julia. Tu madre no era tan fuerte.

—¿Por qué dices eso?

Theo apenas hablaba de la difunta marquesa. Había fallecido, junto con el bebé, al alumbrar a su hermana. Ella entonces contaba cuatro años.

—Tienes la terquedad de tu padre, mi hermano. A tu madre no le importaba que otros tomaran las decisiones por ella, cumplir los deseos de tu padre. No sé por qué, pero me da que tu matrimonio sería idéntico.

—¿Qué matrimonio? Si Colton no me deja hacer de esposa.

—Tal vez lo que tienes ahora sea mejor para ambos.

Julia sonrió afectuosamente.

—¿Cómo has llegado a ser tan sabia, tía Theo?

—Por mi matrimonio fugaz con un marido que tuvo la gentileza de fallecer prematuramente.

Antes de que Julia pudiese contestar, Simon irrumpió.

—Buenas tardes, señoras —saludó, y se desplomó en una silla.

Cruzó la mirada con Julia y se detuvo, evaluándola con detenimiento.

—No es que quiera detalles, pero, por favor, dime que Colton no te ha hecho daño.

—¡Simon!

Julia notó la cara caliente por segunda vez en escasos minutos.

Él alzó una mano.

—Jules, le preguntaría lo mismo a una hermana, que es precisamente como te siento a ti.

¿Tan obvio era que ya no era virgen?

—Colton no me hizo daño, no.

—Bien, porque si lo hace, tendré que matarlo. —Se inclinó hacia delante para servirse una taza de té—. Me ha pedido que cenemos, cabe suponer que para averiguar el motivo de mi hostilidad de anoche. Aún no tengo claro qué le diré.

—Simon, no puedes seguir enfadado con él por mi situación económica. Dile que han sido celos pasajeros.

—O… —intervino Theo— una artimaña para juntarlo con la señora Leighton; por aquello de estar unidos frente a un enemigo común.

Simon no dijo nada, se limitó a contemplar el interior de su taza. Julia vio, por la tensión de su mandíbula, que estaba reprimiendo la rabia.

—Puede que te consuele pensar que mi plan está funcionando, Simon. Y Nick no sospecha de mi doble identidad.

Siguió sin decir nada. Julia cambió de tema.

—Esta noche iré al teatro con Colton. ¿Vendrás tú también?

—No, esta noche tengo un compromiso en otro sitio.

—¿Con Veronica? —preguntó Theo mientras removía su té.

Simon puso los ojos en blanco.

—¿Es que no hay intimidad en una casa con dos mujeres? Sí, con Veronica. —Se inclinó hacia delante—. Jules, ¿te ha dicho algo Colton de los atentados contra su vida?

Julia parpadeó y la cabeza le dio vueltas. Se agarró de los brazos de la silla para mantener el equilibrio.

—¿Los… qué? ¿A-atentados contra su vida? ¿Para *matarlo*?

Simon asintió.

—Me han llegado rumores. Y no solo en Venecia. Al parecer, a Colt le siguen los problemas dondequiera que vaya. Es una de las razones por las que tiene a ese mastodonte como ayuda de cámara.

—¿Pero matarlo? ¿Por qué? —inquirió Theo.

—Nadie lo sabe a ciencia cierta. Colton lo niega, naturalmente. Se rumorea que en Viena lo apuñalaron. Ahora nunca sale por la noche sin Fitzpatrick a su lado.

«¡Lo apuñalaron!», pensó Julia horrorizada.

No había visto indicio alguno de cicatriz en su cuerpo, claro que anoche se había fijado en otras cosas.

—En cualquier caso —continuó Simon—, cuando estés con él ten cuidado. Asegúrate de que Fitzpatrick está cerca si salís de noche. No quisiera que te hicieran daño.

—Yo creo que tampoco —masculló ella, su mente dando vueltas a la noticia. ¿Por qué iba alguien a querer matar a Nick? Bueno, aparte de la esposa a la que llevaba ocho años ignorando. Pero ella no quería matarlo, así que… ¿quién estaba intentando matar al duque?

*H*asta la mitad del primer acto de la obra Julia no se dio cuenta de que algo iba mal.

Sí, al llegar juntos el legendario Duque Depravado y la infame señora Leighton, las cabezas se habían vuelto hacia ellos. La gente había estirado el cuello o se había levantado de la butaca para ver mejor el palco de Colton. A Julia le había desconcertado un tanto, pero Nick pareció tomárselo todo con filosofía.

Lo que le preocupaba era que durante la obra las miradas iban dirigidas a *ella*. No de expresión hostil, sino más bien de aprobación. Las mujeres la observaban y hacían comentarios a sus acompañantes con disimulo, más concentradas en ella que en el escenario. Por poco se volvió loca. *¿Qué* estarían murmurando todas ellas?

Se enteró cuando Veronica y Simon entraron en el palco durante el entreacto.

—¡Simon! —exclamó Julia, levantándose para saludarlo.

—Buenas noches, señora Leighton. Colton. Supongo que te acuerdas de Veronica DiSano. —Con su esbelta silueta perfectamente compuesta con un suntuoso vestido de noche azul, parecía tener problemas con el peinado. Un largo mechón castaño oscuro le caía a la hermosa actriz sobre la frente. Julia procuró no mirar mientras intercambiaba saludos con la mujer.

Julia se volvió a Simon.

—Creía que esta noche tenías un compromiso en otra parte.

Simon ladeó la cabeza hacia Veronica.

—Y así era, hasta que se ha enterado de que *tú* estabas *aquí*.

La piel aceituna de Veronica se volvió de un rojo apagado.

—A ver… no voy a ser la única que mañana no hable del vestido de la señora Leighton. —Se volvió a Julia mientras se señalaba la cabeza—. ¿Qué le parece el peinado? Todo el mundo ha empezado a copiarlo. Les piden a sus doncellas que les «leightonicen» el pelo.

Julia se quedó boquiabierta. Echó un rápido vistazo al teatro y se fijó en que más de una mujer lucía tan extravagante estilo. Cielos, la señora Leighton estaba marcando tendencia.

—Me… halaga —logró decir, y miró a Simon, cuyos ojos azules chispeaban de regocijo.

—Parece que la señora Leighton tiene unas cuantas fieles admiradoras —dijo, procurando visiblemente no echarse a reír.

Nick deslizó la mano para rodear la cintura de Julia y estrecharla contra sí. Con la otra mano, le sujetó los dedos, se los llevó a los labios y le depositó un beso en las yemas, sus penetrantes ojos grises atravesándole el alma. Ella se estremeció.

—Totalmente merecidas —comentó—. Hasta yo estoy deseoso de engrosar las filas de esa muchedumbre…

—¿Nos veremos luego en el Florian? —inquirió Simon.

Julia miró hacia Nick, que estaba increíblemente guapo y ducal con su impecable traje de noche negro. Se había mostrado atento y relajado durante toda la velada, pero cada vez que la miraba, la avidez de sus ojos por poco la dejaba sin aire en el pecho. Intuía que tenía planes concretos para cuando salieran del teatro.

—No, no creo —contestó Nick, su mano apretando con fuerza la cadera de Julia.

—Bueno, entonces nos vamos. Que disfrutéis del resto de la actuación —dijo Simon antes de llevarse a Veronica a toda prisa.

Nick acompañó a Julia de nuevo a sus butacas.

—¿Vendrá a casa conmigo, *tesorina*?

El deseo le recorrió la columna vertebral. Julia recordaba cada instante de la noche anterior, cómo sus caricias la habían vuelto loca. Era casi como si alguna fuerza la atrajese hacia él, haciendo que Nick le resultara irresistible. Aunque no estuviese intentando concebir, dudaba que pudiese rechazarlo. Como no sabía si le fallaría la voz, respondió a su pregunta asintiendo con la cabeza.

Él le lanzó una sonrisa relajada llena de promesas.

—Tal vez deberíamos marcharnos pronto.

—¡Nick! —susurró ella, espantada—. Nos vería todo el mundo.

—¿Desde cuándo nos preocupa lo que diga la gente? —Los actores salieron a escena y el interior del teatro guardó silencio. Los labios de Nick dieron con la oreja de Julia—. Podría poseerla aquí, en el mismísimo palco. Introducirle mi pene y volvernos a ambos locos de placer. Tan solo diga la palabra mágica.

Sus palabras hicieron que el calor corriera por el cuerpo de Julia. No lo dudaba en absoluto. Si le decía que sí, hallaría el modo de hacerlo.

—Compórtese, Nicholas —logró decir.

—Me resulta sumamente difícil con usted cerca. Sobre todo con ese vestido.

Julia había elegido una tonalidad de seda azul especialmente intensa esta noche, con un escote rayano en lo escandaloso. Al principio se había abstenido de ponerse un vestido tan atrevido, pero Pearl había aplaudido de contento al ver el resultado y le había insistido en que se lo quedara. Por lo menos Nick también lo sabía apreciar.

—Me complace que se haya fijado —contestó ella, incapaz de evitar sonreír.

—¿Cómo no iba a fijarme? Todos los hombres del teatro estarán preguntándose en qué momento se le saldrán los senos.

Tomó la mano enguantada de Julia y la colocó en su entrepierna, donde ella notó su erección, larga y gruesa, a través de sus pantalones.

«¡Oh, cielos!»

De pronto le faltó aire; no quería apartar la mano, de ninguna de las maneras. Flexionó los dedos, moviéndolos sobre su miembro lentamente a través de la suave tela. Su falo palpitó bajo sus caricias, y Nick gimió.

—Si no para pronto, esto puede ser verdaderamente bochornoso.

Aunque no hizo ademán de detenerla, y Julia se lo tomó como un aliciente.

Presionó la palma sobre su miembro y recorrió varias veces la extensión de este.

—Juliet —masculló Nick.

Su cabeza cayó hacia delante y cerró los ojos. Cualquiera diría que estaba dormido, de no ser por el músculo que se tensaba y aflojaba en su mandíbula. Señor, qué guapo era. Julia miró hacia el escenario intentando apaciguar su corazón acelerado.

Pero no sentía más que a Nick, duro y caliente, incluso a través de las capas de ropa… y a duras penas podía estarse quieta, porque el deseo intenso le reptaba bajo la piel.

—Vámonos —susurró él, tirando de Julia para que se levantase.

Cuando ella quiso darse cuenta estaban fuera del palco bajando por las escaleras hacia la salida.

—¡Mi capa! —cayó ella en la cuenta entre risas mientras él prácticamente la arrastraba.

—Le compraré diez más —dijo él antes de sacarla rápidamente a la fresca noche veneciana.

$\mathcal{E}$l aire presagiaba lluvia y la luna proyectaba un brillante resplandor a lo largo del canal. Nick fue incapaz de hablar mientras conducía a Juliet hasta su góndola; que el cielo lo amparase porque a duras penas era capaz de pensar. La cautivadora pícara casi le hacía eyacular el semen dentro de los pantalones.

Sí, porque había empezado como un juego lo de poner la mano de Julia en su pene, convencido de que ella la retiraría, pero ella le había sorprendido acariciándolo, excitándolo más de lo que nunca había creído posible.

Aquella mujer era peligrosa.

Fitz se había limitado a arquear las cejas cuando salieron del teatro, como si supiera qué había ocasionado la precipitada salida; pero a él le traía sin cuidado. Llevaba toda la noche medio excitado, desde que la había visto con aquel vestido. Cintura estrecha, piel de color crema, senos voluptuosos… Juliet era el mismísimo pecado con una pizca de inocencia. Tenía un no sabía qué completamente distinto a sus anteriores amantes. Se sentía protector con ella, como si de algún modo lo necesitara. Ridículo, la verdad, puesto que las mujeres de su talla se preciaban de ser independientes, pero aun así no lograba librarse del sentimiento.

Él le tendió una mano mientras ella subía a la embarcación y a continuación hizo lo propio de un salto. Fitz los siguió discretamente y en cuestión de segundos la góndola partió, bamboleando con suavidad en el agua.

Nick se sentó al lado de Julia en la oscura cabina. El paseo le había bajado un poco la excitación, así que decidió no desvestirla y posponerlo hasta que la tuviese en una cama. Lo que le recordó que…

—Me ha sorprendido despertarme solo esta mañana —le dijo.

—Lo lamento. He supuesto que sería más fácil que me fuera antes de que usted se despertara. ¿Se ha llevado una decepción?

—Naturalmente que sí. Y me habría disgustado mucho, de no ser porque Fitz la ha seguido hasta su *palazzo* y me ha asegurado que había regresado bien. ¿Cómo se le ocurre irse sola de esa manera? Venecia puede ser tan peligrosa como cualquier otra gran ciudad.

—Sí, ya me he enterado de lo peligrosa que es para *usted*. ¿Por qué no me ha contado que han atentado contra su vida?

Incluso bajo la tenue luz podía verse con claridad la preocupación en lo más profundo de sus ojos azules.

Nick no estaba acostumbrado a que alguien se preocupase por él. Bueno, Fitz lo hacía… pero era Fitz. Le pagaba para eso. Sin embargo, el interés de Juliet por su seguridad lo incomodaba.

Se encogió de hombros.

—Hace ocho meses nos asaltaron unos ladronzuelos. Fitz cree que el suceso forma parte de una conspiración más siniestra, pero yo creo que pasamos por ahí en el momento inoportuno.

—¿Momento inoportuno? —Ella resopló—. ¿De veras cree eso?

La mujer era inteligente, eso estaba claro. Aun así, no había ninguna necesidad de avivar el temor o la preocupación por los ataques.

—Sí. ¿Y por qué discutimos sobre esto cuanto podríamos estar hablando de asuntos más importantes, tales como de qué manera deseo pasar una semana con usted en mi cama?

Ella se rió pensando que él bromeaba, pero Nick frunció las cejas. ¿Acaso Julia no se creía que la quería para él solo? No había hablado más en serio en toda su vida.

—No es una broma —le dijo con rotundidad.

Ella arqueó las cejas y lo escudriñó.

—Nick, la idea de pasar una semana en su cama es absurda. Unos días, quizá, pero no quisiera que… se cansara de mí.

—Eso es muy poco probable. —Nick se inclinó hacia delante y le depositó un tierno beso en los labios—. Incluso diría que ni siquiera una semana bastaría para descubrir todos sus secretos.

Sus labios volvieron a rozarse, esta vez con más ímpetu.

Ella se derritió con el beso, abriendo la boca y sin oponer resistencia alguna, y el falo de Nick empezó a endurecerse. El beso se tornó ardiente, ambos tratando de devorarse mutuamente. Él se bebió cada suspiro y leve gemido que ella lanzó, deleitándose con la demostración de su pasión.

Ninguno de los dos se apercibió del descenso de velocidad de la embarcación.

—Su excelencia —oyó Nick que decía Fitz.

Nick interrumpió el beso y blasfemó en voz baja. Volvía a estar muy excitado y se había olvidado el abrigo en el teatro. «¡Dios!» Si la cosa seguía así, no podría aparecer con ella en público.

Fitz se rió con disimulo cuando Nick pasó por su lado, plenamente consciente del alcance y motivo por el que estaba violento.

«La madre que te parió», pensó, lanzándole una mirada siniestra a su amigo antes de ayudar a Juliet a apearse de la góndola.

—Querida —le dijo a Juliet—, ¿cómo se llama su doncella?

—Fiorella. ¡Por el amor de Dios! ¿Qué pretende…?

Nick no se tomó la molestia de contestarle. No quería darle la posibilidad de contradecirle.

—Fitz, ve a ver a la *signorina* Fiorella. La señora Leighton necesita traerse ropa para una semana a mi *palazzo*. Será nuestra invitada durante los próximos siete días.

—¡Nick! —exclamó Juliet—. Me es totalmente imposible…

—Vamos —dijo Nick, acompañando a la señora Leighton hacia el *palazzo*—. Ve, Fitz —le dijo por encima del hombro.

Fitz asintió y Nick confió plenamente en que su ayuda de cámara lo gestionaría. ¡Dios! La sola idea de tener a Juliet a su merced durante siete días… Apretó un poco el paso.

—¡Que ponga en la maleta mis afeites y lociones, por favor! —le gritó Juliet a Fitz por encima del hombro antes de llegar a la puerta.

—Conmigo no le hará falta afeite alguno, Juliet. Incluso diría que ni siquiera necesitará ropa, pero más vale tenerla, por si acaso. —Se agachó, le pasó un brazo por debajo de las rodillas y la levantó—. Mañana ya mandará una nota a Winchester y a su tía, haciéndoles saber que estará conmigo toda la semana.

—Nick, ¡bájeme! —gritó Julia y le rodeó el cuello con los brazos para aguantarse mientras él caminaba a paso largo hacia las escaleras.

—Dentro de siete días, señora Leighton. Hasta entonces, es mía.

6

Si es necesario, déjele llevar la voz cantante, pero solo brevemente.
Controlarlo es controlar su propio destino.

Señorita Pearl Kelly a la duquesa de Colton

*J*ulia miró al duque con recelo.

—¿Hace esto con regularidad? ¿Lo de secuestrar mujeres? —Él la había dejado encima de su cama y ahora se estaba quitando apresuradamente la chaqueta—. No puede retenerme aquí siete días, Nick.

Julia reprimió el pánico. Si no se ponía su loción de pelo, al término de la semana el pelirrojo volvería a su rubio natural. Y en ese momento Nick sabría que lo habían engañado y probablemente haría que Fitz la arrojase por el acantilado veneciano más próximo.

«Por favor, Fiorella, no te olvides.»

Tal vez pudiera mandarle una nota a Theo, y su tía, en caso necesario, podría de algún modo hacer introducir a escondidas la loción en el *palazzo* de Nick. ¿A esto se había reducido su vida, a la búsqueda de subterfugios por una loción?

No tenía más remedio. Si Nick descubría su identidad, se iría al traste todo aquello por lo que tanto había luchado. No habría bebé; no habría dinero ni habría marido, porque Nick jamás volvería a dirigirle la palabra.

—No, no suelo hacerlo. Nunca he invitado a una mujer a pasar un día entero, y menos aún siete. Pero sé que usted quiere estar aquí, Juliet. —El chaleco de Nick salió volando—. Lo sabe usted, y lo sé yo. ¿Para qué negarnos tan desenfrenado placer cuando no hace daño a nadie y nos beneficia a ambos? —le espetó y se concentró en su corbata.

—Nick.

Julia suspiró, debatiéndose entre rebatirle o ceder. Seguramente lo último, puesto que *quería* quedarse con él. Eso no solo le facilitaría la concepción, sino que le gustaba estar cerca de él. Pese a su reputación, su marido podía ser tierno y cariñoso. En su anterior velada, había estado abrazado a ella toda la noche, estrechándola contra su cuerpo, reacio a soltarla; pero no estaba dispuesta a que le arrebataran la opción de elegir.

Él reparó en su ceño fruncido mientras se desabotonaba la bragueta. Se le paralizaron las manos y a continuación le colgaron a lo largo del cuerpo.

—¿Tanto le disgusta realmente la idea de quedarse aquí?

Ella se incorporó y balanceó las piernas por el borde de la cama.

—No soy una valija, Nicholas, que pueda usted transportar y conservar a su antojo. No siempre va a salirse con la suya.

—Lo sé —le soltó él, las cejas negras fruncidas por el evidente desconcierto—. ¿Es una compensación lo que necesita? Puedo…

—En absoluto. ¿Acaso no dejamos clara esa cuestión en su momento? No quiero su dinero. Quiero que tenga en cuenta mis sentimientos además de los suyos. Sé que es usted duque, pero no es mi protector. Deje de darme órdenes como si…

Cerró la boca de golpe. Le había faltado poco para decir «como si estuviésemos casados». Por suerte se contuvo a tiempo. Cualquier mención al matrimonio estaría ridículamente fuera de lugar por numerosas razones.

Nick se acercó. Con un dedo por debajo de su mentón, levantó la cabeza de Julia hasta que sus miradas se encontraron.

—Me encantaría que se quedara conmigo. No porque yo le haya obligado, sino porque usted así lo desea. —Le acarició el maxilar con el pulgar—. ¿Se quedará?

La sinceridad de Nick conmovió a Julia. Aun así, había más cosas en juego que su orgullo: su loción, para ser exactos.

—Prométame que me dejará ir a casa cuando quiera durante los próximos siete días —dijo ella. Él quiso hablar, pero ella le interrumpió—. Sin preguntarme el motivo.

Nick retrocedió y arrastró una mano por su pelo.

—Si de verdad no desea quedarse, puede irse. No pretendo retenerla aquí en contra de su voluntad.

Julia sacudió la cabeza.

—*Quiero* quedarme, Nick. Pero es posible que haya una razón, una razón de peso, por la que deba acercarme a mi *palazzo*. Necesito saber que me dejará marchar y no me preguntará por qué ni cuándo voy a volver.

—¿Volverá?

—Sí, volveré. Las siete noches y cuantos días que me sea posible. —Fue a tomar su mano y tiró de él para que volviera hacia la cama—. Quiero estar aquí, Nick. Con usted.

Él sonrió y se inclinó para darle un beso sorprendentemente dulce y tierno.

—Gracias por entenderlo —susurró ella junto a su boca.

—Podría agradecérmelo desvistiéndose —susurró él a modo de respuesta.

Julia se deshizo de los zapatos entre risas. Nick se sacó la camisa por la cabeza. Desnudo de cintura para arriba, se arrodilló, la cama combándose bajo su peso.

—No se quite nada más, *cara*. Deje que yo la desvista, capa a capa, como el regalo más exquisito que me hayan concedido jamás hasta que la tenga suplicando debajo de mí.

Nick se agachó para besarle la sensible piel justo detrás del lóbulo de la oreja.

—¿Por dónde cree que debería empezar? —Su mirada gris era misteriosa y ardiente, plata líquida que repasó su cuerpo entero. Le pasó los nudillos con delicadeza por la parte superior de los senos—. Mmm… Creo que empezaré por lo que llevo toda la noche soñando.

Julia se recostó en la colcha y él hizo lo propio, inclinándose para deslizar los labios a lo largo de su clavícula. Ella cerró los ojos, deleitándose en los tiernos besos que él depositaba sobre su piel. Nick olía a jabón y a un toque de madera de sándalo.

Fue dejando una estela de fuego allí por donde pasaba su boca. Julia notó sus senos turgentes de expectación.

—Dese la vuelta, querida.

Ella rodó boca abajo, las manos entrelazadas bajo el rostro. Esperó pacientemente mientras Nick le iba aflojando el vestido.

Y entonces se quedó helado, un gemido brotó de las profundidades de su pecho y ella no pudo contener la sonrisa. Había encontrado su sorpresa.

—¿Es otro regalo para mí? ¡Qué pícara!

Julia se giró boca arriba, sujetando el vestido suelto sobre sus senos y tapando el corsé escarlata.

—Así es. Y puede que le deje verlo si se porta muy bien conmigo.

La mirada de Nick era ardiente e intensa, la excitación le afilaba los planos de la cara.

—Ya pensaba portarme muy bien con usted. Me temo que tendrá que buscarse otro pretexto, *tesorina*.

—¿Y si, en cambio, le pido que sea muy, muy malo conmigo?

La boca de Nick dio un tirón y esbozó una sexy media sonrisa.

—¡Ohhh! Soy perfectamente capaz de eso. No se mueva. Quiero ponerme cómodo.

Nick avanzó hasta apoyarse en el cabecero, los brazos cruzados sobre el torso: un rey dispuesto a pasar revista a todos los preceptos, pensó Julia con una carcajada.

La aguda intensidad de la atención dispensada le valió a ella un cosquilleo mientras se levantaba. Una vez junto a la cama, se quedó quieta… y entonces se desprendió del vestido. Este cayó al suelo con un *silbido* y Nick abrió desmesuradamente los ojos.

—¡Por Dios bendito! —susurró.

De brillante satén escarlata, la zona superior del corsé era ceñida, constriñendo sus senos hacia arriba y hacia fuera, y se sujetaba con delgadas cintas rojas. Una blonda negra cubría las ballenas a lo largo de la caja torácica y la parte superior de los muslos estaba adornada por un fino encaje. De ombligo para abajo, el delgado tejido era prácticamente transparente.

Julia se sentía de lo más ridícula con esa prenda. No solo era incómoda, es que parecía inútil. Pearl se había empeñado en que no eran necesarias las enaguas ni el corpiño, lo que había incrementado su incomodidad. Sin embargo, el ardor de la mirada de Nick hizo que la molestia valiera la pena. Julia se sentía sexy, una mujer capaz de hacer cualquier cosa o tener a quien quisiera. Poderosa.

—Si se propusiera sonsacarle secretos de gobierno a un hombre, le sugeriría que llevara eso puesto —dijo él con voz ronca.

Ella arrastró con languidez la yema de un dedo sobre la turgencia de sus propios senos.

—¿Y tiene secretos que merezca la pena conocer, su excelencia?

—Yo diría que balbucearé como un papanatas, si se sienta encima de mi pene así vestida.

Los dedos de él desabrocharon volando los botones restantes de sus pantalones y con un hábil movimiento se quedó completamente desnudo.

Julia contuvo el aliento. Ágil y esbelto, Nick no era muy musculoso, pero estaba perfectamente proporcionado, con brazos, piernas y torso salpicados de un crespo vello moreno. Su erección era impresionante, el pene durísimo y tieso levantado hacia el abdomen. Se derritió por dentro, la humedad acumulándose entre sus muslos.

Él le hizo señas con un dedo.

—Venga aquí, *cara*.

Julia se deslizó sobre la cama y despacio, coqueta, fue arrastrándose hasta él. El corazón le aporreaba el pecho, cada parte de su ser vibrando ahora de emoción. Esta vez no había timidez. Deseaba a Nick desesperadamente; tanto que le dolía. Y teniendo en cuenta que él estaba casi jadeando mientras la veía acercarse, el sentimiento parecía totalmente mutuo. Le encantaba ser capaz, ella, su inocente esposa, de suscitar este deseo febril en semejante pecador.

Cuando se hubo acercado bastante, Nick la asió de la parte superior de los brazos y tiró de ella, apoderándose de su boca con un beso fogoso.

Sus cuerpos lo retomaron en el punto donde lo habían dejado en la góndola. Respirando con fuerza, se bebieron mutuamente, los besos intensos y húmedos. Las manos de Julia, temblando de necesidad, lo acariciaron allí donde alcanzó. Bajo sus dedos, él era ángulos duros y músculos tensos, y piel masculina áspera y ardiente.

Nick tiró de una pierna de Julia, con lo que ella quedó medio a horcajadas sobre él, los senos aplastados contra su pecho. Una de las manos de su marido le rodeó una nalga al tiempo que la otra le acariciaba un seno a través del corsé.

Entonces deslizó los dedos en su hendidura, que acarició y estimuló hasta la saciedad, sin prisa aparente por hacer nada más. Ella interrumpió el beso y presionó los labios contra su cuello, procurando resistir mientras la deliciosa sensación recorría su cuerpo. Entonces introdujo dos dedos en ella. Los metió y los sacó.

—Nick —jadeó ella, flexionando los dedos de los pies por la dulce agonía. Hundió las uñas en la piel de su cuerpo y solo alcanzó a gemir mientras él se adueñaba del suyo.

—¡Qué húmeda está por mí! Toque lo que yo toco, *tesorina*. Observe cómo su cuerpo reacciona a mí.

Él la volvió boca arriba y se apoderó de su mano derecha.

—Tóquese, Juliet. Déjeme ver cómo lleva las riendas de su pasión. —Guió su mano hasta que sus dedos se deslizaron por la viscosidad de su hendidura. Ella quiso retirarla, pero él le obligó a dejarla donde estaba—. Me ha pedido que sea muy malo, ¿recuerda? Déjeme observarla —susurró Nick, su voz grave y quebrada.

Julia titubeó, relamiéndose los labios, nerviosa. ¿Sería capaz de hacer algo tan indecoroso? Sin embargo, el pícaro brillo de los ojos de Nick le dio seguridad; supo que él disfrutaría con eso tanto como ella.

Él se reclinó y ella empezó a acariciarse con atrevimiento, los párpados cerrados en señal de entrega. Unas sacudidas de euforia le recorrieron las extremidades y llevó los dedos hasta la diminuta protuberancia de carne, sobre la que trazó círculos. Entonces se estremeció y se mordió los labios para evitar chillar.

Pearl le había insistido en que aprendiese a darse placer a sí misma, a familiarizarse con su propio cuerpo, pero ella jamás se imaginó que algún día lo haría delante de otra persona. Era impúdico. Se sentía verdaderamente... depravada, actuando así delante de él. Y eso lo volvía todo aún más excitante.

Trazó círculos alrededor del clítoris, ahora resbaladizo e hinchado, torturándose hasta que respiró con diminutos jadeos. Los labios de Nick dieron con el montículo de seno que el corsé dejaba a la vista, y arrastró la boca por la sensible piel. Saber que él la estaba mirando aumentó la excitación de Julia, la desesperó más. Sus dedos se movieron más deprisa, cada toque incrementando la maravillosa presión que crecía en ella.

Él gimió, un sonido gutural puramente masculino.

—¡Hay que ver lo hermosa que es! No aguanto más.

Nick se dejó caer boca arriba y sentó a Julia a horcajadas sobre él. Se alineó con ella y con un fuerte impulso de cadera la penetró. A ambos se les cortó la respiración; las manos de Nick sujetaron las caderas de Julia mientras inspiraba hondo varias veces. Ella sabía que estaba intentando controlarse, solo que no quería que él recuperase el control. Le atenazó el miembro con sus músculos internos y luego se contoneó.

—Espere, Juliet, ¡oh, Dios!…

Nick aflojó las manos y las caderas de Julia empezaron a balancearse como él le había enseñado en su primera vez juntos en la silla, subiendo sobre su falo y luego volviendo a deslizarse hasta abajo de todo. Con más fuerza. Más deprisa. Marcó un ritmo determinado, sin piedad, dando placer a ambos, echando atrás la cabeza de puro gozo. Nick se sentía de maravilla, llenando así su cuerpo y acariciando sus sensibles paredes. Aquello era completamente distinto a cuanto ella se había imaginado nunca; y ahora no era capaz de imaginárselo con nadie más.

Cuando las manos de Nick hallaron sus senos y le frotaron los pezones a través del satén, un arrebato de ardor fue a parar directamente a su útero y perdió el control.

—No puedo parar —dijo él entre dientes—; así que ayúdeme, porque necesito penetrarla hasta el fondo.

El cuerpo de Julia se tensó y pudo sentir que su liberación estaba próxima. Miró a Nick: tenía los ojos cerrados, la mandíbula apretada por el placer intenso de su cópula. Ella era la causante; lo había vuelto completamente loco. De repente, a Julia le recorrió un orgasmo colosal y titánico. Hundió las uñas en el pecho de Nick, agarrándose a él, gritando mientras sentía los espasmos.

—¡Oh, Dios! ¡Sí!

El cuerpo de Nick la embistió, las caderas dando sacudidas con frenesí al llegar también al clímax. Se tensó, todos los músculos tirantes, y ella notó las pulsaciones de su falo, la descarga de su semen inundándola.

Los dos aún jadeantes, ella se desplomó en la cama junto a él, exhausta. ¿Todas sus cópulas tenían que ser así? ¿Tan frenéticas, tan intensas?

Él la estrechó contra su costado con un brazo.

—¡Dios, mujer! Me deja usted sin palabras.

Julia solo alcanzó a resoplar.

—*Cara*, deje que le quite esto.

Ella esperó a que él soltara las cintas que ataban el corsé. Se lo deslizó por el cuerpo y tiró la prenda al suelo. A continuación las medias y ligas. Luego la estrechó contra sí, la espalda de Julia contra su pecho.

Envuelta en el calor de su cuerpo, bostezó. Él trazó con languidez dibujos en su cadera desnuda con los dedos y se quedaron ahí, en silencio, un buen rato, simplemente disfrutando del mero contacto.

—Hábleme del señor Leighton —dijo Nick—. ¿Era feliz con él?

Ella se tensó. ¿Qué podía decir de un hombre ficticio? Julia se imaginó al marido ideal y decidió empezar por ahí.

—Era un buen hombre. Un hombre amable. No era egoísta ni cruel. Y era fiel.

—Bueno, no es difícil entender por qué —musitó Nick, besándole en el hombro—. Parece que sabía lo afortunado que era.

A Julia le reconfortó el cumplido de Nick.

—Gracias. Éramos felices. Yo fui tan afortunada como él.

—Me parece que siento unos celos tremendos de un hombre muerto.

—No me lo imagino a usted envidiando a ningún hombre, su excelencia.

En broma, Nick le dio una palmada en una nalga.

—Eso por usar mi maldito título. No es una circunstancia que acepte de buena gana. Es que tengo la sensación de que la conozco hace mucho tiempo, aunque nos acabemos de conocer. No sé, tengo la sensación de que debo protegerla.

Ella sonrió, henchida de alegría por su declaración. Y entonces recordó sus circunstancias, la artimaña tramada, y la alegría se apagó considerablemente. ¿Era Nick tan tierno y tan honesto con las demás mujeres de su vida?

Este hombre era su *marido*. Ella también tenía la sensación de que debía protegerlo, aunque de poco le había valido ese sentimiento para irse a recorrer Europa y acostarse cada noche con una mujer distinta. Ella había ido a Italia dispuesta a odiarlo; a engañarlo, a conseguir lo que quería, a marcharse y olvidarlo cuando hubiera acabado; a dejarlo con sus otras mujeres mientras ella criaba a su hijo.

Pero no había contado con su capacidad de seducción. Su forma de hacerle olvidar con bonitas palabras y suaves caricias. Julia haría bien en no dejar de tener presente que esto era solo pasajero, que era puramente físico.

—¿Y qué me dice de su mujer? —inquirió ella.

Él se puso tenso.

—¿De mi mujer? —repuso Nick con crispación—. A duras penas es mi mujer.

—¿Qué significa eso?

—Significa que el matrimonio nunca se ha consumado ni se consumará jamás.

La hendidura aún le palpitaba después de hacer el amor y el delicioso escozor entre las piernas le recordó lo falsa que era su afirmación.

—O sea, que es fea.

Él suspiró, evidenciando que esta conversación lo incomodaba.

—No, yo la recuerdo muy hermosa. Rubia, como un ángel. Pero joven. Inocente. Nos casamos cuando ella tenía solo dieciséis, y yo me marché nada más terminar la ceremonia.

—¿Y por qué no vuelve ahora? ¿No siente curiosidad por verla?

—No —le espetó él, rodando boca arriba—. No siento la menor curiosidad. Mi padre la eligió por mí, me obligó a casarme con ella chantajeándome hábilmente. Nunca, jamás seré un hombre casado.

Julia no quiso señalar que *era* un hombre casado, le gustase o no.

—Pero querrá un heredero ¿no?

Nick soltó una carcajada, pero era seca y sin regocijo.

—No, la verdad es que no quiero tener un mocoso. Jamás. No le daría a mi padre esa satisfacción. Lo último que quiero es que la dinastía Seaton continúe.

—Pero ¿no tiene uno de los títulos más antiguos e ilustres? ¿Por qué…?

—Un título que mis padres nunca quisieron que llevara yo. Me dejaron meridianamente claro que no daba la talla para seguir con el legado familiar. De manera que no, la dinastía se acaba conmigo.

El resquicio de esperanza de un futuro común se desvaneció cuando ella percibió la vehemencia que subyacía a las palabras de Nick. ¿No querría hijos, nunca? Cielos, la verdad es que la odiaría cuando averiguara lo que había hecho.

Julia inspiró hondo y se volvió a él. Él tenía la mirada clavada en el techo, la expresión adusta. Le puso una mano en el pecho.

—Merece ser feliz, Nick.

Él tardó tanto en decir algo que ella estaba convencida de que no contestaría.

—Hay muchos tipos de felicidad —susurró al fin—. ¿Qué le hace pensar que no lo soy?

Julia se inclinó sobre él y le besó con ternura en la mejilla. Apoyó la cabeza en su hombro y le acarició con naturalidad el vello suave y ensortijado del pecho.

Dios, pero ¿qué había hecho?

A la mañana siguiente Julia se despertó desorientada. Entonces lo recordó. Estaba en el *palazzo* de Nick. Se desperezó y al girarse vio a su lado el espacio vacío. Nick no estaba, ya se había levantado. En cierto modo se llevó una decepción.

En algún momento de la noche la había despertado con tiernos besos y suaves caricias para calentarle la sangre. Su cópula había sido dulce y lenta, una escalada regular y sensual antes del aturdidor estallido de placer. Después se había agarrado a ella, la cabeza sobre su pecho mientras volvía a dormirse.

Ella lo había estado observando largamente mientras dormía, a ese hombre complicado que tan distinto era a como se había imaginado todos estos años; pero no podía implicarse emocionalmente. Sí, era su marido, pero nunca había querido ser un esposo o padre como era debido. En el momento en que descubriera su identidad, en que descubriera que estaba encinta, la odiaría para siempre.

Y si bien no podría culparlo, tampoco podía echarse atrás. Esta era la única manera de garantizar su futuro.

Llamaron a la puerta. Julia se cubrió el cuerpo desnudo con la sábana.

—¿Sí? —preguntó.

Fiorella asomó la cabeza.

—¿Está despierta, *signora*?

—¡Fiorella! —exclamó Julia, incorporándose—. Has venido. No caí en que también podías venir tú.

La joven entró en la habitación.

—El duque prometió doblarme la paga de la semana si venía —dijo con la cara radiante de felicidad—. ¿Se imagina? Qué generoso es el duque, ¿verdad?

Julia asintió con la cabeza.

—Sí lo es, sí. ¿Has traído todas mis cremas y lociones?

—Sí, *signora*. ¿Prefiere tomar un baño esta mañana?

Julia por poco se desmayó de alivio. Fiorella tenía su tinte de pelo.

—Sí, por favor, Fiorella. Gracias.

Una hora después, había tomado un desayuno ligero, se había bañado y vestido para la jornada. Tenía el pelo recogido en un delicado moño y llevaba un vestido de día de muselina verde clara a rayas. Ahora estaba preparada para hacer frente a Nick.

Lo encontró haciendo esgrima en el salón de baile con Fitz. La escena era digna de ver. Los dos hombres descamisados, sus torsos desnudos relucientes de sudor mientras sus pechos subían y bajaban agitadamente por el esfuerzo. Giraron en círculo y esquivaron estocadas sobre una enorme colchoneta, el sonido de sus floretes metálico al entrechocar en el espacio cavernoso. Fitz era más corpulento y musculoso que Nick, pero el duque era más rápido. Logró esquivar los intentos de ataque un tanto torpes de su ayuda de cámara al tiempo que le asestaba rápidos piquetes.

Nick estaba de espaldas a Julia y entonces la vio: una cicatriz bastante horrible junto a su omóplato derecho, el lugar donde le habían apuñalado en Viena. Se le revolvió el estómago. ¡Santo Dios! Simon tenía razón. Alguien había intentado *asesinar* a su marido.

Seguramente haría algún sonido leve, porque ambos hombres pararon y se volvieron hacia la puerta. A Nick se le dibujó una sonrisa en su hermoso rostro y fue hacia ella tranquilamente, los lustrosos músculos de la parte superior de su cuerpo vibrando y meneándose mientras se aproximaba.

—Buenos días, querida.

—Buenos días. No pretendía interrumpir —dijo ella, casi con timidez.

—Casi estamos. Siéntese… —Nick señaló con el florete una silla junto a la pared— y observe cómo acabo con este pedazo de zoquete.

Fitz bufó. Nick le dio un beso fugaz a Julia.

—Me dará suerte —dijo, y se giró hacia su contrincante.

Julia se relajó en la silla, encantada de observar su ritual. Fue una maravillosa exhibición de virilidad y fuerza. Nick se movía con garbo, seguro de sí mismo y sus habilidades, sus movimientos seguros y rápidos. Los músculos de sus brazos y espalda se contraían bajo la piel húmeda. Atacó, el sudor resbalando por su torso desnudo, los pantalones negros pegados a sus fuertes muslos…

La excitación se apoderó de ella, una reacción visceral a la puesta en escena de Nick. Sintió calor y un cosquilleo de cintura para abajo al recordar cómo se había deslizado sobre su desnudez. ¡Qué maravilloso era sentir su dureza dentro de ella, dilatándola! ¡Dios! Sintió ganas de lamerlo de la cabeza a los pies.

Incluso sabiendo lo que llegaría a odiarla y que no quería tener hijos, Julia no podía evitar suspirar por él. Ese hombre era como una droga, un poderoso opiáceo que era incapaz de controlar.

Y fue incapaz de apartar los ojos de la espléndida visión de su cuerpo. Su piel cobró vida, ansiosa e impaciente, al verlo dar vueltas y flexionarse. Entonces se asió de los bordes laterales de la silla para evitar abalanzarse sobre él.

*N*ick oyó que a Juliet se le escapaba un leve gemido. Lanzó una mirada hacia ella y reconoció al instante los indicios de excitación en su rostro: piel sonrosada, los labios ligeramente entreabiertos, mirada intensa y vidriosa... Notó que su propio cuerpo reaccionaba en consecuencia, sus genitales tensándose mientras la sangre afluía a su falo.

Ella lo observaba con abrasadora intensidad, agarrada a los laterales de la silla, y él la miró fijamente, incapaz de...

El aire siseó y Nick se vio de pronto tumbado boca arriba, el florete de Fitz en el cuello. ¡Maldición! Había bajado la guardia y su amigo se había aprovechado.

—Conque iba a acabar conmigo, ¿Eh?

Fitz retrocedió y alargó la mano.

Nick blasfemó y se levantó con su ayuda. Hizo una mueca de dolor. ¡Señor! El hombro le dolía horrores. Seguramente había aterrizado sobre él al caer.

—Me he distraído —dijo entre dientes.

—Lógico.

Fitz sonrió, inclinando la cabeza en dirección a Juliet. Recogió los floretes junto con su camisa, murmurando en gaélico, y se marchó.

Nick, que no se volvió a poner la camisa a propósito, se acercó tranquilamente a ella. Con los brazos cruzados, se le plantó delante con las piernas ligeramente separadas.

La punta de la lengua de Julia asomó para humedecerse los labios, provocándolo.

—¿Lo he distraído, su excelencia?

Ella había hecho la pregunta con bastante inocencia, pero Nick pudo adivinar sus intenciones en sus ojos azules.

—Sabe perfectamente que sí, diablesa. ¿Cómo me compensará?

Nick sentía curiosidad por ver qué haría Julia, la osada arpía. Siempre se había rodeado de mujeres que gozaban del placer sexual tanto como él, y por maravillosos que hubiesen sido esos encuentros previos, no eran nada en comparación con Juliet. Su entusiasmo inocente, su profundo conocimiento del cuerpo masculino... era como si le hubieran enseñado dónde tocarlo exactamente, cómo volverlo loco.

Las manos de Julia fueron a los botones de sus pantalones y, con una astuta sonrisa, los fue desabrochando lentamente, tomándose su tiempo, uno a uno, hasta que su miembro quedó liberado.

En cuestión de segundos, Nick se olvidó por completo del combate de esgrima.

*L*os días siguientes transcurrieron rápidamente. Nick no recordaba una época de mayor satisfacción o alegría. Juliet y él eran curiosamente compatibles, incluso fuera de la cama. Estaban juntos prácticamente a todas horas, y él no se cansó ni una sola vez de su presencia como siempre le había ocurrido con las mujeres.

Ella sabía de literatura tanto como él, si no más. Era impactante pensar que a él le habían obligado a estudiar los clásicos en el colegio y ella los había leído por su cuenta. Además, Juliet tocaba el pianoforte, cosa que hacía en su honor todas las noches tras la cena.

Nick quería obsequiarle con algo especial antes del término de su semana juntos. Recordó su deseo de ir a la isla de Torcello y decidió sorprenderla con un viaje. Pasarían la última mañana visitando los lugares de interés y luego harían un picnic. Como ella le había dicho que esa mañana necesitaba más rato para arreglarse, lo organizó todo mientras esperaba.

Cuando ella bajó, la góndola estaba cargada y lista para partir.

Con los exuberantes rizos pelirrojos recogidos en un moño alto y un conservador vestido azul claro, podría confundirse con cualquier dama que paseara por la calle Strand de Londres; pero fue la sonrisa pícara y cómplice que ella le dedicó lo que le encogió el pecho de emoción. Nick no quería sentir ternura por ninguna mujer, llevaba años evitando los enredos de faldas. Juliet, sin embargo, de algún modo había traspasado sus defensas. Se había… encariñado con ella.

¿Podría convencerla de que prolongase la estancia estipulada en siete días?

Cuando Julia llegó al pie de las escaleras, él le hizo una reverencia.

—Señora, su carruaje la espera.

—¿Carruaje? —inquirió ella.

Nick se enderezó y se encogió de hombros.

—Bueno, la góndola. Es lo máximo que he conseguido. —Le tomó de la mano—. Hoy seremos turistas y pasearemos por la isla de Torcello.

—¡Oh! —musitó Julia, agarrándose a él de emoción—. ¿De veras?
Él asintió.

—Me he acordado de que quería explorarla. Y haremos un picnic
por allí.

Pronto estuvieron en el agua, deslizándose en dirección norte hacia
las islas de la laguna. Juliet y él se sentaron en la cabina, la *felze*, mientras que Fitz y el gondolero estaban fuera, hablando en voz baja al tiempo que la embarcación los mecía suavemente.

—¿Cuánto se tarda en llegar allí? —preguntó ella.

—Más de una hora. Torcello es la isla de la laguna más alejada de
Venecia. También es la más tranquila; de hecho, solo viven cuatro ga-
tos allí.

—¿Qué haremos mientras?

Le hizo ojitos y él sintió que la sangre se le empezaba a despertar.

—¿Por qué? No lo sé.

Se giró y le acarició el cuello con la nariz, justo por debajo del lóbulo
de la oreja. Era como si supiera cuánto le gustaba.

Ella soltó un largo suspiro y echó la cabeza hacia atrás contra el
asiento para facilitarle el acceso.

—¿Qué le gustaría a *usted* hacer hasta que lleguemos allí? —susurró
él contra su cuello.

—¿Qué tal si hablamos de política? No ha ocupado su escaño en la
Cámara de los Lores, pero estoy convencida…

—Preferiría ir a nado hasta Torcello antes que hablar de política. Me
temo que tendrá que pensar en algo mejor, querida.

Pasó las yemas de los dedos a lo largo de la curva de su clavícula, la
piel era muy tersa y delicada. Ella le recompensó con un escalofrío. Inclinándose sobre ella, deslizó los labios por la columna de su garganta,
depositando pequeños besos a su paso. Julia olía de maravilla, a jabón y
flores, y pensó en saborearla entera.

—Mmm… Vale, nada de política. ¿Y de cotilleos? Puedo contarle
todo lo que ha pasado últimamente en Londres.

Él resopló y continuó besándole el cuello, y ella se echó a reír.

—¿Quiere que le recite un poema?

—Detesto la poesía —farfulló él.

Julia volvió a reírse.

—¡Vaya, yo también, qué casualidad! Bueno, pues entonces solo nos queda una cosa. —La mano de Julia dio con el muslo de Nick y empezó a deslizarla hacia su entrepierna. Su falo creció enseguida y él contuvo el aliento, esperando sus tiernas caricias—. Hablar de nosotros mismos.

Nick dio un respingo, espantado.

—¿Hablar de nosotros mismos? —Sus manos no dudaron en levantarla en brazos para colocarle las piernas sobre el regazo—. Tengo una idea mucho mejor. ¿Por qué no habla usted mientras yo encuentro la manera de entretenerme con su cuerpo?

Le levantó la falta y la enagua, luego subió los dedos por la cara interna de su muslo hasta que dio con su punto caliente.

Estaba deliciosamente húmeda, su cuerpo preparado ya para él. Entonces jugueteó y se entretuvo, sus dedos nada presurosos por aliviarle el tormento pese a sus súplicas. Dedicaría cada instante de este trayecto a volverla loca.

Mucho después, cuando llegaron a Torcello, Nick ayudó a Juliet a bajarse de la góndola. La había llevado al clímax dos veces durante el trayecto, y ella le dijo que las piernas aún no la sostenían. No pudo evitar sonreír.

—Podría disimular un poco su satisfacción, su excelencia —balbuceó ella al cogerle del brazo.

—Si vuelve a llamarme «su excelencia» una vez más, le daré placer tres veces en el trayecto de vuelta.

—¿Me lo promete? —repuso ella, la picardía danzando en sus ojos azules.

Él se rió entre dientes.

—Fitz —gritó—. Volveremos dentro de una hora y media para comer. —Su amigo asintió, y Nick condujo a Julia por el muelle hacia la isla—. No me imaginé que sería usted tan insaciable, señora Leighton.

—¿Le preocupa no ser capaz de aguantar el ritmo?

—Sí —contestó él con exagerada sinceridad, haciéndole reír. Nick se dio cuenta de que le encantaba verla reírse—. Paremos primero en la catedral para ver los mosaicos.

La condujo hacia un campanario gigantesco, y después de contemplar los mosaicos y subir a lo alto de la torre, le dijo:

—Ahora tiene que sentarse en el Trono de Atila.

En el patio trasero le mostró un enorme asiento de piedra.

—¿Y para qué voy a sentarme ahí?

—Porque es lo que hacen los turistas, querida. —La acompañó hasta el trono y sostuvo su mano mientras ella tomaba asiento—. Los lugareños dicen que si uno se sienta en el Trono de Atila, algún día volverá a Torcello.

Nick se llevó la mano a la boca y le depositó un beso en la cara interna de la muñeca, junto a la orilla del guante.

Ella le sonrió y él se sorprendió sonriéndole a su vez de oreja a oreja como un idiota, y sin importarle lo más mínimo.

—Tal vez algún día pueda volverme a traer —dijo en voz baja.

Nick no supo muy bien qué responder a semejante afirmación. Ambos sabían que su relación no era estable, pero la voz de Julia tenía un tono curiosamente melancólico. ¿Acaso no deseaba darle a esta mujer cuanto estuviera a su alcance?; y eso sí que era peligroso.

Decidió ignorar el comentario y tiró de ella para que se levantara.

—Vamos a comer.

El resto de la excursión había sido una delicia, pensó Julia mientras regresaban hacia Venecia. Habían compartido un picnic en el interior de un antiguo *palazzo* abandonado y posteriormente Nick la había poseído con delicadeza sobre las suaves mantas. En los últimos días estaban haciendo el amor con menos frenesí, pero desde luego no con menos intensidad. Una vez adecentados, habían paseado un poco más, de la mano y dándose besos mientras exploraban. En definitiva, un día perfecto.

Ya en la góndola, Nick se había tumbado en la *felze* con la cabeza sobre su regazo. A los pocos minutos se había quedado dormido.

Julia le retiró el pelo de la frente. Sin contar hoy, le quedaban dos días más con él. Es verdad que podrían seguirse viendo, pero ahora mismo disfrutaba de su compañía día y noche.

Dormido, su rostro parecía más juvenil y sereno. Despierto, había algo turbio en él, una herida de juventud que Nick no podía o no se daba permiso para olvidar. Eso lo volvía frío y cínico. Pero también había dulzura, la ternura de un hombre que nunca había conocido el amor, que lo ansiaba incluso más de lo que creía.

Durante el almuerzo ella le había animado a hablarle de su infancia.

—La verdad es que no hay mucho que contar —le había dicho—. Me dediqué a retozar por la finca, huyendo de la institutriz siempre que podía. Me encantaba estar al aire libre. Me sigue gustando, siempre que puedo. Luego fui a Eton y durante los años siguientes tan solo volví un puñado de veces. Para entonces les traía bastante sin cuidado que estuviese vivo o muerto.

—¿A quiénes? —había preguntado ella.

—Al duque y la duquesa. Se desentendieron de mí bastante pronto. De hecho, no recuerdo ningún momento de ternura con mis padres. Todos los recuerdos gratos que tengo de mi infancia son de mi institutriz y el jardinero jefe, al que solía seguir a todas partes a la menor ocasión.

—¿Qué hay de su hermano mayor?

Nick se había introducido una aceituna en la boca.

—Nos llevábamos bastante bien, pero los tutores lo mantenían ocupado. «Un futuro duque tiene responsabilidades», solían decir. Hicieron realmente desdichado a Harry. Éramos dos chicos: uno recibía demasiada atención y el otro, ninguna.

—¡Oh, Nick! —había dicho ella con pesar.

Él se había encogido de hombros con una indiferencia que ella sospechaba que no sentía.

—Mis padres son unos miserables. En cierto modo, mejor que me dejasen a mi suerte, por solitaria que fuese. Harry tenía que ver a mis padres regularmente, explicarles qué había estado aprendiendo y actuar como un mono domesticado en una tienda. Yo casi nunca los veía. De hecho, una vez conté cuánto tiempo seguido me habían rehuido. Me salieron ochenta y nueve días.

Julia había ahogado un grito.

—¡Ochenta y nueve días sin ver a sus padres! Eso es terrible.

—Era una casa tremendamente grande.

Esa fue su respuesta.

—¿Y qué hacía en vacaciones y los días festivos?

—Viajar, quedarme en casa con Winchester o Quint... Cuando tuve edad suficiente, hice un par de amigas a las que no les importaba tener rondando por casa a un adolescente insaciable y eternamente libidinoso.

—Veo que la cosa no ha cambiado mucho, porque sigue usted siendo insaciable y eternamente libidinoso —había señalado ella.

—Sí, lo soy. Pero por lo visto solo cuando estoy cerca de usted. ¿Y acaso no le alegra?

Ya era agua pasada, pero Julia empezó a entender por qué Nick se había alejado de su familia (incluso de la esposa que su padre le había impuesto). La culpa le oprimió con fuerza el pecho y, por un instante fugaz y descabellado, hasta se planteó confesarle su verdadera identidad. Sin embargo, el miedo le ató la lengua.

Si concebía, no se veía capaz de decírselo a la cara. Sabía lo devastadora que sería la noticia para su marido. Nick no quería ser padre en realidad, cosa que hoy había vuelto a manifestar con absoluta claridad.

No, una carta larga y bonita solucionaría el problema. Enviada desde algún sitio muy, muy lejano.

Bajó la mirada hacia él: largas pestañas negras abanicándole las mejillas mientras dormía, la sutil barba oscura de tres días en la mandíbula. Sintió un pinchazo en el pecho y la verdad la sacudió como un rayo.

Se estaba enamorando de su marido.

¡Oh, Señor! No podía consentir que ocurriera algo tan rematadamente estúpido. Se apresuró a intentar recordar todas las razones por las que debería odiar a Nick, cómo la había ignorado durante ocho años; su reputación de seductor de mujeres; a Templeton, a sus sirvientes, todos los cuales estarían en breve en la calle.

Pero no podía seguir haciéndolo. No odiaba a Nick; lo *entendía*. Y podía ver más allá de la fachada que él proyectaba al mundo: el Duque Depravado, un jugador degenerado que se bastaba a sí mismo. No, ese no era el hombre real. Nick se había sincerado con ella en los últimos días, dándose más y mostrando una faceta de su personalidad dulce y atenta.

Durante toda su maquinación y sus preparativos, ella no había pensado en ningún momento en proteger su corazón. Ni se le había pasado por la cabeza que se encariñaría de él. Y ahora corría el inminente peligro de amar a un hombre que la odiaría para siempre cuando descubriese lo que había hecho.

«Sé fuerte» —dijo para sí—. «Puedes sobrevivir dos días más sin sacrificar tu corazón.»

7

Proteja su corazón. Manténgalo a salvo, porque nadie debería confundir jamás la lujuria con el amor.

Señorita Pearl Kelly a la duquesa de Colton

*P*ara cuando llegó su último día juntos ya habían adquirido una agradable rutina.

Como casi cada mañana, Nick la despertó con tiernos besos y dedos expertos, preparando su cuerpo para luego deslizarse en su interior. El ritmo fue lento y pausado; Nick dedicado a hacer aflorar el placer hasta que ella prácticamente enloqueció y se agarró a él, suplicando e implorando el fin del dulce tormento.

Se limitó a reírse junto a su oído.

—Quiero prolongar esto, *tesorina*. Aunque hoy pretendo poseerla por lo menos dos veces más.

Julia no pudo más. Empujó a Nick por los hombros y le hizo rodar boca arriba. El rostro de este denotó sorpresa cuando ella se le sentó encima a horcajadas y se colocó el falo en su entrada.

—A ver si voy a ser *yo* quien lo posea por lo menos dos veces más hoy.

Bajó las caderas, él la penetró con fuerza y ambos gimieron.

Volvió a hacerlo, cortándole la respiración a Nick, que tuvo que agarrarse del cabecero de madera.

—¡Jesús! Me encanta cuando hace eso, maldita sea.

Sus manos encontraron los senos de Julia, y le pellizcó los pezones y los retorció con las yemas de los dedos mientras ella continuaba montándolo. La fricción no tardó en llevarla al límite, y él lo sabía. Se incorporó y se introdujo un pezón en la boca, alternando la succión intensa y los lametones en el diminuto capullo con toda la extensión de la lengua.

—¡Oh, Nick! ¡Sí! ¡Dios, sí! —jadeó ella, sus caderas meneándose frenéticamente.

Nick descendió la mano entre ellos y acarició su sensible protuberancia con el pulgar.

—Quiero ver cómo se corre, *cara*. Chille mi nombre —susurró él contra su seno.

El clímax llegó y Julia tuvo un orgasmo feroz, las piernas temblando, el cuerpo arqueándose por la deliciosa tormenta. Vagamente, se oyó a sí misma gritar el nombre de Nick.

Cuando volvió a bajar de las nubes, los ojos de él estaban oscuros y vidriosos, mirándola fijamente.

—¡Está tan hermosa cuando estalla de placer! Me hace sentir el hombre más poderoso de la Tierra.

Julia apenas tuvo tiempo para procesar aquellas palabras, porque él intercambió posiciones, se instaló entre sus muslos y empezó a embestirla con una determinación que ella no conocía en él. Estaba poseído, la boca abierta en un rugido salvaje, el pecho agitado por el esfuerzo. Poco después se tensó y se le escapó un grito.

Se desplomó, asegurándose de apoyarse en los codos para no aplastarla. Julia le frotó la pantorrilla con un pie y acarició sus hombros resbaladizos de sudor, encantada de notar su peso encima mientras ambos trataban de recuperar el aliento.

Finalmente él se echó en la cama y la estrechó contra su esbelta silueta.

—Tal vez deberíamos pasar el día en la cama.

Enroscando los dedos en el vello negro de su pecho, Julia sonrió.

—Tal vez, pero a mí me gustaría darme un baño en algún momento.

—¿Me dejará volver a bañarla?

El recuerdo del baño del día anterior, cuando Nick le había enjabonado y aclarado todas las partes del cuerpo, la hizo sonrojar.

—Puede jugar a ser doncella siempre que quiera, su excelencia.

Él le acarició el cuello con la nariz.

—Me gusta servirla, querida.

Comieron en la cama, donde se tomaron sin prisas el festín enviado por su cocinera, en el que Nick de vez en cuando daba a Julia de comer con los dedos. Después cubrió todas sus necesidades en la bañera, y el agua ya estaba helada cuando ella acabó.

Gris y fría, la tarde en la biblioteca, delante del fuego, parecía la mejor opción. Se acomodaron los dos en el sofá con sendos libros, la cabeza de Nick apoyada en el regazo de Julia mientras leían.

Volvió a hacer el amor otra vez con ella antes de cenar y luego le ayudó a ponerse un vestido de noche. Ella lo observó mientras se cambiaba, encantada de estar en la misma habitación que él. Con su traje negro de noche, su marido estaba guapísimo. El aire arrogante de su boca, la anchura de sus hombros, esos labios indecentemente gruesos curvados en una sonrisa cómplice destinada solo a ella… Se le aceleró el corazón cuando sus miradas se encontraron en el espejo.

—Conozco esa mirada —susurró él mientras se acababa de anudar la corbata—. ¿Quiere que nos saltemos la cena?

—¡Ah…, no! Necesito mantener las fuerzas. Es usted muy exigente con las mujeres.

Nick se rió entre dientes y se acercó a ella con seguridad.

—Yo podría decir lo mismo de usted, *tesorina*.

Le dio un beso apasionado y siguió vistiéndose.

—¿Qué significa eso? ¿Tesorina? Me ha llamado así desde que lo conozco.

Él se abotonó el chaleco, verde esmeralda a rayas blancas.

—Los venecianos lo usan para decir «cariño». Sin embargo, literalmente significa «mi pequeño tesoro», que es lo que pienso cada vez que la veo desnuda.

A Julia se le derritió más si cabe el corazón. Recordó que debía guardar distancias, que al día siguiente se marchaba, pero resultaba difícil si él seguía siendo tan atento y encantador.

En la cena conversaron tranquilamente mientras comían, compartiendo ideas y opiniones de temas varios. Era increíble la cantidad de cosas en las que coincidían, pensó Julia. En otras circunstancias hasta habrían sido amigos.

De postre, él había encargado su dulce favorito: helados de neroli, hechos a base de flor de naranjo amargo. El sabor resultante era agridulce y fragante, y Nick se rió disimuladamente cuando ella no solo se acabó su bol, sino también el de él.

¿Cómo podía un hombre tan amable y considerado ignorar a su mujer durante ocho años? Distinguir al hombre que creía que era del hombre que ahora conocía era un reto; especialmente porque él suponía que ella era otra persona. El engaño le supo tan agrio en la boca como el postre que acababa de ingerir.

Era indudable que había armado una buena.

—Dígame… ¿se arrepiente de algo de lo que ha hecho o de cómo ha vivido su vida? —le preguntó en la sobremesa.

Él ladeó la cabeza, frunciendo ligeramente el ceño.

—Supongo que como todo el mundo. —Tomó un sorbo de vino mientras pensaba en ello—. Me hubiese gustado estar más tiempo con mi hermano antes de morir, qué duda cabe. Y luego está mi mujer.

Julia se tensó.

—¿A qué se refiere?

—Winchester se pasa la vida insistiéndome en que me comporte con la duquesa, en que haga lo que hay que hacer. Y tiene razón, naturalmente. Debería hacerlo. Pero ¿qué hago? ¿Presentarme en su puerta como si fuese un guardiamarina que desapareció en el mar hace ocho años? Me temo que sería el hazmerreír de Londres. —Nick suspiró—. Jamás debería haber accedido a casarme con ella. Debería haberme enfrentado con mi padre y haber hallado el modo de defenderme. De hacerlo, se habría echado a perder una vida menos con toda esta historia. De modo que sí, me arrepiento de no haber sido lo bastante fuerte en el momento más crucial.

Julia tragó saliva, procurando no manifestar indicio alguno de la conmoción que sacudía su sistema. Nick lamentaba realmente el trato espantoso que le había dado. La revelación fue impactante.

«¡No es demasiado tarde!» —quiso exclamar—. «Jamás sería el hazmerreír de Londres. Ella se arrodillaría y agradecería al cielo su regreso.»

—Entonces ¿de verdad que no piensa volver a Inglaterra?

Era tal la vorágine de emociones, que resultaba difícil saber qué respuesta esperaba Julia. Su semana juntos llegaba a su fin de una manera muy distinta a como se había imaginado en un principio.

—No, aunque volver a verla podría ser la primera razón de peso que tenga para regresar. —Nick levantó su mano y presionó sus cálidos labios contra el interior de su muñeca—. ¿Significa eso que quiere volver a verme?

—No estoy segura —respondió ella con franqueza.

La mirada de Nick se tornó pensativa, casi tierna, y continuó sujetando su mano.

—Hay algo muy refrescante y honesto en usted, en nosotros. Es usted una mujer sin doblez, totalmente transparente en sus relaciones y estilo de vida. Y yo soy muy decidido con el sexo más débil. Diría que nos compenetramos, que estamos a gusto el uno con el otro ¿no?

Con la boca pastosa por la culpabilidad, asentir fue cuanto Julia fue capaz de hacer. «Una mujer sin doblez.» Por poco se echó a reír. Sí, se había dado cuenta de lo a gusto que estaban juntos (precisamente había estado pensando en eso mismo durante la cena), pero solo porque él en realidad no la conocía ni estaba al tanto de sus intenciones. Una punzada le desgarró el corazón.

Y en ese preciso instante entendió lo mucho que deseaba que todo esto (él) durase eternamente. «¡Ah, no! ¡No, no y no!» Lo *amaba*. Amaba a su marido profunda, intensa y sinceramente; de todo corazón. ¡Ah, *no*! Cerró brevemente los ojos.

—Me gustaría que se quedara conmigo el tiempo restante que esté en Venecia —dijo él, su pulgar acariciándole la palma de la mano—. Hay sitio y estoy convencido de que Winchester lo entenderá. La quiero aquí, a mi lado. Todos los días, todas las noches.

El pánico revoloteó en el vientre de Julia. Nada le gustaría más que quedarse con él (para siempre, a ser posible), pero Nick ignoraba lo que ella había hecho. La odiaría por ello, y no podría soportar ver su cariño enturbiado cuando la traición se descubriese.

Y ahora se había enamorado de él; pese a su determinación a no hacerlo. «¡Ah, no!»

Nick la miró con tranquilidad, esperando claramente una respuesta. Ella tomó un sorbo de vino para humedecerse la boca seca. La única forma de contestar sin despertar su ira ni levantar sospechas sería esquivar la pregunta.

—Mmm…, lo pensaré, Nick. Tengo que volver unos cuantos días a mi propio *palazzo*, pero ya lo hablaremos.

—Estupendo, pero no renunciaré a esto, Juliet. La quiero, y suelo conseguir lo que quiero.

En circunstancias normales de la boca de Julia habría salido alguna insolencia, pero no supo qué decir. La angustia se había apoderado de su lengua.

—Venga, querida. Quiero enseñarle algo.

Asiéndole con más fuerza de la mano, la ayudó a levantarse de la silla. Julia procuró saborear el tacto de su piel cálida y fuerte, y olvidarse del resto. Nick seguía ahí, tierno, ajeno a lo que ella había hecho.

Sin pronunciar palabra, subieron dos tramos de escaleras hasta una puertecita al final del pasillo. La puerta se abrió y apareció otra serie más corta de escaleras.

—¿Adónde llevan? —inquirió ella.

Con un brillo en los ojos, la condujo escaleras arriba.

—Ya lo verá. Sígame.

En lo alto, Nick abrió otra puerta y Julia sintió una ráfaga de aire fresco, y se estremeció al salir a la azotea del *palazzo*. Entonces se quitó el abrigo, se lo echó a Julia sobre los hombros y la condujo hacia el lateral del edificio. La estrechó contra sí, de espaldas a él, sus brazos rodeándola para darle calor mientras ella contemplaba atónita la vista que tenían delante.

Las luces parpadeaban allí donde uno mirara, los altos arcos del Puente de Rialto visibles a lo lejos. Las góndolas se deslizaban silenciosamente sobre las oscuras aguas de los canales, el resplandor de sus tenues faroles amarillos rebotando en la superficie. Las lámparas del interior de los *palazzos* y restaurantes hacían centellear la ciudad.

Aquello resultaba apacible, y Julia se imaginó perfectamente a Nick ahí por las noches, vigilando la ciudad.

—Este es mi lugar predilecto de toda Venecia —le susurró sobre el pelo.

—Es impresionante.

—Sé que esta noche hace un poco de frío para estar fuera, pero quería que viera esto. Es la razón por la que adquirí este *palazzo* en concreto.

—Celebro que lo hiciera, porque es precioso.

Él hizo girar a Julia y acto seguido le levantó el mentón.

—No tanto como usted, *cara*.

Agachó la cabeza, los labios apoderándose de los suyos, rozándolos suave, tiernamente, y ella por poco se derritió en un charco en el suelo. Aunque le ordenó que no lo hiciera, su necio corazón rebosaba de amor por este hombre. Se aferró a él y volcó sus emociones en el beso, diciéndole sin palabras lo que sentía; que lo quería. ¡Qué maravilloso e inesperado regalo el de esos últimos siete días! ¡Y cuánto lamentaba lo dolido que estaría él cuando, al fin, le revelase su secreto!

Porque en ese momento comprendió lo que tenía que hacer para protegerlos a ambos.

Le dio un beso de despedida.

*N*ick se sorprendió silbando (*silbando*, ¡por Dios!) mientras daba los últimos pasos en dirección al Florian. Pensaba tomarse un café con un viejo amigo y luego pasaría por el *palazzo* de Juliet para darle una sorpresa.

La echaba de menos. Aunque apenas llevaba dos días sin verla, tenía la sensación de que habían pasado dos años. Y no era solo por la mera liberación física. Añoraba despertarse a su lado. Y su olor. Todo en ella, vaya. ¡Maldición! Él delirando por una mujer; había que oírlo. Jamás se imaginó que le pasaría algo así, pero ya puestos… no le importaba. Estos sentimientos que abrigaba hacia Juliet le hacían sentir bien.

Sin embargo, Juliet estuvo curiosamente apagada la última vez que la vio, al abandonar su *palazzo* tras sus siete días de amor. No estaba seguro de la razón de su estado de ánimo, por lo que había decidido sorprenderla con un regalo.

Se había enterado por el *signor* Marcellino de lo prendada que se había quedado del conjunto de camafeos, de su expresión anhelante mientras estudiaba con detenimiento los delicados tallados. Nick sabía que deseaba el conjunto, pero el orgullo le había impedido aceptar tamaño regalo; de modo que lo había comprado y pensaba dárselo ese día.

Se moría de ganas de ver su cara cuando abriese el estuche.

Entonces entró en el café y buscó a Quint entre el gentío. Como era de esperar, vio a su amigo casi al fondo, garabateando como un poseso en un cuadernito, ajeno a una atractiva camarera que intentaba captar su atención.

Nick fue hasta allí.

—¡Quint! Veo que no has cambiado —dijo y ladeó la cabeza hacia la chica que se alejaba.

—¡Colton! ¡Caray, qué alegría verte!

Damien Beecham, vizconde de Quint, se levantó y los dos se dieron unas palmadas en la espalda.

Nick escudriñó a su amigo y concluyó que Quint realmente *no* había cambiado desde la última vez que lo vio. Un poco más alto que él, iba desaliñado como siempre, con el pelo castaño peinado hacia atrás de cualquier manera y con un conjunto que desentonaba a más no poder. Sin embargo, era extraordinariamente inteligente y sumamente leal.

—¿Qué han pasado… tres años? —inquirió Nick mientras tomaba asiento.

—Algo así. Fui a verte a París. Estuvimos con esas dos bellezas…

—Lo recuerdo —dijo Nick, riéndose—. ¡Dios! Me encantó París, aunque Venecia también me ha tratado bien.

La camarera volvió y le pidió un café. Acto seguido se volvió a su amigo.

—Winchester también está aquí, ¿lo sabías?

Nick, Quint y Winchester eran íntimos desde Eton. Esas amistades de la infancia fueron las únicas que sobrevivieron al escándalo, y Nick estaba agradecido con ambos por haberle apoyado.

Quint lo miró con asombro.

—No. Este último mes he estado en Roma. Me imagino que lo estaréis pasando en grande.

—No lo he visto mucho, la verdad. —De hecho, no le había visto ni un pelo en nueve días—. ¿Dónde te hospedas?

—No muy lejos de aquí, la verdad. Llegué hace dos días. Hay un erudito en Venecia con el que quiero hablar sobre...

—Seguro que la conversación será fascinante. —A lo largo de sus veinte años de amistad Nick había aprendido a cortar a Quint antes de que su amigo empezase a hablar de filosofía, ingeniería o ciencia—. ¿Qué tal todo desde que la última vez que te vi? Vienes sin esposa, veo.

—¿No te has enterado? —Al ver que Nick sacudía la cabeza, Quint continuó—: Me prometí la primavera pasada. La chica huyó a Gretna Green con un mozo de cuadra a una semana de la ceremonia. Estupendo, ¿eh?; porque lo último que quería era casarme.

La mirada de preocupación de Quint dejó traslucir la mentira. Era obvio que la chica le había roto el corazón.

—Mis condolencias —dijo Nick con absoluta seriedad.

Quint apartó la vista.

—Que sobreviviré, ¿eh? Hablando de matrimonio... —Nick gimió, por lo que Quint se rió entre dientes—. Únicamente iba a decir que veo a tu mujer con cierta frecuencia en Londres. No sabes lo que te pierdes, amigo.

—Créeme, si es la mitad de maravillosa de lo que asegura Winchester, soy perfectamente consciente del portento que es; pero poco importa eso.

Quint levantó las manos.

—Tranquilo, que no seguiré por ahí. Bueno... ¿cómo son las venecianas?

Nick pensó en Juliet y no pudo evitar sonreír. Quint lo miró asombrado.

—Estupendas, ¿eh? Porque estás sonriendo de oreja a oreja. ¿Quién es ella? Cuéntame...

Nick estaba sonriendo, *sí*. No pudo evitarlo.

—De hecho, he estado viéndome con la ex amante de Winchester. Seguro que la conoces. Es la señora Juliet Leighton.

Quint ladeó la cabeza.

—¿Quién?

—Sí, hombre, sí, la señora Leighton. —La expresión de desconcierto de Quint no se alteró, por lo que Nick entró en detalles—. La

que tuvo un idilio con Wellington y el príncipe Regente a la vez; dio
una cena y sirvió el champán de un orinal, y posee una colección de diamantes que se rumorea que no tiene nada que envidiar a las joyas de la
corona.

—Perdona, Colt, pero no tengo ni idea de quién me estás hablando.
¿Es la ex amante de Winchester, dices?

—Es de Londres. Juliet Leighton. Seguro que habrás oído hablar de
ella. —Nick frunció las cejas y procuró no alterarse por la falta de memoria de su amigo. Sin embargo, los rumores sobre Juliet eran brutales.
Cualquier varón de sangre caliente de más de doce años sabría su nombre—. ¡Venga, Quint!

—Pues no, no he oído hablar de ella. Y por lo que dices es una mujer
de la que tardaría en olvidarme. Tal vez Winchester te la esté pegando.
Ya sabes cómo le gustaba gastarnos bromas.

Quint sorbió tranquilamente su café mientras Nick trataba de asimilar esa afirmación. ¿Haría Winchester algo así? ¿Con miras a ganar qué?
Haría falta la colaboración de Juliet para semejante ardid. ¿Por qué iban
los dos a...? No, esa idea era absurda.

Nick desechó la desazón que sentía en las entrañas y su conversación
no tardó en desviarse a otros asuntos. Transcurrieron varias horas y se
dio cuenta de que estaba deseoso de ver a Juliet.

—Tengo que irme, Quint, pero pásate luego y saldremos por la noche.

Nick se marchó y al salir Fitz fue a su encuentro; el ayuda de cámara
apareció por el lateral del edificio cuando él se dirigía en su dirección.

—Quiero ir a pie hasta el *palazzo* de la señora Leighton. Coge la
góndola y espérame allí, ¿quieres?

Fitz asintió.

—Tenga cuidado.

—Estamos a plena luz del día. Estaré bien. Necesito despejar la
mente con un paseo.

Sin mediar más palabra, se dio la vuelta y se alejó dando zancadas,
abriéndose paso entre los soldados, compradores y visitantes de la *Piazza San Marco*.

A su llegada al *palazzo* de Juliet, Nick se había convencido a sí mismo de que no había de qué preocuparse. Quint no podía conocer a todo el mundo en Londres y últimamente había estado viajando. Claro que también cabía la posibilidad de que la señora Leighton no fuese tan conocida como apuntaban los rumores. Estaba familiarizado con el poder de las falsedades y lo rápido que se esparcían.

Pero seguía habiendo un resquicio de duda. Ya le habían embaucado antes y había aprendido a no confiar en nadie.

Trató de tranquilizarse con unas cuantas inspiraciones profundas. No funcionó. No se calmaría hasta que viese a Juliet y le hiciese en persona esas mismas preguntas. «¿Quién eres? ¿Winchester y tú me habéis estado tomando el pelo?»

Llamó a la puerta, esperando en la templada tarde veneciana mientras cambiaba el péso de un pie al otro. Volvió a llamar. ¿Dónde demonios estaba todo el mundo?

Nick giró el pomo y la puerta se abrió con un chirrido. Entró en el vestíbulo.

—¿Juliet? ¿Winchester? ¿Hay alguien?

Como no vio a nadie, continuó escaleras arriba hasta la planta principal. La penumbra lo envolvía. Ni lámparas ni velas encendidas, las ventanas cerradas; y el miedo le oprimió el pecho.

—¿Juliet? —gritó.

Subió corriendo otro tramo de escaleras y encontró la respuesta. En la primera habitación, los cajones estaban abiertos, todos angustiosamente vacíos, como si el ocupante se hubiese marchado de forma precipitada.

—¡Maldita sea! —bramó, yendo de cuarto en cuarto como un loco; solo que todas las habitaciones estaban igual.

Bajó al primer piso tambaleándose. Ni rastro de ella. ¿Se había ido sin decir una maldita palabra? Ya no podía seguir negando la verdad: lo habían engañado. ¿Por qué si no iba Juliet a huir del *palazzo* sin decírselo? ¡Dios! No era de extrañar que Quint nunca hubiese oído hablar de esa mujer.

Nick fue al salón dando tumbos, esperando hallar alguna señal de vida, algún indicio de que ella realmente no lo había abandonado; pero no había ni uno. El mobiliario permanecía en silencio, ni rastro de los ocupantes de carne y hueso.

En la repisa de la chimenea una nota captó su atención. Estaba dirigida a él. El corazón le dio un vuelco. Tal vez fuese de Juliet para explicarle su apresurada partida. Se abalanzó sobre ella y rompió el lacre, esperando leer algún imprevisto que la hubiese arrancado de Venecia.

Sin embargo, no era de Juliet. La nota era de Winchester. Y las palabras le helaron la sangre.

Colt:
Si estás leyendo esto es que ya sabes que nos hemos ido.
Ya te dije en cierta ocasión, amigo mío, que si seguías ignorando a tu esposa, lo lamentarías. Me temo que ese día ha llegado.
La señora Juliet Leighton nunca ha existido. Ha sido un producto de la imaginación de una mujer llevada por la desesperanza. Una mujer al borde de la desesperación, que estaba convencida de que su única esperanza era inventarse un personaje legendario para captar la atención de su marido. Tú.
Sí, Juliet Leighton en realidad es Julia Seaton, la duquesa de Colton. Sé que posiblemente nunca me perdones por lo que he hecho. Solo espero que llegues a entender las razones por las que me compadecí de la mujer a la que abandonaste hace ocho años. Lo he hecho por ti, además.
Nos volvemos a Londres. No sé qué ha ocurrido entre Julia y tú en los últimos días, pero está desesperada por irse de Venecia. No tengo más remedio que acompañarlas, a su tía y a ella, a casa.
No sé cuándo volveré a verte, Colt, pero deseo de corazón que sigamos siendo amigos. Espero que algún día lo entiendas.

Un abrazo,
Simon.

Nick se tambaleó hasta un sillón, aturdido. Podía oír su torrente sanguíneo en las orejas. La sala le daba vueltas, así que se agarró de los apoyabrazos para sostenerse.

¡Horror! ¿Era cierto? ¿Juliet era… su mujer?

Arrugó la nota en la mano, su incredulidad tornándose furia arrolladora. Se le tensaron los músculos y a duras penas veía, aturdido por la rabia. Lo habían engañado. ¡Su *mujer*! Se había dedicado a sonreírle, a reírse de él, a acostarse con él… consciente en todo momento de que estaba mintiendo.

Menuda *zorra*.

Todo había sido un juego. Los rumores, el coqueteo, los besos. Ella únicamente había querido que él le fuese detrás, que cayese rendido a sus pies. Pues había caído, y de qué manera, ¡maldito idiota! Había sido una especie de venganza por haberla ignorado durante ocho años. ¡Dios! ¿Y las cosas que le había *contado*? Le había descubierto partes de su ser que no le había mostrado a nadie, jamás.

Y Winchester y ella riéndose de él todo el tiempo.

El dolor prácticamente le dobló. Nick nunca se había sentido tan traicionado. Ni siquiera cuando su hermano no le había creído ni cuando su familia le había dado la espalda. No, esto era cien veces peor. Se tragó la bilis que le subía por la garganta y metió la nota en el bolsillo del abrigo.

Salió indignado del *palazzo* en dirección a la góndola, sus botas golpeando con ímpetu el empedrado. Sintió el pecho hueco, helado; carente de cualquier sentimiento o emoción. Fitz estaba en el muelle, aguardando su regreso sin inmutarse.

—¡A casa! —gritó Nick, que saltó a la embarcación.

Se desplomó en el asiento y apoyó la cabeza en las manos.

Entonces rememoró cada instante con ella, cada falsa sonrisa, cada fingido suspiro mientras flotaban salvando la escasa distancia hasta su *palazzo*. ¿Winchester y ella eran amantes? Winchester había negado que albergase sentimientos hacia la duquesa, pero ¿qué hombre se desviviría de esa manera para ayudar a una mujer a la que no quería?

Hiciese lo que hiciese, fuese donde fuese, juró que los dos lamentarían haberse burlado de él.

Cuando la góndola se detuvo junto al muelle, se apeó de un salto y su mano rozó un bulto del bolsillo de su sobretodo. De pronto recordó el regalo que le había comprado a Juliet (bueno, a *su* mujer): el singular conjunto de camafeos de complejo tallado. Sencillo y elegante, tal como en su momento le había parecido que era Juliet. Extrajo el estuche y lo sujetó con mano temblorosa, la furia recorriendo su cuerpo. Era víctima de su propia estupidez.

«¿Y qué me dice de su mujer?», había preguntado ella. «¿No siente curiosidad por verla?» Con un rugido desgarrador, Nick lanzó el estuche con todas sus fuerzas a las oscuras aguas del canal.

—¿Qué sucede, Colton? ¿Qué ha pasado? —preguntó Quint desde el umbral de la puerta.

Caía la tarde y Nick pretendía cerrar de un plumazo todos sus asuntos en Venecia. En ese instante recordó que le había dicho a Quint que fuese a verlo por la noche. Lo último que necesitaba era compañía, pero se vio curiosamente incapaz de pedirle a su amigo que se fuera.

Quint se sentó en una silla enfrente del escritorio.

—Te noto enfadado. ¿Qué pasa?

No había razón alguna para ocultarle la verdad a Quint. En breve sería el hazmerreír de todo Londres, que se regocijaría con la humillación del Duque Depravado. Pensando que le fallaría la voz, se limitó a alargarle a Quint la nota de Winchester y continuó escribiendo.

Transcurrió un minuto largo. La habitación permaneció en un silencio sepulcral mientras Quint leía la carta. Cuando acabó, dobló el papel y lo dejó encima de la mesa.

—Qué maravilla de mujer, ¿eh?

Nick levantó de golpe la cabeza, mirando a Quint con ojos entornados.

—Como *zorra*, sí. Maravillosa —dijo y volvió a centrarse en la carta que estaba redactando, sin ver apenas lo que ponía en la hoja.

—¡Venga ya, Colton! Te has acostado con tu mujer, muy bien, ¿y qué? Y, a juzgar por tus comentarios previos en el café, parece que has disfrutado. Aunque a nadie le gusta que lo engañen, al menos puedes tachar «consumar el matrimonio» de las cosas que tienes que realizar antes de morir.

—Eso estaba en mi lista de cosas que *no* había que hacer, jamás —repuso Nick—. Y la mujer con la que me he acostado no era virgen, Quint. Tenía experiencia en las artes de la fornicación. O sea, que ¿con quién ha estado adquiriendo tanta experiencia? ¿Winchester? —dijo gritando, por lo que se obligó a relajarse.

Quint frunció el entrecejo.

—No, eso parece improbable, pero después de la boda te desentendiste de ella. Es difícil culpar a la chica de querer ser amada.

—¡Señor! Quint, no es momento para ponernos analíticos. —Nick se pasó una mano por la cara—. Muy bien, si lo que dices es verdad, ¿por qué ha venido entonces a buscarme? Podría estar con quien quisiera en Londres. ¿Para qué crear esta fantástica historia de una cortesana a la que ningún hombre puede resistirse y luego seducirme?

—Detesto las especulaciones, pero tal vez no te hayas planteado el motivo más obvio de todos.

Aparte de la humillación o el revanchismo, Nick fue incapaz de conjeturar nada más.

—¿Que es…?

—Que a lo mejor otro hombre ha plantado su semilla en tu mujer y ella está intentando convencerte de que es tuya.

A Nick se le cortó la respiración y acto seguido lo recorrió una furia renovada y más intensa, que le atenazó la garganta. Esa idea no se le había pasado por la cabeza.

«Llevada por la desesperanza», decía Winchester en su nota. «Una mujer al borde de la desesperación.» Y de repente todo encajó: el personaje, el hecho de que hubiera ido a por él, la cooperación de Winchester… Esa mujer quería hacer pasar al bastardo concebido con algún otro hombre por su hijo.

¡Pues que se fuese al infierno!

—Espera —dijo Nick de pronto—, su abdomen no mostraba indicios de redondez. ¿En qué mes empieza a notárseles la barriga a las mujeres?

Quint levantó las manos y se encogió de hombros.

—¡Y yo qué sé! Tengo entendido que durante una época Wyndham y ella intimaron bastante. Pero aunque alumbre un hijo ilegítimo fruto de su relación con otro hombre, ¿de verdad te importa? Creo que para ti sería un alivio, teniendo en cuenta que nunca has tenido la intención de darle un hijo.

Nick se masajeó la frente. Tal vez habría pensado eso antes de conocerla; antes de haberla estrechado en sus brazos. La idea de otro hombre poseyéndola, vaciándose dentro de su cuerpo... lo volvía prácticamente loco de celos.

—Pues *no* me siento aliviado —dijo antes de devolver la atención a sus papeles—. ¿Es eso todo, Quint?

Nick oyó suspirar a su amigo.

—Te conozco lo suficiente para saber que no dejarás correr esto; así que dime, ¿qué pretendes hacer?

Nick mantuvo la mirada en su escrito.

—Que lo lamenten, naturalmente. En cuanto pueda me voy a Londres.

Quint suspiró, esta vez más profundamente.

—Pues entonces más vale que te acompañe.

*J*ulia, agarrada de la barandilla, se incorporó del costado del barco por el que acababa de vaciar su estómago en el Canal de la Mancha. ¡Cielos! En su vida había tenido tantas náuseas.

El viaje de cuatro semanas desde Venecia había sido un horror. Además de lo culpable que se sentía por dejar a Nick con tanta brusquedad, tenía una falta. Había logrado su objetivo: estaba encinta.

Presionó una mano sobre su abdomen, donde una vida diminuta crecía ahora en su interior. Mientras que una parte de su ser estaba aliviada porque su plan había funcionado, otra mayor sufría por el padre que su bebé nunca llegaría a conocer, por el marido que ella jamás tendría. Por Nick.

Pero ahora no tenía tiempo para lamentos. A lo hecho, pecho, como solía decir tía Theo. Tenía que seguir adelante y criar al hijo que esperaba.

De vuelta en Londres, tenía pensado escribirle. Se disculparía por haberse marchado de Venecia tan repentinamente y le hablaría de su verdadera identidad. Y aunque él la odiaría, por lo menos podría contarle los motivos que subyacían a sus acciones; tal vez algún día pudiese perdonarla.

Dios, lo echaba de menos. En su última noche juntos habían hecho el amor con frenesí. Al bajar de la azotea de su *palazzo*, se habían devorado mutuamente, arrancándose la ropa antes incluso de llegar al aposento de Nick. Después, él la había abrazado muy fuerte, con un no sé qué en la mirada que antes no había estado. Estaba casi segura de que su marido había empezado a albergar sentimientos por ella.

Tal vez la quisiese tanto como ella lo amaba a él; que era la razón por la cual se había dio de Venecia, para poner fin a su ardid antes de que cualquiera de los dos sufriese más.

—¿Te encuentras mejor?

Tía Theo apareció junto a Julia, su rostro angelical contraído por la preocupación.

—Sí —contestó Julia, dirigiéndose lentamente hacia una silla de cubierta. Se sentó y cerró los ojos, derrengada. El viento frío y vigorizante contribuyó a contrarrestar las olas encrespadas, y su estómago se calmó. Se arrebujó en su capa forrada de armiño y metió las manos en los manguitos a juego.

—Estoy preocupada —dijo Theo, y se acomodó en la silla contigua a Julia—. Nunca te había visto tan pachucha.

—Es un simple *mal de mer*. En cuanto lleguemos a Dover me recuperaré.

—No me refiero a eso. Sino a tu marido. Estás enamorada de él.

A Julia se le saltaron las lágrimas y se mordió el labio en un intento por evitar que la humedad fluyera. No contestó a Theo, pero su silencio fue bastante elocuente.

—¡Oh, querida! —Theo introdujo la mano en los manguitos para darle a su sobrina un apretón—. Has estado muy abatida durante el viaje y me imaginaba el motivo. Lo lamento mucho. Amar a un hombre sin ser correspondida… es muy doloroso, qué duda cabe.

—Ese es el problema. Que creo que él abriga sentimientos hacia mí, bueno, hacia la señora Leighton. Tal vez hasta la ama. Y hacerle daño de esta manera… No podía seguir haciéndoselo. Por eso teníamos que marcharnos. —Julia inspiró entrecortadamente—. Jamás pensé que esto llegaría tan lejos. Jamás pensé que acabaría amándolo.

Theo suspiró.

—El corazón ama a quien ama. No podemos controlarlo.

Permanecieron varios minutos en silencio.

—Entonces, ¿se lo vas a decir? —inquirió Theo.

Julia asintió.

—En cuanto volvamos a Londres. Es lo mínimo que puedo hacer.

—¿Le contarás lo del bebé también?

Julia volvió bruscamente la cabeza hacia su tía.

—¿Lo sabes?

—Naturalmente que lo sé. Es posible que algunas noches tenga los ojos un tanto empañados, pero aún veo. ¿Te hace feliz lo del bebé?

Julia le dedicó a su tía una sonrisa trémula.

—Sí. Siempre tendré una parte de Nick y, aunque nunca volvamos a vernos, tendré un hijo o una hija fruto de una maravillosa semana juntos. —Julia apretó la mano de su tía—. Theo, ¿me ayudarás a criar al bebé?

—¡Claro que sí! —exclamó Theo—. Será un honor, querida.

—¿Qué es lo que será un honor?

Apareció Simon, el sombrero calado y un grueso sobretodo de lana protegiéndolo de la fuerte brisa.

—Theo —dijo Julia—, ¿te importaría dejarme un momento con Simon?

Su tía asintió y se levantó.

—Te ruego que bajes a descansar un poco cuando acabéis.

—Lo haré —prometió Julia antes de que su tía se fuese—. Simon, siéntate, por favor.

Simon la miró con recelo, pero tomó asiento.

—¿Sigues vomitando?

—Sí, pero no es eso lo que tengo que contarte. —Inspiró profundamente—. Estoy embarazada. De Colton.

Él sonrió.

—Entonces es menester felicitarte. Me alegro mucho por ti.

—¿Sí? Pensé que te enfadarías; al fin y al cabo, Colton es tu amigo. Y seguramente sabes que no quiere tener hijos.

—No estoy enfadado, Julia. Me alegra que hayas conseguido lo que querías. Y, ¿quién sabe? A lo mejor todo saldrá mejor de lo esperado.

—¿Qué has querido decir con eso?

Él se encogió de hombros y se volvió de cara al mar.

—Escribiré a Colton nada más llegar a Londres —añadió ella instantes después.

—Me lo suponía. —Simon estiró las piernas hacia delante—. A ver qué contesta.

A Julia se le hizo un nudo en el estómago. ¿Le mandaría una respuesta y todo? En su opinión, no era muy probable. Nick se pondría furioso, pero ella necesitaba que reconociera a la criatura.

—¿Cuántos días crees que quedan para llegar a Dover? —preguntó.

—Dos. ¿Por qué?

—Porque no sé si aguantaré tanto tiempo.

Julia salió disparada de la silla y fue corriendo hasta el costado del barco, donde al punto se puso a vomitar.

8

Procure ser amable y dócil, evitando las discusiones cuando sea
posible. Un amante rabioso y vengativo no le traerá más que pro-
blemas.

Señorita Pearl Kelly a la duquesa de Colton

¿*P*odría aguantar ahí toda la noche sin vomitar en el suelo?

Ese era el pensamiento que tenía Julia en la cabeza mientras esperaba en un lateral del Collingswood, el salón de baile. El calor y la muchedumbre le habían producido náuseas, por lo que se había puesto cerca
de la puerta de la terraza para poder entreabrirla. Inspirar profundamente el vigorizante aire frío de febrero le había ayudado a asentar el
estómago.

De momento, estar embarazada no era el estado dichoso que se había imaginado en su juventud. Pasaba más tiempo vaciando el contenido
de su estómago que propiamente comiendo.

—¡Jules!

Julia se giró y vio a su mejor amiga, lady Sophia, acercándose.

—¡Oh, Sophie! —exclamó Julia después de abrazarse las dos—. Me
dijeron que habías llegado a la ciudad. Quería irte a ver ayer, pero estoy
un poco cansada del viaje.

La verdad era que Julia estaba agotada. Se había saltado la mayoría
de los eventos sociales desde su regreso hacía tres semanas y ni siquiera
esta noche habría venido si tía Theo no hubiera insistido.

Pero se alegraba mucho de ver a Sophie. Su amiga estaba llena de
vida, se apuntaba a un bombardeo y era, por consiguiente, muy divertida. Despampanante morena de enormes ojos castaños, lady Sohpia era

la única hija de un influyente marqués y había jurado que nunca se casaría. Julia la envidiaba.

—¿Qué tal por París? —inquirió Sophie—. Me muero de ganas de que me lo cuentes todo. Apuesto a que te has comprado toda clase de cosas maravillosas allí. ¡Qué envidia! ¿Viste a lady Morgan? También fue a París. ¡Ay, cuéntame!

Cuando uno mantenía una conversación con Sophie a veces costaba intervenir.

—Tengo muchas cosas que contarte —respondió Julia, consciente de que tenía que decirle a su amiga la verdad sobre Venecia—, pero este no es el mejor sitio. Mañana iré a verte.

—Más te vale. —Sophie descendió la mirada hacia el chal negro de Julia—. Mis condolencias por lo de tu suegra. Pensaba que la vieja viviría eternamente, pero… —dijo y se encogió de hombros.

Julia había pensado lo mismo. Si bien la muerte de la viuda del duque había sido una conmoción (se había caído al bajar un tramo de escaleras y se había desnucado), no fue motivo de gran tristeza.

—Gracias. Me niego rotundamente a vestirme de luto riguroso por ella, pero Theo no me hubiese dejado salir de casa sin un chal negro. Ciertamente, el accidente ha sido una sorpresa, porque la última vez que la vi parecía llena de vida.

—¿Crees que Colton volverá ahora que está muerta?

Julia apartó la vista.

—No, no lo creo. Es más, yo creo que nada podría forzar la vuelta de Colton a Inglaterra.

—¡Qué lástima! Siempre he deseado ver al Duque Depravado. Dime, ¿sacarás a lady Lambert de la mansión Seaton de una patada? —Sophie parecía de lo más emocionada con la idea—. Sé que la viuda del duque y ella estaban unidas, pero ¿qué va a hacer la esposa del hermano de Colton con esa finca inmensa para ella sola? Cuando el hermano de Colton murió no llevaban casados ni un año. Debería ser tuya.

—A decir verdad, no lo había pensado. No sé muy bien si tengo derecho a echarla, pero ¿por qué iba a hacerlo? No tengo ningunas ganas de vivir allí. —Aunque mudarse a Norfolk podría aliviar parte de su carga financiera, cayó ahora en la cuenta. Decidió comentar la idea con Theo esa noche.

—¡Uf! Hablando de asuntos ducales, por ahí viene lord Templeton. Te espero mañana, Jules —le dijo dándole un apretón a Julia en la mano antes de desaparecer entre la multitud.

Julia sintió la necesidad de inspirar el aire frío. Sin embargo, pensándolo bien, vomitarle encima a Templeton tenía un extraño atractivo; por lo menos la libraría de él ¿no?

—Su excelencia —saludó Templeton.

Julia dedujo que él estaba intentando sonreír, pero el esfuerzo le hizo poner cara de pequeño roedor retorciéndose de dolor. Ella hizo la cortesía de rigor y él se inclinó sobre su mano. Ese leve contacto le dio repelús.

—Le pido disculpas por no haberlo recibido desde mi regreso, milord. Aún estamos intentando recuperarnos. Estoy convencida de que lo entenderá.

En los últimos quince días Templeton había pasado en numerosas ocasiones a dejar su tarjeta, pero Julia había dado órdenes estrictas a los sirvientes de no dejarle entrar en el palacete. Sabía que quería hablarle de la nota escrita vertiginosamente que le había enviado antes de partir hacia Venecia, pero ella necesitaba una respuesta de Colton reconociendo al bebé que esperaba antes de informar sobre su estado a Templeton y al resto de la *sociedad*.

—Naturalmente que sí. Sin embargo, desearía hablar con usted a la mayor brevedad posible. Me intriga el contenido de su última nota.

«Estoy segura de ello», pensó Julia. ¡Dios! Cómo le gustaría que su marido volviese para hacer papilla a Templeton, porque este último lo tendría difícil con Nick.

Se le encogió el corazón. Lo echaba muchísimo de menos. Qué injusta era la vida. ¿Por qué tenía que enamorarse de la única persona que jamás podría tener?

Entonces se le revolvió el estómago. Hundió las uñas en la palma de la mano, procurando evitar arrojar su explicación sobre el suelo del salón de baile.

—Cuando vuelva a recibir, se lo haré saber, milord. Si me permite… —dijo ella, despachándolo.

La boca de Templeton se tensó, pero no discutió. Hizo una reverencia, se volvió y desapareció entre la muchedumbre.

En cuanto Templeton se marchó, Julia se apresuró hacia la puerta vidriera y salió a la terraza.

La noche se había vuelto gélida, pero apenas lo notó. Anduvo hasta el margen y apoyó las manos en el pasamanos de piedra, inspirando profundamente y cerrando los ojos. Si se estaba quieta y tranquila unos instantes, a veces la sensación de vómito desaparecía.

Procedente del oscuro rincón que quedaba a su derecha, oyó el roce del tacón de una bota sobre la piedra y se giró; le extrañaba que algún otro invitado desafiara la desapacible temperatura. Entonces brilló la lumbre de un cigarro encendido, iluminando un rostro que ella no esperaba volver a ver jamás.

—Me gustaba mucho más pelirroja, *su excelencia*.

Julia ahogó un grito y acto seguido se puso a vomitar sobre las botas del duque de Colton.

Absolutamente horrorizada, se tambaleó. ¿Le había llamado «su excelencia»? Procuró recobrar el equilibrio, agitando la mano para intentar dar con la barandilla.

—No es exactamente la bienvenida que esperaba —fue cuanto dijo Nick antes de que unas manos fuertes la levantaran y la bajaran por las escaleras hasta el jardín.

Julia apenas podía respirar. Le daba vueltas la cabeza. Era Nick. Había vuelto. Pero… ¿por qué? Era imposible que hubiese recibido su nota y viajado a Inglaterra en ese lapso de tiempo. Lo que significaba que aún no había recibido su carta y no tenía ni idea de lo del bebé.

Frunció las cejas. ¿Había vuelto por ella? Pero le había llamado «su excelencia», por lo que se había enterado de su verdadera identidad. «¡Oh, Dios!» ¿Cómo se había enterado? Se debatía entre la vergüenza por lo que había hecho y el miedo a la reacción de él. ¿Qué pretendía hacer?

—Colton, bájeme. No sé dónde se cree que me lleva…

Él la asió más fuerte.

—Yo que usted, *mujercita mía*, no discutiría conmigo —masculló en un tono que ella no le había oído usar anteriormente; afilado y cortante, como el filo de un florete; la recorrió un escalofrío.

Cruzaron una verja y tomaron una callejuela. Colton silbó, un silbido agudo y estridente, y en cuestión de segundos apareció un carruaje. Fitz y un cochero iban sentados en el pescante.

—Métela dentro —dijo Nick, y entonces dejó a Julia en brazos de su descomunal criado.

Fitz instaló a Julia tranquilamente en el asiento del carruaje. Ella se planteó la posibilidad de huir por la otra puerta, pero sabía que en su estado actual no llegaría lejos.

Fuera del carruaje, Nick se quitó las botas. A continuación se deshizo de las medias y las tiró al suelo.

—Déjalas —oyó Julia que Nick le decía a Fitz—. Acompañemos a la duquesa a casa, ¿sí? Está indispuesta.

Nick se subió al carruaje, descalzo. Incluso en la penumbra ella pudo percibir su enfado: la mandíbula apretada, la postura rígida, unos ojos de color gris tormenta que eran fríos y duros. Lo sacudían oleadas de furia. Este no era el mismo hombre que había flirteado con ella y la había seducido en Venecia. Entonces se le desgarró más si cabe el corazón y su pecho rebosó de una nueva sensación de angustia.

Tragó saliva.

—Siento haber echado a perder sus botas —susurró.

Nick levantó una ceja con sarcasmo.

—En vista de todo lo que ha hecho, parece muy propio de usted, ¿verdad?

Ella sintió la necesidad de explicarse, de hacerle entender, de disminuir su enfado; al fin y al cabo, si él no la hubiese abandonado durante ocho años, ella jamás habría tenido que recurrir a artimaña alguna.

—Nick...

Él dio dos golpes en el techo y el carruaje aceleró el traqueteo.

—No le he dado permiso para usar mi nombre de pila, *mujercita mía*. Puede dirigirse a mí como «su excelencia» o «Colton».

Julia se puso furiosa. Su afán conciliador desapareció.

—Muy bien, su excelencia. ¿A qué ha venido? ¿Por qué ha vuelto a Inglaterra después de todos estos años?

—¿No se lo imagina?

—Pues no.

La sonrisa de Nick era pura maldad.

—¿Por qué? Para vengarme, naturalmente.

Julia volvió a notar que la bilis le subía por la garganta. Seguramente se le notaría en la cara, porque Nick chilló «¡Alto!» y abrió la puerta del carruaje. Ella se tiró al suelo y asomó la cabeza por un lateral para vomitar otra vez.

Apareció un pañuelo junto a su oreja y lo cogió para limpiarse la boca.

—Gracias —masculló Julia.

Al cabo de un par de minutos, su estómago se calmó y se sintió menos mareada. Tras otra inspiración se arrastró de nuevo hasta el asiento.

—Veo que le sienta bien el embarazo —dijo Nick con acritud.

A Julia se le paró el corazón.

—¿Cómo ha dicho?

—El bebé. Su estado. Que veo que le sienta bien. —Nick cruzó los brazos sobre el pecho—. ¿O no tendría que saberlo?

—Colton, es lógico que esté enfadado conmigo, pero debería saber que le envié una carta nada más volver a Londres explicándoselo todo.

—Claro, en vez de explicármelo en persona. —Nick se inclinó hacia delante, su mirada fulminante e implacable—. Señora, si pretendía reírse de mí y luego volver a casa toda ufana creyendo que el truco le había salido bien, está usted equivocada.

—¿Reírme de usted? —repuso ella con voz entrecortada—. ¿Es eso lo que piensa?

—Me quería, *mujercita mía*. Lamentablemente, diría yo, para mentir, engañar y robar para conseguir sus objetivos. Pues bien, ahora ya me tiene. Me pregunto durante cuánto tiempo antes de hacer que lo lamente de verdad. Porque no se equivoque, lo *lamentará*.

*N*ick nunca había visto la sala principal del White tan silenciosa.

Habían pasado ocho años desde que acudiera por última vez al legendario club de hombres de St. James, pero ahí nunca cambiaba nada. Tras esas paredes, los varones de la élite más en boga buscaban un refugio; principalmente de sus esposas. Una realidad en la que, por desgracia, ahora se veía reflejado.

Las conversaciones cesaron cuando apareció el duque de Colton. Todas las cabezas se volvieron en su dirección. Hasta los empleados alargaron el cuello, curiosos por conocer la causa del cese abrupto del ruido.

Pero ahora no podía centrarse en eso, no cuando tenía algo muy importante que hacer.

Los rumores lo siguieron conforme se aventuró hacia las mesas del fondo, donde le habían dicho que podría encontrar exactamente lo que buscaba.

Nick lo vio enseguida. Simon Barrett, el conde de Winchester, repanchingado frente a una mesa, su cabeza rubia agachada contando su dinero, ajeno al hecho de que a su alrededor la sala se había quedado en silencio.

Entonces siguió avanzando hasta llegar junto a su amigo. Simon levantó la vista y denotó sorpresa medio segundo antes de que Nick le propinase un puñetazo en toda la cara.

El impacto del golpe dio con Winchester en el suelo. Este no hizo ademán de levantarse, la mano en la mejilla.

—¡*Maldita sea*, Colton! Sé que lo merezco, pero la próxima vez avisa antes, ¡por Dios!

Nick se acuclilló y masculló:

—No habrá próxima vez, Winchester. Para mí no eres nada. Ni un amigo ni un enemigo; nada. La preferiste a ella antes que a mí y jamás te lo perdonaré.

Se levantó justo cuando Quint entraba corriendo en la sala y frenaba derrapando.

—Maldición —murmuró Quint al ver a Winchester despatarrado en el suelo—. Estaba en el comedor y pensé que llegaría a tiempo.

Nick se volvió al resto de hombres de la sala mientras se arreglaba los puños.

—Caballeros, les pido disculpas por interrumpir su juego.

Dio media vuelta y se marchó.

—¿*P*uedes levantarte? —inquirió Quint.

—Sí —refunfuñó Simon, que rodó sobre un costado. Diablos, le dolía la cara. Se puso a cuatro patas y se irguió—. El muy desgraciado me ha pillado desprevenido.

Quint dio unas palmadas a Simon en el hombro.

—Venga, tomemos una copa.

Los dos hombres fueron tranquilamente al salón, donde había dos butacas vacías frente al fuego. No tardaron en pedir *brandy*. Asimismo Quint le pidió al empleado que humedeciese un paño, lo dejase al aire libre diez minutos y luego lo trajera a la mesa.

—¿Para qué pides eso? —quiso saber Simon cuando el empleado se fue.

—Para tu cara. El frío disminuirá el dolor y cualquier hinchazón.

Simon se tocó con cuidado la mejilla herida y puso cara de dolor.

—Ha pasado mucho tiempo, pero con los años parece que los puñetazos de Colton son más fuertes.

—Un hombre es capaz de extraordinarias exhibiciones de fuerza cuando se le provoca. Lo que me lleva a preguntarte… por qué ayudaste a su mujer. Creo que tu traición ha hecho más mella en Colton que la de ella.

Simon suspiró.

—Se lo debía. En cierta ocasión evitó que cometiera una auténtica estupidez.

—¿Cuál? —preguntó Quint al ver que Simon no entraba en detalles.

—No te lo voy a decir. Es muy humillante. Pero Julia ha sido una buena amiga. Y aunque Colton también ha sido un buen amigo, el trato que le ha dado ha sido pésimo; así que ella me pidió ayuda y…

Se encogió de hombros.

Llegó el *brandy* y Simon tomó un buen sorbo con la esperanza de entumecer el escozor del puñetazo de Colton.

—Colton cree que estás enamorado de su mujer —explicó Quint—. Le dije que no lo estabas, ¿verdad que no?

A Simon le faltó poco para poner los ojos en blanco. ¿Acaso no le había dejado ya claro a Colton que no abrigaba sentimiento alguno hacia la duquesa?

—No estoy enamorado de ella, aunque en algunos momentos he deseado estar en el pellejo de Colton. Es lista, divertida y valiente. No se me ocurren cualidades mejores para una esposa.

—Pues dudo que se le vaya a pasar pronto. Nunca lo había visto tan furioso. Apenas dijo un par de palabras en todo el viaje de vuelta de Venecia.

—Ya, pero se ha enamorado de ella, Quint. Lo he visto. Colton y Julia se enamoraron en Venecia. Estaban locos el uno por el otro, hasta que la culpa se apoderó de ella. No quiso hacerle daño y se marchó. Y es solo cuestión de tiempo que se den cuenta de que están hechos el uno para el otro.

—¿De veras crees eso? —se mofó Quint—. No creo que Colton la perdone jamás.

—No tendrá más remedio. Y llegará un día en que me dará las gracias por haberla llevado a Venecia.

«*P*orque no se equivoque, lo lamentará.»

A la mañana siguiente las palabras de despedida de su marido persiguieron a Julia. Meg había bajado a por una galleta y un chocolate mientras ella, con el corazón roto y náuseas, esperaba en la cama.

¿Qué tramaba Colton? Quería venganza, pero ¿cuál?

Había sido una ingenua por creer que su plan no tendría consecuencias. Nick la odiaba. El amante afectuoso y alegre que había conocido en Venecia había sido reemplazado por un hombre frío y furioso decidido a amargarle la existencia. Se le contrajo el corazón. Por mucho que desease lo contrario, aún lo amaba; que él la despreciara la desgarraba por dentro.

Pese al daño que había causado, su bebé no era un error. Llevaba en su interior una vida nueva y preciosa, y Julia jamás se arrepentiría de tener a su hijo.

Ya sabía que Nick se enfadaría cuando averiguase su identidad, pero anoche la vehemencia de su odio la había pillado desprevenida. La había acusado de burlarse de él. ¡Cielos! ¿En serio pensaba algo así?

La puerta se abrió de golpe y apareció la silueta rechoncha de tía Theo.

—Lo sabe toda la ciudad, ¡toda la ciudad!… Lo que yo te diga. Acabo de estar en el mercado de las flores y todo el mundo me ha parado para hablarme de ello.

El miedo se apoderó de Julia, que se incorporó. Estaba convencida de que la noche anterior nadie la había visto con Nick.

—¿Hablarte de qué?

—De que tu marido está aquí, en Londres. —Theo agitó histérica los brazos—. Anoche le dio un puñetazo a lord Winchester en el White, delante de todos. No se habla de otra cosa.

¿Nick le había dado un *puñetazo* a Simon? Eso no tenía ningún sentido. A menos que… Nick debía de estar furioso con Simon porque la había ayudado. Julia se dejó caer en la cama.

—¡Ayy! Todo es culpa mía, tía Theo. Todo este jaleo. ¡En buena hora se me ocurrió ir al encuentro de Colton!

Theo se sentó en el borde de la cama de Julia.

—Winchester no es tonto. Accedió a ayudarte consciente de los riesgos que había. Y creo que es perfectamente capaz de defenderse de Colton. Me preocupas *tú* y lo que hará Colton si te encuentra.

—Ya me ha encontrado.

—¿*Ah, sí*? ¿Cuándo?

—Anoche en el Collingswood. Salí a la terraza a tomar el aire y Colton estaba esperando fuera.

—¿Te reconoció? —inquirió Theo. Como Julia asintió con la cabeza, ella insistió—: Bueno, ¿y qué pasó?

—Que le vomité encima.

Theo se rió a carcajadas, estrepitosamente, y se enjugó las lágrimas de alborozo de los ojos.

—¡Ah…, querida! Es la mejor noticia que me han dado en todo el día.

—Fue sumamente embarazoso —confesó Julia—. Está indignado, Theo. Me odia. Le pregunté por qué había vuelto a Londres y me dijo que para vengarse. Solo pensarlo, me entran ganas de vomitar. ¿Qué estará tramando?

—¿Cómo supo que eras tú?

Julia frunció el ceño.

—No lo sé, me pilló tan desprevenida que no se me ocurrió preguntarlo. ¿Por alguno de los sirvientes de Venecia, tal vez?

Theo lo descartó con un gesto de la mano.

—No, ninguno sabía tu verdadera identidad y delante de ellos fuimos prudentes. A lo mejor el pelo y el maquillaje no te camuflaron como esperábamos, y luego Colton te vio en el baile y te reconoció.

—Es posible —dijo Julia. Parecía improbable, pero ¿qué otra explicación podía haber?—. Sabe que estoy embarazada.

—¿Y qué dijo del hecho de que el bebé que esperas sea suyo?

—Nada, aparte de un comentario jocoso, después de vomitar en el carruaje, sobre lo bien que me sentaba el embarazo.

—Pero ¿no me has dicho que le vomitaste a Colton encima?

—Así es —contestó Julia—. Y después volví a marearme en el trayecto hasta aquí.

—¡Oh, pobreta! —exclamó Theo con dulzura—. Bueno, descansa un poco. Hoy nos bombardearán con visitas. —Se levantó—. ¿O prefieres encerrarte el día entero en tus aposentos?

Julia sacudió la cabeza.

—Tengo que hacerles frente; de lo contrario, el chismorreo no hará más que empeorar.

Golpearon brevemente la puerta y Meg asomó la cabeza.

—Tengo el chocolate, su excelencia.

—Entra, Meg, por favor. Nos espera un día largo.

Había ya un montón de tarjetas esperando cuando Julia se hubo vestido. La de Simon era la primera. La giró y leyó la nota escrita de su mano: «Vuelvo dentro de una hora».

Julia siguió hasta el salón para esperar junto con tía Theo al aluvión de visitas. Se sentía un poco como la mujer que recibe condolencias de camino al patíbulo.

—Hoy estás elegantísima —dijo Theo al reparar en el vestido de día de muselina lila de Julia—. ¿Qué tal tu estómago?

—Revuelto, aunque no sé muy bien si es por el bebé o es que estoy nerviosa por Colton.

Theo le sirvió una taza de té.

—A tu duque simplemente le han herido el orgullo. A ningún hombre le gusta que lo engañen, sea por la razón que sea. Quieren pensar que son superiores a toda la raza femenina, ya sabes. Dale unas semanas para recuperarse y cambiará de idea.

—Ojalá estuviese tan segura como tú —musitó Julia, y aceptó el té de manos de su tía.

Su mayordomo abrió la puerta y anunció a Simon.

—Que suba, por favor —dijo Julia—. Y no dejes entrar a ninguna visita más hasta que se vaya lord Winchester.

Al cabo de un minuto Simon entró tranquilamente en la habitación, con un cardenal oscuro y grande en su mejilla izquierda.

Julia ahogó un grito mientras él hacía una reverencia.

—¡Oh, Simon! ¡Qué horror! Me siento fatal. Ha sido todo por mi culpa.

Theo entornó los ojos y se acercó el monóculo para echar un vistazo más de cerca.

—Menudo contratiempo. Le ha dado bien, milord.

Él se desplomó en una silla, se reclinó y sonrió.

—No habría sido tan contundente, si Colton no me hubiese pillado desprevenido. De todos modos accedí a ayudarte siendo consciente de las consecuencias, Julia. Hace siglos que soy amigo de Colton y es bastante predecible. Además —cruzó las piernas—, me preocupas más tú. ¿Ha venido a verte ya?

Ella asintió taciturna.

—Anoche fue a mi encuentro en el baile del Collingswood. Me dio un susto de muerte en la terraza.

—Cuéntale lo mejor —le instó Theo.

Simon arqueó una ceja inquisidora, y Julia le espetó:

—Le vomité encima.

Las paredes del salón retumbaron con sus risotadas, los ojos azules chispeando de placer.

—¡Ah…, me habría encantado estar ahí para verlo!

—Da gracias de que no lo viste, porque fue muy embarazoso y Colton estaba furioso. Lo que no acabo de entender es cómo me reconoció, porque no dudó en dirigirse a mí como «su excelencia».

Simon se removió incómodo en su silla.

—Eso fue por mi culpa. No te lo dije, pero le dejé una nota en Venecia. Le confesé quién eras y me disculpé por haberte ayudado…

—¡Simon! —exclamó Julia escandalizada—. ¿Por qué no me lo dijiste?

Él alzó las manos.

—Francamente, no me imaginé que te seguiría hasta Londres. Pero sabía que de todos modos le escribirías para contarle tu versión. Por eso quise… prepararlo, supongo. ¿Estás enfadada conmigo?

Ella se quedó mirando a su viejo amigo.

—¿Cómo voy a enfadarme contigo? Has pagado un precio muy alto por ayudarme, Simon. Te lo agradeceré eternamente. A propósito, por curiosidad, ¿qué te dijo Colton después de pegarte?

—Nada significativo —contestó Simon—. Lógicamente, está furioso, pero ya me ocuparé de él más adelante.

—¿Le dijiste también que el bebé que espero es suyo?

—No. ¿Lo sabía?

—Sí, pero quizá me delataran las náuseas. —Tomó un sorbo de té, ahora maravillosamente tibio. Le sentaba mejor así—. Habló de venganza, Simon. Me dijo que me había burlado de él y que viviría para lamentarlo. ¿Qué hará?

Simon puso los ojos en blanco.

—Colton se está volviendo muy dramático con la edad, pero no te hará daño, Julia. Yo me aseguraré de eso.

—Quizá no pueda usted impedirlo —advirtió Theo—; al fin y al cabo, ese hombre es su marido.

Simon meditó sobre ello.

—Si me necesitas, de día o de noche, manda a alguien a buscarme y vendré. No creo que Colton vaya a hacerte daño, pero puede que durante una temporada… te ponga las cosas difíciles.

Justo cuando Julia se disponía a preguntar qué quería decir con «difíciles», la puerta se abrió de golpe y el tema de su conversación entró con paso decidido.

Vestido con una elegante levita azul un chaleco brocado de color crema y botas de caña alta sobre unos calzones de color habano, el duque de Colton escudriñó la habitación con ojos fríos y grises.

—¡Vaya, qué escena tan encantadora!

Simon se puso de pie de un salto.

—Tus apariciones sorpresivas empiezan a ser una costumbre, Colton. Antes eras mucho más directo.

Dio la impresión de que Colton se erguía más, la furia plasmada en los severos planos de su rostro.

—*Lárgate de la casa de mi mujer*. Te parece eso suficientemente directo, ¿Winchester? —gruñó Nick.

Simon resopló y los dos hombres se miraron fijamente. Julia no sabía qué hacer. Miró hacia Theo, que tenía los ojos como platos. Con los puños apretados y la mandíbula en tensión, Simon y Nick estaban manteniendo una conversación silenciosa que solo ellos entendían.

—Está bien —dijo Simon entre dientes—, pero luego pasaré a verte para un cara a cara y más vale que me recibas, Colton. —Se volvió a Julia y a Theo, e hizo una escueta reverencia—. Señoras.

Salió airado de la habitación y cerró la puerta con fuerza al abandonarla. Colton se volvió a Theo.

—Lady Carville, quisiera hablar en privado con mi *mujer*.

Dijo la última palabra entre dientes como si le costara horrores pronunciarla.

De modo que también había averiguado la identidad de Theo. Su tía le lanzó una mirada de inquietud.

—Naturalmente, su excelencia. Con su permiso… —dijo antes de salir escopeteada del salón.

Julia se reclinó y levantó el mentón. Se negaba a amilanarse delante de ese hombre. La había ignorado durante ocho años y había tenido que componérselas. Era evidente que lo que habían compartido se había acabado y que él estaba desazonado. Pues bien; ella también lo estaba.

Aparcó el dolor de su corazón y se armó de valor.

—Ya ha ahuyentado a todo el mundo, Colton. ¿Qué es lo que quiere?

La franqueza de Julia lo dejó atónito. Puso cara de ligero desconcierto, pero solo unos instantes.

—No creería que me había visto suficiente, ¿verdad, mujercita querida? —Se acercó y tomó asiento en una silla, levantando el faldón de la chaqueta—. Porque pretendo quedarme.

Julia no quiso reparar en su atractivo, en cómo tenía el sedoso pelo moreno retirado de cualquier manera de su anguloso rostro. Iba bien afeitado, pero recordaba con viveza la sensación del pelo de su barba sobre la piel suave de la cara interna de sus muslos. Y, por las noches, aún soñaba con la firme embestida de su erección nada más penetrar su humedad.

Ella se contuvo y sus ojos volaron hacia los de Nick. La observaba con atención y el brillo de ese gris intenso le indicó que sabía perfectamente en qué había estado ella pensando. Un sofoco le subió por la nuca y empezó a sentir calor.

—¡Qué bonito! —musitó él—. ¡Qué falso!

Ella se enderezó.

—¿Su visita se debe a algo?

—Sí. Quiero saber quién es el padre de su hijo. Pienso matarlo antes de que acabe el día.

Sin duda, dramático, pensó ella. ¿Y qué había querido decir? ¡Oh, Dios!... No se creía que...

—*Usted* es el padre, Colton.

Él echó atrás la cabeza y se rió, el sonido áspero y carente de toda alegría.

—¡Señor! Debe de pensar que soy un ingenuo.

Ella lo miró boquiabierta.

—Colton, usted es el padre de este bebé. No he... estado con nadie más.

A Nick se le tensó todo el cuerpo y se inclinó hacia delante, enfadado.

—Deje de mentirme, mujercita mía, que la primera vez que la poseí no era virgen.

Ella dio un respingo. Por lo menos ya sabía por qué Nick pensaba que se había reído de él. Creía que, al descubrir que se había quedado embarazada, ella había ido a Venecia para legitimar al bebé acostándose con él.

Era tentador contarle lo de Templeton, pero el orgullo se lo impidió. Quizás explicándole sus problemas económicos llegaría a ese rincón hostil del pecho de su marido, donde debería estar su corazón, pero Julia se dio cuenta de que era incapaz de hacerlo. Quería que él creyese que el bebé era suyo porque confiaba en ella.

—Lo quiera creer o no, es la verdad. Me limpié la sangre para que no se enterara. Quería que pensara que era una cortesana, Colton.

—No la creo. —Cruzó los brazos sobre el pecho—. ¿Es de Wyndham?

Ella abrió mucho los ojos por la sorpresa. ¿Quién le había hablado a su marido de Wyndham?

—Sí, estoy al tanto de lo de su galán, señora. Aunque Winchester no me hubiese hablado ya de él en Venecia, cuando llegué a Londres había un puñado de personas absolutamente ansiosas por informarme.

—Lord Wyndham y yo solo flirteamos, que es más de lo que puedo decir de *usted*, Colton. ¿Con cuántas mujeres se ha acostado desde que hicimos nuestros votos matrimoniales?

—Eso es irrelevante —le espetó él—. Yo no corro el riesgo de concebir un bastardo —gritó y señaló el vientre de Julia.

—Este hijo *no* es bastardo. ¡Será cretino! —¡Ah…, la sacaba de quicio! La sangre casi le hervía bajo la piel. Se sentó más erguida—. Lo reconocerá y luego se marchará de Londres. Vuelva a Venecia o váyase a San Petersburgo. Lo único que necesito es que esta criatura lleve su apellido.

—Eso no sucederá jamás. Sé que ese bebé pertenece a otro hombre. Ningún hijo suyo llevará mi apellido.

Ella lo vio muy convencido; imposible disuadirlo. Julia estaba furiosa, sí, pero de repente sintió el súbito impulso de llorar. Con las emociones a flor de piel, quiso estar a solas; para reflexionar sobre la manera de resolver el caos que había provocado.

—¡Márchese, Colton!

—Si cree que las lágrimas me ablandarán, está pero que muy equivocada, señora.

Julia se llevó los dedos a la cara y notó la humedad de sus mejillas. Ni siquiera era consciente de que había empezado a llorar. Realizó una inspiración larga y entrecortada. El almuerzo amenazaba con aparecer de nuevo y lo último que deseaba era volver a quedar en evidencia delante de su marido.

Se puso de pie. Él permaneció sentado, estúpido arrogante, mirándola tranquilamente con una ceja arqueada.

—Buenos días, señor.

Julia bordeó la silla de Nick y caminó hacia la puerta.

Él se levantó presto de un salto y le agarró del brazo, deteniéndola.

—No puede ignorarme, duquesa —le dijo entre dientes, su aliento caliente en la oreja de Julia—. Y no puede librarse de mí para seguir con su caterva de amantes aquí en la ciudad. —Ella se puso rígida y trató de soltarse, pero él la agarraba con fuerza—. ¿Es de Winchester? ¿El bebé que espera es de Simon?

Julia alzó la mano que tenía libre y, sin poder evitarlo, la estampó contra la cara de Nick. Se quedó helada, perpleja por lo que había hecho, mientras el sonido, áspero y desagradable, resonaba por toda la habitación. Él volvió lentamente la cabeza para mirarla. Sus ojos grises brillaban de odio, furia y (para gran sorpresa de Julia) deseo.

La estrechó contra las duras tablas de su cuerpo, sus senos aplastados contra su pecho. A ella se le aceleró el pulso, pero lamentablemente no de rabia. Realmente estaba aturdida. ¿Cómo podía seguir sintiendo algo por este hombre después de todas las barbaridades que había dicho?

Entonces Nick subió la mano que tenía libre por el costado de su tórax y la dejó debajo de su pecho, el pulgar recorriendo la prominente parte inferior con languidez. Julia cerró los ojos por la súbita, aguda e imperiosa necesidad que recorrió su cuerpo. Su respiración se tornó rápida y agitada, y le faltó poco para ponerle el seno en la palma de la mano. Tenía los pechos sensibles, el embarazo los había vuelto más receptivos, y le dolían, ávidos de las caricias de Nick.

—No tuvo ningún inconveniente en ser la putita de un duque… —musitó él, su pulgar deslizándose hacia arriba para estimular su pezón a través de las capas de ropa—. ¿Estaría igual de dispuesta a serlo de un marido?

Ella ahogó un grito y dio un respingo; y esta vez él la soltó.

—Malnacido —masculló ella antes de salir airada de la habitación.

9

*Los hombres son a veces criaturas caprichosas. Si abandona su
cama por despecho, déjelo marchar. Ya volverá.*

Señorita Pearl Kelly a la duquesa de Colton

Nick salió del palacete de su mujer y fue hasta su carruaje con paso
largo, más alterado de lo que quería admitir.

¡Maldita sea! Pese a lo que Julia había hecho, su cuerpo aún la deseaba. No, *suspiraba* por ella. Lo había fulminado con la mirada, furiosa
e indignada, mientras él no pensaba más que en tumbarla en la moqueta,
meter el pene en su deliciosa viscosidad y tirársela, con ímpetu.

Después de lo que había hecho, debería odiarla. Y la odiaba, *sí*, pero
al agarrarle del brazo y notar el considerable peso de sus senos contra el
pecho, el pene se le había puesto duro hasta dolerle. ¡Diablos, qué lío!

—A casa, Fitz —dijo con brusquedad antes de subirse al carruaje.

Se arrellanó contra los cojines y contempló por la ventanilla las ya
conocidas calles de Mayfair. Ocho años había conseguido permanecer
fuera, viviendo en sitios que nadie sabía o sin que a nadie le importara su
reputación o el escándalo. Ocho dichosos años prácticamente de anoni-
mato, libre de su pasado. Ahora había vuelto. La mentirosa y tramposa
de su mujer le había obligado a regresar a casa.

No pudo evitar que el pecho le hirviera de rabia mientras el vehículo
lo llevaba a casa.

Con el pelo rubio Julia estaba igual de hermosa, quizá más. El color
dorado de sus cabellos (en lugar de los atrevidos tirabuzones cobrizos de
Venecia) le hacía parecer delicada y etérea; aunque no había mostrado
ninguna delicadeza cuando él había insistido en que no era el padre de

su hijo. No, en ese momento Julia había sido una reina guerrera de actitud regia y penetrantes ojos azules, empeñada en que el hijo era suyo.

Aunque él no la creía.

Volvieron la esquina y pudo verse el palacete. Una monstruosidad aislada de piedra gris y herraje negro, era imponente y fría; justo lo que cabía esperar del legado de los Seaton. Sus antepasados, sus propios padres incluidos, no eran precisamente conocidos por ser gente afable y bondadosa.

Por lo menos sus padres estaban muertos. Había sido un alivio volver a Londres y descubrir que su madre no estaría ahí para martirizarlo. La última vez que la vio, después del funeral de Harry, le había hecho saber que ya no era su hijo.

«Ojalá hubieras muerto tú en lugar de Harry.»

Ni siquiera había asistido a la boda de Nick, por fugaz y poco memorable que esta hubiera sido. Tampoco se la podía culpar mucho, porque él tampoco había querido asistir a su boda. Pero su padre se había encargado de eso. Al parecer, nada como las amenazas y el chantaje para hacer entrar en vereda a tu hijo.

A las dos semanas del funeral de Harry, el duque había despertado a Nick de una borrachera para casarlo con Julia. Como este se negó, el viejo desgraciado amenazó astutamente con revelar las verdaderas circunstancias de la muerte de Harry. Nick se sentía muy culpable por lo sucedido. Era consciente de que la memoria de Harry no merecía la deshonra de que el mundo se enterara de que se había colgado en el despacho de la mansión Seaton. De modo que había aguantado la ceremonia y se había marchado aquella misma noche, jurando no volver jamás ni consumar su matrimonio.

Juramento ahora roto debido a la perfidia de su esposa.

Nick suspiró y sepultó el antiguo dolor al tiempo que el carruaje se detenía. Una vez que se apeó, se volvió a Fitz.

—Quiero su palacete vigilado. Quiero saber quién entra y cuándo sale.

Fitz asintió.

—¿Las veinticuatro horas?

—Sí, claro, las veinticuatro horas. —Si recibía visitas nocturnas, querría saberlo, sin duda—. Quiero informes regulares. Ve a buscar a alguien que empiece ya. Llévate el carruaje.

Fitz asintió de nuevo y Nick se dirigió hacia la casa. Subió las escaleras con ímpetu y la puerta se abrió en el acto. Apareció Marlowe, el mayordomo.

—Buenas tardes, su excelencia. Espero que su cita fuese bien.

Marlowe se hizo con el sombrero y el sobretodo de Nick.

—Estupendamente —musitó Nick, y fue hacia su despacho.

Necesitaba un trago.

—Su excelencia, tiene visita —le dijo Marlowe en voz alta.

Nick se quedó helado.

—¿Quién?

—Lord Winchester lo espera en la biblioteca. ¿Tendría su excelencia la bondad de verlo ahora? Ha insistido mucho en esperar hasta que usted regresara.

En lugar de contestar, Nick anduvo con paso decidido hasta la puerta de la biblioteca, la abrió y se encontró a Winchester repanchingado en un sillón.

Winchester alzó la vista, en la palma de la mano sostenía una copa de clarete.

—¿Estás cómodo? —preguntó Nick con desdén—. Porque no recuerdo haberte ofrecido una copa. —Se plantó ante él con las piernas separadas y los brazos cruzados delante del pecho. Aparte de su mujer, Winchester era la última persona que quería ver en este momento—. Ni haberte dejado entrar, de hecho.

—Marlow tiene mejores modales de los que tú has tenido nunca —comentó Winchester—. Dime, ¿pretendes volver a pegarme o estás dispuesto a hablar como una persona cuerda y racional?

Nick se acercó un paso más.

—No sabría decirte. ¿Por qué no te levantas y lo averiguamos?

Winchester suspiró.

—En ese caso creo que seguiré sentado.

Nick fue a zancadas hasta el mueble bar cubierto de licoreras. Cogió una copa de cristal y se sirvió dos dedos del mejor brandy de su padre. Su padre era un canalla, pero experto en licores.

Nick tomó asiento enfrente de Winchester y fulminó con la mirada a su antiguo amigo. Casi podía visualizarlo con Julia, sus rubias cabezas pegadas mientras se susurraban y besaban. Mientras conspiraban. Le hirvieron las entrañas de celos e ira. Tomó un buen trago de brandy y le alivió que el ardor del licor le quemara ahora las entrañas.

—¿Y bien? —aguijoneó Nick.

—No me lo vas a poner fácil, ¿verdad?

—¿Por qué iba a hacerlo? Tienes la maldita suerte de que aún no te he pedido explicaciones.

—¿Explicaciones? ¿A *mí*? —explotó Winchester—. Serás… idiota. Yo sí que debería pedirte explicaciones por el bochornoso trato que le has dado a Julia.

—Cuidadito —advirtió Nick con voz muy baja—. Yo que tú no me amenazaría. Y, en adelante, no te dirijas a mi esposa por su nombre de pila.

Winchester meneó la cabeza mirando al techo, exasperado.

—Idiota. Maldito engreído, estúpido arrogante. Me deberás una disculpa en toda regla cuando esto acabe. —Nick emitió un sonido de desdén y Winchester entornó los ojos—. Ya veo que no me crees. Dios, no sé ni por qué me molesto. De no ser por tu mujer…

—¿Qué? Por lo que más quieras, acaba la frase. Estoy deseando enterarme de lo que sientes por mi mujer —provocó Nick—. ¿Te la has tirado, Winchester?

Winchester lo fulminó con una mirada tan encendida que Nick supo la respuesta. Su amigo no se había acostado con Julia. Un fugaz torrente de alivio recorrió su cuerpo hasta que recordó que ella se había acostado con *alguien* más aparte de él mismo.

—Sabes que no. Yo no te faltaría de esa forma, y Julia ha sido como una hermana para mí. Y si no te muerdes la lengua y atiendes a razones, Colton, me veré obligado a partirte los dientes.

Nick abrió la boca para retar a Winchester, pero este alzó una mano.

—No, por el amor de Dios, hombre, no me desafíes. Lo que tengo que decir es demasiado importante. Deja de hablar hasta que termine, nada más.

Tras el escueto asentimiento de cabeza de Nick, Winchester empezó:

—Conozco a tu mujer desde que tenía siete años. —Nick emitió un sonido de impaciencia, y Winchester le soltó—: Sé que no es nada nuevo, pero déjame sacarlo todo. Aunque le saco casi nueve años, tu mujer es la hermana que nunca tuve. En vacaciones, volvía a casa del colegio y ahí estaba ella, yendo de aquí para allá con los aldeanos como si no fuese hija de un marqués. Su título se remonta hasta Carlos II, pero Julia no era esnob ni sentenciosa. Le caía bien a todo el mundo. Es una de las mejores personas que conozco.

Nick se removió, incómodo. No quería oír las virtudes de su mujer en ese momento (ni en ninguno otro, la verdad), pero no interrumpió a Winchester, que continuó:

—Ahora bien, lo que no sabes es que su padre tenía a los acreedores aporreando su puerta. Cuando nos enteramos ya era demasiado tarde, naturalmente, pero tuvo unos problemas de juego tremendos. Ella no tuvo dote, pero como tu padre y el marqués eran amigos, el duque pagó un dineral por Julia. Dinero que desapareció a los pocos años.

Winchester tomó un sorbo de clarete.

—Lo cual es importante por lo que sucedió cuando te fuiste. El padre de Julia falleció al año de vuestra boda. A su muerte, ella se dio cuenta de que tenía que venderlo todo para pagar las deudas que su padre había contraído jugando. No recibió herencia alguna de él.

Nick blasfemó en voz baja, y Winchester asintió.

—Eso mismo. Julia tenía un dinero que había heredado al morir su madre años atrás, pero no era gran cosa. Sin embargo, sí que recibió una asignación de la finca Colton, estipulada por su padre en el momento de la boda. Calderilla pura, en realidad. Tu madre ni siquiera quería que Julia cobrara eso, pero no pudo impedirlo; en cambio, sí que impidió que viviese en cualesquiera de las propiedades ducales, por lo que se vio obligada a gastar con prudencia y austeridad, y entre lo suyo y lo de su tía las dos alquilaron su pequeño palacete de Mayfair. ¿Te acuerdas de tu primo segundo, lord Templeton?

Nick se encogió de hombros.

—Vagamente.

—Pocos años después de morir tu padre, Templeton aportó unos documentos que garantizaban su puesto de guardián de la finca Colton en tu ausencia. Tu madre podría haberlo frenado, pero no lo hizo, y Templeton siguió acaparando cada vez más control, y más dinero. Lleva los últimos tres años recortando la asignación de Julia. Al comprobar que sus fondos eran tan escasos, tu mujer fue a ver a tu madre.

Nick torció el gesto, pensativo mientras hacía girar el brandy dentro de la copa. Julia estaría muy desesperada para ir a ver a la viuda del duque. Y seguro que su madre se había negado a ayudar a cualquiera que tuviese algo que ver con su hijo menos favorito. ¿Por qué Julia no le había escrito? Winchester había sabido dónde encontrarlo en todo momento. Su esposa podría haber pedido ayuda, y él… a lo mejor hubiese intercedido por ella.

—Te puedes imaginar cómo fue aquella conversación —dijo Winchester—. Cuando tu madre se negó a ayudarla, Julia se desesperó. Y luego Templeton fue otra vez a verla para informarle de una nueva rebaja de su asignación. Con lo que se puso frenética, porque ya iban justas. Cuando protestó, tu primo le dijo que podía complementar la asignación haciéndole favores sexuales. Y si te atreves a sugerir que accedió, te estrangularé a brazo partido.

Nick no dijo nada. En su cabeza se arremolinaron diversas teorías, pero ninguna adecuada para compartirla con Winchester, que por lo visto pensaba defender a la duquesa hasta el último aliento.

—La has abandonado durante ocho condenados años, Colton. Tu familia se ha aprovechado de ella, la ha engañado y por poco la deja en la indigencia. Fuiste tú quien prometió ante Dios cuidarla y mantenerla, y no has hecho ninguna de las dos cosas. El ardid para seducirte, aunque insensato, era su último intento por conseguir cierto control. Pensó que si lograba dar a luz un hijo tuyo, el heredero de los Colton, tu madre le brindaría más apoyo económico.

Nick tragó más brandy para asimilar las palabras de Winchester. Sí, había prometido amar y honrar a su mujer, pero fue un juramento en contra de su voluntad. Jamás quiso estar casado, aunque puede que dejarla a su suerte durante ocho años hubiese sido bastante… cruel por su parte.

Aun así, Julia no tenía derecho a engañarlo. Y la idea de que en su primer encuentro había sido virgen era absurda. Lo había montado en una *silla*, por el amor de Dios. A las damas de alcurnia se las educaba para mantener relaciones conyugales solo en la cama, en la oscuridad de la noche, bajo las sábanas y únicamente con el más mínimo contacto. Él había eyaculado en su *boca*. Ninguna dama refinada consentiría algo semejante. No, Julia y él sabían la verdad. El tiempo le daría la razón.

Winchester lo estaba mirando fijamente, así que Nick preguntó:

—¿Has acabado?

Winchester suspiró y asintió.

—Puede que tú te creas esa historia, pero yo no. Me acosté con ella y te digo que no era virgen. Tenía una experiencia que una mujer casta jamás tendría. —Winchester iba a protestar, pero Nick alzó una mano—. No, yo te he escuchado; ahora me escuchas tú a mí. Si bien la historia del drama financiero sí que parece cierta, cosa que enmendaré por poco que pueda, yo creo que descubrió que estaba embarazada, te coaccionó para que la trajeras a Venecia y me sedujo para legitimar a su bastardo.

—¡Eso es *ridículo*! —bramó Winchester, derramando el clarete de la copa al ponerse rápidamente de pie—. Tenía experiencia porque había contratado a una cortesana para que la asesorara. ¡Jesús, Colton! —Empezó a caminar de un lado al otro—. ¿Es necesario que pienses lo peor de todo el mundo? Sé que tu madre te ignoró y tu padre era un imbécil, pero *no* todo el mundo es así. Julia jamás te engañaría de esa forma. Ni en sueños. Es demasiado orgullosa.

Nick también se puso de pie.

—Bueno, supongo que lo veremos cuando nazca el niño ¿no? He echado cuentas. Si el bebé es mío, nacerá en septiembre.

—¿Y Julia tendrá que esperar siete meses a que reconozcas al bebé que espera? ¡Dios, qué tozudo eres! Sabes lo que entretanto harán con su reputación los buitres y la prensa, ¿verdad? Sé que estás enfadado, pero dejar que la descuarticen es sumamente cruel; incluso viniendo de ti. ¿Y qué hay de la reputación de tu hijo? Colton, piensa en alguien que no seas tú mismo, para variar.

Nick ni se había planteado las habladurías, pero no estaba dispuesto a confesárselo a Winchester. Sintió cierta culpabilidad; una lata. Entonces se le ocurrió una solución que resolvería el problema de la reputación de Julia y el de aquel con quien su mujer estuviese poniéndole los cuernos.

—Está bien. La mandaré lejos de la ciudad, a la mansión Seaton.

Winchester se echó a reír.

—Que te crees tú que Julia accederá.

—No tendrá más remedio.

—Nick, deberías saber… —empezó Winchester, pero se detuvo. Sacudió la cabeza y desvió la vista.

—¿Qué?

—Nada, no pienso seguir involucrándome. Ya sois mayorcitos, que Dios os ayude a ambos. —Se bebió el clarete de un trago y dejó la copa encima de la mesa. Entonces miró a Nick con dureza—. Pero no le hagas daño o vendré a por ti, lo juro.

*A*vanzada la tarde, un criado del personal de servicio de Colton llegó con una nota. Era sucinta.

Haga las maletas. Se irá a la mansión Seaton por la mañana.

N.S.

Julia empezó a notar pinchazos en el ojo, así que presionó la zona con dos dedos, masajeándose.

—¿Qué ocurre? —preguntó Theo.

—Me han ordenado que vaya a la mansión Seaton. —Levantó la vista hacia el criado—. Tengo que enviar una respuesta. Un segundo, por favor.

Él asintió y fue a esperar al pasillo mientras Julia le enseñaba la nota a su tía.

—Hombre de pocas palabras, ¿eh? —masculló Theo—. ¿Qué le vas a decir?

—Le diré que no, evidentemente. —Julia fue hasta su escritorio, donde cogió su pluma—. ¿Es «váyase al infierno» una respuesta demasiado brusca? —le preguntó a Theo.

—En mi opinión, no, pero tienes que reparar su orgullo, me temo. Un poco de ternura hace maravillas en un hombre.

Julia murmuró toda clase de barbaridades sobre el orgullo masculino antes de usar la pluma. Escribió:

Agradezco su inquietud, pero considero insensata ese medida. Es demasiado pronto para mi confinamiento.

J.S.

Mandó la respuesta y echó unas risas con Theo al respecto. La sola idea de que la mandaran a la casa de campo de *Nick*… ¿Qué le hacía pensar que ella accedería a algo semejante? Retomó la lectura de su libro, convencida de que el asunto estaba zanjado.

A los veinte minutos, el criado del duque volvió.

Es usted mi mujer, señora, y, por lo tanto, irá donde yo le diga. Mi carruaje llegará mañana a las ocho en punto de la mañana. Si no está esperando preparada, Fitz tiene órdenes de recogerla como esté.

N.S.

Theo chascó la lengua al leer la nota.

—Supongo que lo mejor será que hagas las maletas.

—No pienso ir —declaró Julia categóricamente—. Deja que Fitz venga y me lleve. Colton no puede obligarme a hacer nada.

Theo arqueó las cejas.

—En serio, Julia, no estoy segura de que semejante lucha vaya a beneficiar al bebé.

Anidó en su pecho una punzada de culpabilidad. Lo último que quería era perjudicar a su hijo. ¿Tendría Theo razón?

—¿Cuánto tiempo pretende Colton que me quede allí? La idea de obligarme a salir de casa es… medieval.

—Bueno, no nos pongamos pesimistas. Para el bebé nacer en el campo será lo mejor. Considéralo simplemente una oportunidad para asentarte antes de que estés en avanzado estado de gestación.

Julia tamborileó con los dedos sobre la mesa. Tenía la intención de irse al campo en el sexto o séptimo mes. Tal vez ir antes tuviese su sentido. Suspiró.

—Si voy, dime que vendrás conmigo, por favor.

—Sabes que detesto el campo, querida. Tanto aire fresco y tanto tedio... Acabarás harta de mí.

—Por favor, tía Theo. Te necesito allí. Solo hasta que el bebé nazca.

Tal como Julia se había imaginado, lo de mencionar al bebé funcionó. La cara de Theo se suavizó y asintió.

—Si me lo pides así, cómo voy a negarme. ¡Pues claro que iré contigo! Dios, será mejor que vaya ahora mismo a ocuparme de las maletas.

Julia sonrió.

—Gracias, tía Theo. No sé qué haría sin ti.

Theo le fue a dar un abrazo.

—Lo mismo digo. Durante todos estos años has evitado que sea una viuda vieja y solitaria.

Julia se enjugó los ojos.

—¡Cielos! Nunca había llorado tanto.

—Eso es por el bebé —dijo Theo, dirigiéndose hacia la puerta—. Ya pasará.

Julia escribió una respuesta:

He decidido que iré, porque el aire del campo será beneficioso para el bebé. Mi tía ha accedido a venir conmigo. ¿Vendrá usted también?

J.S.

El duque no contestó hasta la hora de cenar. Julia y Theo estaban en el recogido comedor, saboreando una sopa de tortuga, cuando el criado del duque reapareció. Julia abrió la nota y leyó la respuesta de Colton:

No.

N.S.

Ninguna explicación, ninguna promesa de ir a verla. Una palabra había sido cuanto su marido era capaz de dedicarle. Una sola palabra viniendo del hombre que en Venecia había perseguido con tanto fervor a la señora Leighton. Más molesta de lo que quería admitir, Julia estrujó el papel y lo tiró en el plato de sopa, que prácticamente no había probado.

Esa insignificante chiquillada le hizo sentir mejor.

—¿Le gustaría a su excelencia enviar una respuesta? —preguntó el criado de Colton, atónito al ver la misiva del duque flotando en la sopa de tortuga.

—No, no será necesario.

Cuando Theo y ella volvieron a quedarse a solas en el comedor, Julia le contó el intercambio de notas.

—¿No va a venir? —chilló Theo.

—No. No sé si estar furiosa o aliviada. Ese hombre desaparece durante ocho años y nada más volver me manda a una de sus casas de campo. ¡Sola! Pero ¿qué se ha creído?

—Me temo que vas a tener que bregar mucho con tu marido.

Julia suspiró.

—Lo sé. Está enfadado y está claro que no quiere verme. Tal vez sea lo mejor.

—¿Lo mejor? ¡Y un cuerno! ¿Cómo van dos personas a…? —Theo suspiró y cogió la cuchara—. No me extraña que a ese hombre lo quieran matar.

—¡Tía Theo!

Julia adoraba a su tía, pero a veces decía auténticas barbaridades.

—¿Qué? Es la verdad. Oye, puede que sea el jerez, pero no logro recordar dónde se encuentra la mansión Seaton.

—Justo en las afueras de Norfolk. Yo solo he estado una vez, cuando fui a pedir ayuda a la viuda del duque. Es una finca preciosa, aunque tendremos que ir dejando migas de pan para asegurarnos de encontrar el camino de vuelta.

—Procuraré meter unas cuantas en la maleta —dijo Theo con una sonrisa. Señaló el plato de Julia—. ¿Te apetece más sopa, querida?

Irritable e inquieto, Nick paseó de un lado al otro de su despacho. Era demasiado tarde para lidiar con Templeton esa noche, por lo que no habría válvula de escape para la sensación de ardor y escozor que notaba debajo de la piel. La frustración por un lado, la ira por el otro y algo más que rayaba en la culpa le impedían sentarse.

Las palabras de Winchester aún lo atormentaban. No le gustaba reflexionar sobre el dolor y el sufrimiento padecidos por Julia en su ausencia. ¿En qué estaría pensando su madre? Ceder el control de la finca a Templeton había sido una auténtica estupidez y su madre siempre había sido una mujer astuta y calculadora. ¿Había sido una maniobra para hacer que su hijo volviese a Inglaterra? Ahora que había fallecido, nunca tendría la posibilidad de preguntárselo.

Así que Julia y Winchester no habían sido amantes. Entonces ¿quién había sido? ¿A quién había invitado su mujer a su cama? Wyndham era el que parecía más probable, aunque podría haber tenido más de un amante en el pasado; al fin y al cabo, la amplia experiencia de Julia no era fruto de un par de coitos fugaces en el jardín durante un baile. Ni era fruto de un par de conversaciones con una cortesana. No, algún hombre se había dejado la piel instruyendo a su mujer. Le había enseñado dónde acariciar, cómo besar. Le había mostrado la manera exacta de volver loco a un hombre.

Y él pretendía averiguar exactamente quién había sido.

La visualizó, la última vez antes de despedirse en Venecia, visualizó sus carnosos labios alrededor de la punta de su pene, y casi gimió. El deseo estaba ahí, bullendo en sus entrañas a pesar de que ella le hubiese engañado. Por desgracia, a su cuerpo le daba igual lo que supiera su mente. La deseaba tan desesperadamente que temió volverse loco de remate.

Pues bien, había llegado el momento de hacer algo al respecto, así que anduvo con resolución hacia la puerta.

—Marlowe —gritó—. Que traigan mi carruaje.

Marlowe apareció y le ordenó a un criado que fuese corriendo a las caballerizas.

—¿Su abrigo, su excelencia?

Para cuando hubo reunido el abrigo, el sombrero y el bastón, el carruaje se detuvo frente a la puerta principal, Fitz en las riendas. Nick dio una dirección que no había olvidado en ocho años.

El trayecto no fue largo y pronto estaba subiendo de dos en dos las escaleras de la modesta casa de tres plantas. Desde fuera nadie diría jamás que eso era el burdel más elitista de Londres, un lugar que Nick recordaba a la perfección. Abrió la puerta un hombre prácticamente del tamaño de Fitz, y él entró tranquilamente.

Madama Hartley fue corriendo a su encuentro.

—Su excelencia. Me dijeron que había vuelto. Estaba deseando que viniese a verme.

Con sus delicados rasgos y modales refinados, madama Hartley era una mujer hermosa. Reparó en su elegante vestido de noche de seda limón y en sus guantes. De verla por las calles de Londres, uno jamás sabría que era la abadesa del convento de monjas más exclusivo de la ciudad.

—¿Cómo no iba a venir? —susurró él mientras un criado le ofrecía una copa en una bandeja. Whisky. Madama Hartley se había acordado—. Veo que no ha habido muchos cambios en ocho años.

En el salón principal de la derecha, donde un papel de pared rojo profusamente estampado rodeaba el elegante mobiliario, los hombres de moda de la sociedad alternaban con las chicas de madama. En ese momento había mucho movimiento. Nada menos que seis hombres se relajaban en la sala con sendas copas en la mano, predispuestos a una velada de desenfreno civilizado.

Nick inspiró profundamente, el familiar olor a perfume barato y empalagoso mezclado con sexo fue como un bálsamo para su alma lasciva. Estaba como en casa. Había pasado ahí infinidad de noches.

Un hecho que su hermano le había reprochado aquella fatídica noche. «Has tratado a mi mujer tan mal como a una de las putas de Hartley. Tal vez padre tenga razón. Tal vez no distingas una puta de una dama.»

—¿Algún requisito específico para esta noche, su excelencia? ¿O quiere esperar a ver si alguna es de su agrado?

Madama Hartley empezó a acompañarlo hacia el salón principal, pero Nick la detuvo.

—Confío en usted, madama. Nos conocemos bastante.

Los labios de Hartley se curvaron hacia arriba.

—Así es, su excelencia. Esta noche será una pelirroja, creo.

Se giró y le susurró a una chica que había por ahí. Nick estuvo a punto de decirle que bajo ningún concepto quería una pelirroja, pero sí la quería, ¡Dios! Quería una pelirroja en concreto.

Quizás esta noche pudiese olvidarla.

Pocos minutos después condujeron a Nick a la que sabía que era la habitación más grande y lujosa de la segunda planta. Comprobó que haber sido un cliente habitual tenía sus ventajas. La cama era grande y en una pared había una chimenea de mármol ni muy grande ni muy pequeña en cuyo interior resplandecía una agradable lumbre. El cuarto era masculino, de verdes oscuros, azules y macizos muebles de madera. Unos dibujos eróticos decoraban las paredes.

Dejaron a Nick esperando solo, pero no mucho rato.

Cuando la puerta se abrió, apareció una chica y a Nick casi se le paró el corazón. Era asombroso. Se parecía tanto a Juliet que apenas podía respirar. Senos voluptuosos y generosos, cintura estrecha, cabellos rojo intenso recogidos en lo alto de la cabeza. Entonces posó los ojos en su rostro y enseguida reparó en las diferencias. Esa mujer no tenía las delicadas facciones ni la piel de color crema de Juliet. No, era más tosca, menos refinada. Y sus ojos eran marrones, mientras que los de ella eran del azul más claro que uno esperaría ver jamás…

Nick ahuyentó ese pensamiento. La olvidaría, *sí*.

Levantó un dedo y le hizo señas a la chica para que se acercara. Ella avanzó con un descarado contoneo de cadera y acto seguido hizo una reverencia.

—Su excelencia. ¿Le gustaría tomar una copa primero?

Nick sacudió la cabeza.

—No, no será necesario.

La chica asomó la punta de la lengua y la deslizó por el labio superior.

—¿Quiere que lo desvista?

—¡Dios, sí! —masculló él—. Pero primero suéltate el pelo.

La chica le sonrió y empezó a quitarse las horquillas del pelo. Poco a poco, los largos mechones rojos fueron cayéndole a media espalda. Se sacudió el pelo con un meneo de cabeza y él alargó la mano para deslizar los dedos por este. No era tan suave como…

«Jesús.» Pero ¿qué le ocurría?

Nick tomó a la chica de las manos y las colocó en los botones de sus pantalones. Mientras sus ágiles dedos empezaban a trabajar, se quitó el abrigo y lo tiró sobre una silla del otro lado de la habitación. Había empezado a desabrocharse el chaleco cuando la mano de la chica dio con su falo desnudo.

Él gimió y dejó caer los párpados. Se le puso duro en cuestión de segundos. Balanceó las caderas hacia delante para embestir contra el puño cerrado de la chica, que lo liberó de la ropa y luego se arrodilló. Cuando quiso darse cuenta de lo que pasaba ella se introdujo su miembro en la boca.

—Sí... —dijo él entre dientes mientras ella le estimulaba la base con la lengua.

Deslizó los labios por su miembro y se lo introdujo hasta el fondo, la punta de su falo llegándole a la garganta. Él le pasó los dedos por el pelo y evocó otro momento, otro lugar.

Ella se movió más deprisa, succionándole el miembro con más fuerza, acariciándolo, y el pecho de Nick empezó a subir y bajar por los jadeos. La lujuria le recorrió la columna y notó que aún se le ponía más dura.

—¡Oh, sí, Juliet! Chúpemela, *cara*.

De pronto la boca retrocedió, soltándole el miembro con un húmedo chasquido. Nick parpadeó y miró hacia abajo.

—¿Así que quiere llamarme Juliet? —inquirió un rostro desconocido. No era la cara en la que él había estado pensando.

Al darse de bruces con la realidad procuró mantener la compostura.

—¿Cómo dices?

—Me ha llamado Juliet. Me llamo Sarah, aunque me da igual cómo me llame.

—¿Ah, sí?

Nick se apartó por la vergüenza y la frustración. No quería a esta mujer. Quería a otra, la que lo había abandonado en Venecia.

Se llamó a sí mismo idiota redomado mientras se abotonaba los pantalones. ¿Podría algún día huir de su recuerdo?

—Discúlpame —le dijo—. Haré que te paguen la noche entera.

Se puso el abrigo, sin molestarse en abrochárselo, y salió airado al pasillo.

10

A los hombres les conviene cierta rivalidad.

Señorita Pearl Kelly a la duquesa de Colton

A las ocho y cuarto en punto de la mañana siguiente, Julia y su tía se subieron al opulento coche de caballos ducal con rumbo a Norfolk. El gélido aire de febrero hizo que se acurrucaran dentro con ladrillos calientes y gruesas mantas, mientras que Fitz y el chófer iban fuera abrigados con guantes, abrigos y pieles.

Antes de partir, Fitz había dado instrucción a Julia de golpear el techo si por cualquier razón necesitaba parar. Al parecer no había olvidado que había vomitado la otra noche por el lateral del carruaje. Le dio las gracias, complacida, y él añadió:

—Su excelencia ha dicho que hoy no la forcemos demasiado, aunque seguramente no le gustaría que yo esté repitiéndolo.

Le guiñó un ojo y a continuación se subió al pescante.

—Este hombre da miedo —susurró Theo mientras el carruaje se alejaba traqueteando—. ¿De dónde lo ha sacado Colton?

—No lo sé. Tal vez lo descubramos cuando paremos a comer.

Theo se removió con pesar en su asiento.

—¡Cielos, odio viajar! Nunca voy nada cómoda en estos trastos. ¿Cómo te encuentras? ¿Has desayunado esta mañana?

Julia levantó la bolsa que su cocinera le había preparado.

—Sí, y llevo un montón de magdalenas, *macarons* y panecillos para tener algo en el estómago durante el viaje.

—Estupendo. Me pregunto si Colton le ha comunicado a su cuñada que llegaremos mañana.

—¡Vaya! —exclamó Julia—. Me había olvidado totalmente de ella. ¿Cómo nos recibirá? Porque me imagino que no le hará mucha gracia tener invitados.

—No lo sé, pero es de suponer que estará muy sola. —Theo se removió de nuevo en su asiento y, refunfuñando, dijo algo sobre las distancias largas en carruaje—. ¿Nunca te has preguntado qué pasó realmente entre Colton y ella?

Julia suspiró.

—Procuro no pensar en ello. Colton jamás ha negado que la sedujera, pero tampoco lo ha confirmado nunca. Cuando le pregunté al respecto en Venecia, me dio la sensación de que ahí había algo más. Es… doloroso para él.

—Ya, me lo puedo imaginar. Debido a sus actos, su hermano murió.

—Supongo. Aunque creo que podemos dar por hecho que los Seaton nunca han sido una familia unida.

Theo resopló y cerró los ojos.

—Despiértame para comer, querida. La única manera de soportar este espantoso suplicio es durmiendo —dijo y tiró de las gruesas mantas hasta cubrirse el pecho y bostezó. A los diez minutos empezó a roncar.

A la mañana siguiente de irse Julia, Nick y su abogado recién contratado se presentaron en el palacete de su primo. El mayordomo de Templeton los hizo pasar al despacho con prontitud para que esperaran a que viniese el dueño de la casa.

No cabía duda de que Templeton vivía bien, advirtió Nick. Era una casa pequeña a las afueras de Mayfair, pero todos los muebles parecían bastante nuevos. No había nada desgastado ni deteriorado: flores frescas hábilmente dispuestas por doquier, incluso tulipanes, que no eran baratos; enormes alfombras turcas esparcidas por el suelo y cuadros cubriendo las paredes; infinidad de licoreras de cristal colocadas en el despacho, todas llenas de licor. Sí, Templeton vivía bien para ser un hombre que presuntamente cobraba menos de trescientas libras al año.

Aunque a decir verdad a Nick no le preocupaba el legado de los Seaton ni le preocupaba mucho la finca Colton, aunque *sí* le preocupaba que le estafaran. Y le preocupaba mucho, *muchísimo* que Templeton le robase dinero a su mujer con la esperanza de obligarla a acostarse con él.

¿Se había salido Templeton con la suya? ¿Era su primo el padre del bebé de Julia?

La puerta se abrió y entró un hombre que Nick supuso que era lord Templeton. De pelo moreno ralo y frente alta, Templeton tenía una nariz afilada y mentón puntiagudo. Nick lo reconoció al instante del baile del Collingswood. Él estaba en la terraza observando a su mujer y este hombre la había abordado justo antes de que ella saliera. A vomitar.

Julia no había reaccionado a él favorablemente. De hecho, le había revuelto el estómago. Si este hombre y la duquesa eran amantes, él era el arzobispo de Canterbury.

Lo que significaba que Winchester había dicho la verdad. Templeton había chantajeado a la duquesa para meterse debajo de sus faldas.

Un nuevo ataque de furia lo sacudió. ¡Oh, cómo iba a disfrutar con esto!

—Su excelencia, qué grata sorpresa —dijo Templeton, sus impenetrables ojillos posándose en uno y otro visitante—. Bienvenido de nuevo a Londres.

—Gracias. Permítame que le presente a mi nuevo abogado, el señor Barnaby Young. A partir de ahora se ocupará de todos los asuntos de la finca Colton.

Tomó asiento y se quitó una pelusa imaginaria de los calzones mientras dejaba que Templeton asimilara el alcance de aquellas palabras.

—No… no lo entiendo, su excelencia. Estoy seguro de que no querrá ocuparse de los asuntos de la finca durante su breve estancia aquí en Londres —dijo sentándose, y Nick vio que el sudor perlaba el labio superior de su primo.

—Dice bien, por eso he contratado al señor Young, quien a su vez contratará un administrador de fincas competente, y los dos velarán por mis intereses. De modo que dure lo que dure mi estancia aquí, no es necesario que siga usted encargándose de todo.

Templeton movió la boca como si quisiese hablar pero no encontrara las palabras. Nick le dedicó una sonrisa nada cálida.

—No me dé las gracias, no, Templeton. Sé que esta noticia es un alivio para usted y lo complicada que ha sido su labor estos últimos años. —Señaló al señor Young—. Y ahora, si no tiene inconveniente, el señor Young necesita que firme unos documentos que he pedido que redacten.

El abogado extrajo un montón de papeles de su cartera y se los dio a Templeton, quien los aceptó a regañadientes.

Nick se puso de pie y fue tranquilamente hasta el escritorio mientras Templeton leía el contenido. Lo oyó suspirar.

—Siga leyendo —le dijo a su primo—. Luego mejora.

Sobre el escritorio, Nick vio pilas de facturas de diversos tenderos y comerciantes.

—Su excelencia —dijo Templeton soltando un gallo—, esto es ridículo. Aquí pone que si se descubre que en los últimos años ha habido apropiación indebida de fondos, se me requerirá que los devuelva a la finca.

—Correcto, lo cual no será un problema, ¿verdad, primo?

A Templeton le tembló la mano al dejar los papeles en una mesa auxiliar.

—Pero el administrador de la finca también gestionaba los fondos. ¿Por qué voy yo a cubrir los fondos que él haya podido malversar? Eso es tremendamente inapropiado y absolutamente injusto.

—Tenga la seguridad de que el señor Young y yo hablaremos hoy con el ayudante de mi padre. —Cogió la pluma y la hizo girar entre sus dedos—. Si ha robado fondos de la finca, habrá que actuar en consecuencia. Entretanto convendría que firmase usted estos documentos.

Templeton señaló hacia los papeles.

—No estoy seguro de que deba firmar nada aún. Tal vez mi abogado debería echarles un vistazo.

—Señor Young, le ruego que espere un momento en el pasillo.

Sin decir palabra, el abogado de Nick salió de la habitación, cerrando la puerta discretamente al hacerlo.

La sonrisa de Nick se esfumó. Dios, tenía ganas de aplastar a Templeton. Saltaba a la vista que el tipo era culpable, aunque seguramente lo negaría hasta su último aliento. Lo cual, teniendo en cuenta lo que le había hecho a Julia, quizá llegase más pronto que tarde.

La ira que Nick había intentado controlar estalló entonces con virulencia. De pie ante Templeton, apoyó un pie en el borde de la silla y empujó hacia delante. La silla quedó sobre las dos patas traseras y, con un empujón más, esta y Templeton se estamparon contra el suelo.

Nick pisó enseguida el cuello de Templeton con el tacón de la bota. El tipo abrió desmesuradamente los ojos por el miedo, su rostro enrojecido, por lo que Nick presionó un poco más.

A Templeton se le salían los ojos de las órbitas y Nick supo entonces que había acaparado la atención de su primo.

—Si creía —masculló— que iba a dejar que me robara y le hiciera proposiciones deshonestas a mi mujer, está usted muy equivocado. Como se le ocurra volver a dirigirle la palabra a la duquesa, sea para lo que sea, o siquiera mirar en su maldita dirección, no me tomaré la molestia de ir a verlo al alba como un caballero. No, daré con usted de noche en una calle oscura, lo arrastraré hasta un callejón y le arrancaré el corazón del pecho a brazo partido.

Al ver que la piel de Templeton se había puesto morada, Nick levantó el pie, dejando respirar al hombre. Retrocedió y se alisó el abrigo, encantado de que el hombre se alejara de él pitando.

—Su implicación en mis asuntos se ha acabado, Templeton. Ahora puede firmar esos papeles voluntariamente y sufrir las consecuencias, o pasarse el resto de su vida mirando cada noche por encima de su hombro, preguntándose qué voy a hacer y cuándo.

Templeton tragó saliva y asintió.

—Magnífico —dijo Nick, y a continuación hizo entrar de nuevo al señor Young en la habitación.

Si al abogado le sorprendió ver una silla volcada y a Templeton respirando con dificultad, no lo dejó entrever.

Tras firmar y acreditar los papeles, el señor Young los guardó.

—Ahora necesitaremos cualquier libro de contabilidad o papel que tenga relacionado con la finca Colton, Templeton.

Nick cruzó los brazos delante del pecho y esperó.

Cinco minutos después, Nick y su abogado salían. Templeton había asegurado que los libros de contabilidad los tenía el antiguo administrador de la finca, y no les había quedado más remedio que creerle.

—Señor Young, vaya en mi carruaje a ver al ayudante de mi padre. Comuníquele el cese de sus servicios y quítele todos los papeles y cuentas que podamos necesitar. No creo que vaya a ponerle problemas, pero si lo hace, que mi lacayo venga a buscarme.

—Sí, su excelencia.

—Lleva al señor Young donde tenga que ir —le gritó Nick a su cochero.

Uno de sus lacayos saltó del carruaje.

—Disculpe, su excelencia, pero el señor Fitzpatrick me ha dicho que, en su ausencia, lo siga a usted allá donde vaya.

Nick suspiró. Era como tener una dichosa niñera.

—Quédate con el señor Young, David. Puede que necesite tu ayuda más que yo. —Cuando el chico quiso protestar, Nick alzó una mano—. Iré andando a mi club, que no queda lejos. Y estamos en Mayfair, por el amor de Dios. No me pasará nada.

—A Fitz no le hará ninguna gracia —murmuró el chico.

—Ya, pero el sueldo te lo pago yo —le espetó Nick, y se fue calle abajo.

Solo que no se dirigía al White. Había mentido. Le quedaba una tarea desagradable más esa mañana, una que tenía que hacer solo.

Al otro lado de Grosvenor Square vivía un tal lord Robert Wyndham. Aunque había pasado algún tiempo, Nick recordaba a Wyndham de los clubes y de haberlo visto por la ciudad. Era varios años menor que él y parecía bastante reservado. Un ratón de biblioteca, diría Nick; desde luego tenía ese perfil. No entendía lo que había visto Julia en aquel hombre.

Diez minutos después, Nick le estaba dando su tarjeta al mayordomo de Wyndham. Aunque no eran horas para hacer visitas, nadie dejaba a un duque esperando en la puerta, especialmente a uno tan infame como el Duque Depravado. Como cabía esperar, fue acompañado en el acto al salón y el sirviente fue a confirmar la disponibilidad de su señoría.

A Nick no le cabía ninguna duda de que Wyndham se personaría.

No mucho después, la puerta se abrió. Wyndham, al que estaba claro que habían sacado a rastras de la cama, entró apresuradamente. Tenía unas facciones bastante poco agraciadas: pelo castaño corto y ojos marrones, y una barba rala que no sirvió para contener el rubor de su piel. Estupendo. Wyndham sabía por qué Nick estaba ahí.

—Su excelencia —saludó Wyndham con recato mientras ambos hombres se sentaban—, bienvenido a casa.

—Gracias, Wyndham. Siento venir tan temprano, pero es una visita que preferiría que pasara desapercibida.

Wyndham tragó saliva.

—¿Necesita algo, su excelencia?

Nick contempló pensativo al otro hombre, alargando el momento. Cuando Wyndham se removió incómodo en su silla, le preguntó:

—¿Hay algo que quiera decirme, Wyndham?

—Mmm... No sé a qué se refiere. —Carraspeó—. ¿Qué iba a querer... decirle?

—Uno se entera de cosas. Aunque he vivido lejos de Londres, le sorprendería lo deseosa que está la gente de hablar de lo que sucede aquí en la ciudad. —Nick se reclinó y apoyó un tobillo sobre la rodilla contraria. Aunque puede que aparentase tranquilidad, por dentro palpitaba de incertidumbre y rabia; pero era eso o abalanzarse sobre Wyndham, echarle las manos al cuello y obligarle a confesar si se había acostado o no con Julia—. Así que estoy bastante al tanto de todos los últimos *on-dits*.

—Pues si ha oído algo con respecto a mi persona —le espetó Wyndham—, no hay nada de cierto en el rumor. Absolutamente nada.

Miró a Nick directamente a los ojos, sin pestañear.

Puede que Wyndham fuese un mentiroso de primera, pero Nick le creyó. Aun así, no estaba completamente seguro, ni lo estaría hasta septiembre.

—Me alegra oír eso, porque si pensara que determinados rumores son ciertos, me vería obligado a ocuparme del asunto. Y seguro que sabe que no acostumbro a seguir el cauce estipulado. Por no mencionar que no me gusta levantarme al alba. No, prefiero con creces el elemento sorpresa, tener a mi enemigo esperando en vilo. La expectación del contraataque. No es muy limpio por mi parte, lo sé, pero es infinitamente más divertido. ¿Lo entiende, Wyndham?

Wyndham asintió enérgicamente.

—Sí, su excelencia. Desde luego que sí.

—Magnífico —anunció Nick, y se puso de pie—. Entonces creo que ya estamos.

*N*o mucho después de llegar a la mansión Seaton, Julia se dedicó a recorrer la enorme y laberíntica estructura. El ayuda de cámara de Nick, Fitz, había vuelto a Londres a poco de dejarlas, y Theo le había ordenado a Julia que descansara dos días enteros después del viaje. Ahora que se encontraba mejor, estaba deseosa de explorar su nuevo hogar; por lo menos su nuevo hogar durante los próximos meses.

La casa en sí era enorme. Como aún hacía demasiado frío para estar al aire libre, recorrió el interminable laberinto de pasillos a fin de no pensar en sus permanentes náuseas, por no mencionar la rabia y el disgusto por la reciente crueldad de Nick.

¡Ojalá no hubiese conocido nunca al hombre cariñoso y tierno que con tanta devoción la había cortejado en Venecia! ¡Qué recuerdos tan bonitos! Recuerdos ahora empañados por el conocimiento de que su marido pensaba lo peor de ella. De hecho, creía que ella había ido a Venecia para legitimar al bebé que había concebido con otro hombre; la había llamado zorra y la había acusado de intimar tanto con Simon como con Wyndham.

Y ahora la había enviado lejos.

—¿Su excelencia?

Julia levantó bruscamente la cabeza. Lady Lambert, la esposa del difunto hermano de Colton, estaba a poca distancia. Les había dado una calurosa bienvenida al llegar, para gran alivio de Theo y Julia.

—Buenos días, lady Lambert.

—Por favor, llámeme Angela. —Sonrió con timidez e hizo un gesto hacia la habitación prácticamente vacía que había a sus espaldas—. ¿Le importa que nos sentemos un momento? Me gustaría hablar con usted.

Julia asintió y entró tras ella en lo que resultó ser la sala de música. En la esquina se hallaba un gran pianoforte, rodeado de sillas, mientras que diversos instrumentos de cuerda y trompas decoraban las paredes. Angela tomó asiento y con la mano le indicó a Julia que hiciera lo propio.

—Espero que no piense que soy una descarada —empezó Angela antes de alisarse la falda. Carraspeó—. Pero me encantaría que fuéramos amigas. Entiendo que quizá tenga… motivos para no estar interesada en entablar amistad conmigo. Se han dicho muchas cosas sobre mí, sobre… su marido, por eso quería asegurarle que cualquier rumor que pueda haber oído es falso.

Julia iba a hablar, pero Angela levantó una mano.

—No, espere. Déjeme decir todo lo que tengo que decir. Yo amaba a mi marido. Me quedé rota cuando falleció. Mucha gente se creyó los rumores sobre su marido y yo, y… después de aquello no he tenido muchos amigos. Casi toda la sociedad me dio la espalda, salvo la viuda del duque. Me trataban con educación, naturalmente, pero cuando creían que no les oía decían cosas horribles de mí. Las invitaciones también se acabaron. La viuda del duque fue muy… buena conmigo, y le agradeceré eternamente que me diese un hogar cuando nadie más lo hubiera hecho.

Angela bajó los ojos y Julia vio los ojos de la mujer anegados en lágrimas. Alargó un brazo y tomó la mano de Angela, dándole un breve apretón.

—Me alegra mucho que esté usted aquí —susurró Angela, devolviéndole el apretón—. Hace muchos años que no tengo amigos más o menos de mi edad. La verdad es que he estado muy sola. No sabe lo que me gustaría que pudiese olvidar lo que ha oído y… que, por favor, me diese la oportunidad de ser su amiga.

—¡Naturalmente! —exclamó Julia—. Me encantaría, Angela.

Angela se relajó visiblemente.

—Estupendo. —Se enjugó los ojos e inspiró hondo—. Bueno, ¿qué tal se encuentra hoy?

—Mejor, gracias. Cada día tengo menos náuseas.

Si bien Angela sabía que el bebé era de Nick, Julia no había divulgado las circunstancias en las que se había quedado embarazada. No pensaba revelárselo a nadie… jamás.

—Pues ya que se encuentra mejor, tal vez le apetezca acompañarme en mis paseos matutinos. No voy muy lejos y sería agradable tener compañía.

Julia asintió.

—Me encantaría. El aire fresco y el ejercicio me vendrán de maravilla.

—¡Excelente! Le vuelvo a preguntar: ¿seguro que no prefiere que me traslade a la casa pequeña? Se me hace raro quedarme aquí cuando legítimamente le pertenece a usted. La otra mansión no está lejos y podríamos seguir viéndonos.

—¡Cielos, no! —contestó Julia—. Esta casa es suficientemente grande para las tres. Diría que incluso invitando a treinta personas más nunca nos tropezaríamos salvo en las comidas.

—¡Vaya! Pues gracias. Se lo agradezco mucho. Después de estar aquí tantos años con la viuda del duque, estoy sedienta de hablar de fiestas y de moda… y escándalos que no tengan que ver con mi persona.

—Bueno, Theo es sin duda una experta en todo eso. —Julia se rió entre dientes—. Dígame, ¿ya no tiene familia propia usted?

—No. Mi madre falleció pocos meses después que Harry. Mi padre se mató en un accidente de carruaje cuando yo era pequeña y nunca he tenido hermanos ni hermanas.

—Pues estamos igual —murmuró Julia—. Excepto Theo, no me queda familia.

—Tiene al duque —dijo Angela, como si ese dato hubiera de ser un consuelo.

Julia emitió un sonido evasivo y se quedó mirando el pianoforte. No quería hablar de su marido. Aún tenía el corazón en carne viva; la rabia por sus recelos era demasiado reciente.

Estuvieron un buen rato en silencio. Entonces Angela preguntó:

—¿Cree que vendrá a verla?

Julia percibió cierto dejo en la voz de Angela, pero no supo a qué respondía: ¿Esperanza? ¿Entusiasmo? ¿Miedo?

—La verdad es que no lo sé.

—Bueno, Theo y yo podemos mantenerla distraída entretanto. —Angela se levantó—. Creo que tocaré un rato el pianoforte. La veré por la tarde, su excelencia.

—Llámeme Julia, por favor; después de todo, somos cuñadas.

Angela sonrió.

—Gracias, Julia.

Tras despedirse con la mano, Julia se marchó y continuó con sus paseos por la mansión. La conversación con Angela le había producido cierta desazón. ¿Tenía Angela los ojos puestos en Nick? Si realmente en su época habían intimado, puede que estuviese ansiosa por retomar la aventura. ¿Y Nick? ¿La rechazaría? Mejor no saber la respuesta a esa pregunta.

*T*ranscurrió un mes, y Julia tuvo que aceptar que Nick no iría a verla. Tampoco le había escrito. No había tenido noticias suyas desde el lacónico intercambio de notas en Londres. Una vez más la había dejado a su suerte.

Solo que no estaba exactamente sola. Una minúscula y preciosa vida crecía ahora en su interior. El bebé de Nick. Había días en que le costaba creer que en pocos meses sería madre.

En las últimas dos semanas, los mareos habían empezado a reducirse. Ahora solo se encontraba mal por las mañanas, antes de llenar el estómago. El resto del día tenía hambre a todas horas y se comía todo lo que veía. En lugar de controlar la línea, los vestidos empezaban a irle ajustados.

Julia y Angela le habían tomado el gusto a eso de pasear juntas cada mañana. Tía Theo se negó a acompañarlas, aduciendo que una anciana solo era capaz de soportar tanta naturaleza hasta cierto punto.

Las dos jóvenes hablaban abiertamente mientras recorrían la finca. La inmensidad de la propiedad de los Seaton dejó impresionada a Julia. Había un sinfín de colinas y campos, jardines espectaculares, un bosque espeso e incluso el río Wensum la atravesaba en determinado punto. Casi era capaz de imaginarse a Nick de pequeño, un niño moreno y precoz correteando de aquí para allá y haciendo trastadas.

Esa mañana en concreto Angela le propuso pasear por el bosque, por un sendero que iba desde el estanque hasta la otra mansión. Se pusieron en marcha, vestidas con múltiples enaguas y gruesas pellizas para protegerse del frío de abril. La noche anterior la niebla lo había cubierto todo y no se veía el horizonte, pero este era un sendero que habían tomado otras veces.

Angela hablaba sin parar y Julia se dio cuenta de que estaba escuchando a medias. Los jardines estaban preciosos, la hierba fresca, salpicada de delicadas flores de azafrán púrpura, blanco y amarillo. Pese a lo que sentía por su marido, la belleza de la residencia de la familia ducal era innegable. La última vez que estuvo de visita, la habían tratado como a una intrusa. Una marginada. Esta vez era la señora de la casa. Todos acataban lo que decía en ausencia de Colton y ahí nadie contradecía sus deseos; ni probablemente lo hiciera nunca, puesto que era evidente que su marido no tenía la intención de ir a verla.

Se adentraron en el bosque, donde el sonido de pájaros e insectos resonaba con fuerza en la quietud de la mañana. Aquí, el terreno se inclinaba abruptamente a lo largo del estrecho sendero. Debido a la escasa luz bajo la tupida bóveda de árboles, las hojas y el musgo estaban resbaladizos, obligando a Julia a mirar bien por dónde pisaba.

Se preguntó de nuevo qué estaría haciendo Nick en Londres. El orgullo le impedía escribirle a él o quien fuera para preguntarlo. Había escrito a Sophie, pero únicamente para informarle a su amiga de la prolongada estancia en la mansión Seaton. Sophie le había contestado diciendo que iría a verla, pero del duque no tenía noticias.

¿Tendría una amante? Parecía probable, puesto que la idea de que el Duque Depravado se mantuviese casto era cuanto menos ridícula.

Se dijo a sí misma que seguía enfadada con él y que, por tanto, no le importaba que se acostara con otras mujeres. Pero sí le importaba. Y mucho. El recuerdo de sus hábiles manos y su ardiente boca la atormentaba. Su cuerpo, exuberante y turgente por el embarazo, lo recordaba, suspiraba por él en la solitaria oscuridad de sus aposentos.

Por no hablar de su estúpido corazón, que se negaba a desprenderse de los tiernos recuerdos de su maravillosa semana juntos en Venecia. De su forma de sonreírle. De su risa. De cómo le había hecho sentir la mujer más hermosa y más deseable del mundo. ¿Había sido una locura creer que lo suyo por ella era más que lujuria?

—¿No cree, Julia? —inquirió Angela, sacándola de su ensimismamiento.

—Perdone, ¿qué me ha preguntado? —Julia tropezó con una piedra y torció el gesto—. No estaba atenta.

—Ya lo veo. —A Angela se le escapó una risilla y se adelantó para salvar una raíz que había en el sendero—. He sugerido que redecoren la habitación infantil. Tal vez…

Julia salvó la raíz y tuvo que calcular mal, porque la punta del zapato se le enganchó y perdió el equilibrio. En lugar de erguirse, se inclinó hacia un lado, el suelo moviéndose bajo sus pies, y se cayó, deslizándose sobre las hojas y la hierba húmedas del pronunciado terraplén. Julia no pudo agarrarse a nada y rodó pendiente abajo.

—¡Angela! —chilló mientras trataba de agarrarse a la espesa maleza. Pero todo estaba demasiado resbaladizo para sujetarse y su miedo aumentó.

Dio tumbos rodando hasta el pie del terraplén, cubriéndose el abdomen con las manos para proteger al bebé durante la vertiginosa caída. Se le enganchó la pierna en una rama, a lo que siguió un doloroso desgarro en el tobillo.

Entonces se dio un golpe en la cabeza con el tronco de un árbol y sintió un dolor agudo en el cráneo hasta que todo quedó a oscuras.

*L*a luz le molestaba horrores. Julia cerró los párpados con fuerza y procuró hacer memoria. Cielos, le dolían la cabeza y el tobillo. Movió las manos, tocando hojas, ramas y hierba. Sí, había tropezado y se había caído por el pronunciado desnivel del sendero del bosque. ¿Dónde estaba Angela?

Inspiró varias veces para mantener la calma, entreabrió los párpados y no vio a nadie. Tal vez Angela hubiese ido a pedir ayuda. Se palpó las extremidades con cuidado para evaluar el alcance de las heridas. Estaba mejor de lo que se temía. Aparte del tobillo y un dolor de cabeza terrible, seguro que podría subir hasta el sendero. No tenía sentido esperar a que viniese alguien para subirla a rastras.

Se arrastró con cuidado hacia el sendero, ayudándose con las raíces y ramas caídas. El suelo estaba resbaladizo y en varias ocasiones se deslizó unos metros abajo hasta que logró afianzar el agarre para seguir trepando. El tobillo dolorido la trababa un poco, pero a fuerza de voluntad consiguió volver a subir al sendero. Una vez en suelo llano, localizó una rama alta y gruesa que haría las veces de bastón, y que empleó para regresar a la mansión.

Le pareció que tardaba horas en llegar y cuando entró en la casa a punto estuvo de desplomarse de agotamiento. Jadeando, dejó que el mayordomo le acercase una silla a la puerta. Este mandó entonces a un lacayo a buscar al médico del pueblo.

Justo en ese momento Angela dobló la esquina, seguida muy de cerca por Theo y otro criado. Los tres se detuvieron en seco al verla, sucia y empapada, en una silla en el recibidor.

—¡Julia! —Angela fue volando a su lado, el alivio reflejado en el rostro—. He vuelto a casa corriendo a buscar ayuda; no sabía qué más hacer. ¿Se ha hecho mucho daño?

—John, sube a su excelencia por las escaleras —ordenó Theo—. Angela, mande a buscar al médico y luego pídale a la cocinera algo para comer. Yo iré por el brandy.

—Ya han ido a buscar al médico —dijo Julia cansada mientras el criado la levantaba de la silla—. Y no quiero comer nada. Solo que me ayuden a subir arriba.

Pronto estuvo Julia arropada en la cama, rodeada de almohadas en una habitación llena de caras de preocupación.

—Estoy bien —les dijo. Theo y Angela se sentaron a los pies de su cama, las cejas fruncidas en señal de inquietud—. De verdad que estoy bien. Tengo dolor de cabeza y me duele horrores el tobillo, pero viviré.

—¿Y el bebé? —inquirió Angela en un tono de pánico susurrante—. Cielos, si al bebé le pasa algo me muero. No debería haberla llevado a ese sendero hoy. Estaba demasiado neblinoso y húmedo.

—¡Chsss…, jovencita! —le espetó Theo—. No es su culpa y no conoceremos el estado del bebé hasta que venga el médico; no sirve de nada ponerse histérico.

Julia tomó otro sorbo de brandy.

—Estoy cansada, nada más. Creo que podría dormir durante días.

Y como para demostrarlo, bostezó.

—No te duermas —le dijo Theo—. No hasta que venga el médico y pueda examinarte.

El médico llegó media hora después. Hombre agradable y de cierta edad, se tomó su tiempo para examinarla. Fue delicado y respetuoso, y estuvo hablando sin parar tanto para relajarla como para mantenerla despierta.

Cuando hubo acabado, Theo y Angela entraron de nuevo en la habitación de Julia para oír el resultado.

—Su excelencia tiene una leve conmoción, que con algo de reposo debería desaparecer en unos días. Dejaré láudano para el dolor, pero le sugiero que no lo tome a menos que sea absolutamente necesario. Se ha hecho un esguince en el tobillo, debería tenerlo varios días en alto. Dentro de aproximadamente una semana su excelencia debería estar bien.

Se aclaró la garganta.

—En lo que concierne al bebé, no sabría decir si su excelencia lo perderá o no. Ha habido caídas que han precipitado un aborto. De modo que si su excelencia no tiene pérdidas… pongamos mañana, diría que es probable que el embarazo siga su curso. Si su excelencia, sin embargo, empezara a tener calambres o pérdidas, avisen a la comadrona. Yo encantado de venir también, pero la señora Popper tiene sobrada experiencia a la hora de perder y alumbrar bebés. Quizá pueda darle algo que contribuya a detener el proceso.

Reinó el silencio en la habitación. «Ha habido caídas que han precipitado un aborto.» Las palabras resonaron en los oídos de Julia. Se le encogió el pecho, y le dolió tanto como el tobillo.

Angela acompañó al médico a la puerta mientras Theo se acercaba y se sentaba en la cama de Julia.

—No llores, querida —le dijo su tía, acariciándole el pelo—. Todo irá bien. Ya lo verás.

—Eso no lo sabes —susurró Julia, las lágrimas fluyendo con abundancia—. Nadie lo sabe. ¡Oh, Theo! ¿Qué haré si pierdo a este bebé?

No me lo perdonaría nunca —dijo y se le escapó un sollozo del pecho cuando Theo la rodeó con los brazos.

—Chsss…, no es tu culpa. Ha sido un accidente; nada más.

Su tía le frotó la espalda, acunándola mientras lloraba y lloraba.

—Venga —le dijo Theo al fin. Su tía la obligó suavemente a recostarse de nuevo sobre las almohadas—. Como no reserves tus fuerzas, perderás al bebé. Sé fuerte, Julia. Ese pequeñajo te necesita. Llorar y dramatizar no servirá de nada, pero descansar un poco y comer *sí*.

Julia se enjugó los ojos con el borde de la colcha.

—Tienes razón. Tengo que procurar mantener la calma y reponerme.

—Duerme, querida. Volveré dentro de un rato a ver cómo estás.

*A*quel día y aquella noche fueron nebulosos. Dolorida y cansada, Julia no tenía ganas más que de dormir. Theo entró a verla cada pocas horas, despertándola cuando era necesario para darle de comer y beber. Ayudó a Julia a orinar, lo que a esta le dio una vergüenza infinita, pero lo hizo con tal naturalidad que se lo agradeció.

Por la mañana durmió hasta tarde, pero se encontraba notablemente mejor. Hasta el momento no había tenido pérdidas ni calambres; una muy buena señal de que todo iría bien con el bebé. Se propuso seguir los consejos del médico y hacer a su vez todo lo posible para no preocuparse. Theo tenía razón: debía reservar sus fuerzas.

Después del desayuno, Theo trajo varios ejemplares antiguos de *La Belle Assemblée* para que ambas leyeran mientras ella permanecía en cama. Luego Angela fue a verla un rato por la tarde para relevar a Theo.

—No necesito supervisión constante —le dijo Julia a su cuñada—. Theo y usted deberían aprovechar el día y no estar aquí sentadas conmigo. Váyase. —Hizo un gesto hacia la puerta—. Además, quiero echar una cabezada.

Convencida de que Julia decía la verdad, Angela se marchó. Entonces se acurrucó bien entre las almohadas y volvió a dormir. Pasó el resto del día de forma muy similar, descansando y asegurando a las otras dos mujeres que su estado había mejorado.

Meg acababa de llevarse su bandeja de la cena cuando la puerta de acceso a sus aposentos se abrió de golpe.

Su marido, tan macilento y desaliñado como nunca lo había visto antes, entró corriendo en la habitación. Una barba de un día por lo menos le salpicaba la mandíbula, y tenía los ojos enrojecidos y rodeados de oscuros círculos, la corbata, torcida, y la ropa arrugada y cubierta de polvo del camino.

—¡Colton! —exclamó Julia, boquiabierta—. ¿Qué hace aquí?

Él carraspeó y entrelazó las manos a la espalda.

—Uno de los lacayos me dio la noticia de su accidente, señora. He querido evaluar por mí mismo el alcance de sus heridas.

¿Se había... preocupado por ella? Tenía que haber galopado como alma que lleva el diablo para llegar tan rápido. La alegría germinó en el pecho de Julia, quien procuró no sonreír.

—Dígame lo que ha ocurrido. ¿Estaba paseando por el bosque? ¿Estaba sola?

Ella sacudió la cabeza.

—No. Estaba conmigo lady Lambert.

—¿Y se tropezó?

—Sí, con una raíz a la vista. Supongo que calculé mal. Luego perdí el equilibrio y rodé por un terraplén. Pero de verdad que estoy bien. Una conmoción leve y un tobillo torcido, ambos mejorando considerablemente porque Theo no me deja levantarme de la cama.

—¿Y el bebé?

Julia esperó, escudriñando los ojos de Nick en busca de alguna emoción más allá de la inquietud. ¿Esperanza? Reparó en que no había dicho *mi* bebé, sino *el* bebé. ¿Habría abrigado la esperanza de que sufriese un aborto?

Dios del cielo, seguro que por eso había corrido a su lado. La alegría experimentada hacía tan solo unos instantes se marchitó como una flor bajo un sol ardiente. Había ido ahí volando con la esperanza de que ella perdiese el bebé, cosa que le brindaría una solución adecuada a todos sus problemas.

Julia inspiró hondo para combatir la desesperación que la abatía. No había nada que hacer. Jamás le haría cambiar de opinión. Nick nunca le creería ni aceptaría a su hijo.

—Lamento decepcionarlo, esposo mío —le dijo en voz baja—, pero no he perdido al bebé. Por lo menos no todavía.

Él frunció las cejas.

—Al margen de lo que yo piense sobre la criatura, no le deseo sufrimiento alguno, Julia.

Ella no se vio capaz de contestar, porque un aborto le haría sufrir. Nunca se recuperaría de ello. Su cuerpo, sí; pero jamás habría un hijo concebido en circunstancias similares, con semejante pasión y afecto. Ahora no había más que una fría desconfianza entre ellos, y ya no tenía energías para seguir batallando.

Giró la cabeza, apartó la mirada y deseó con todas sus fuerzas que se fuera.

Instantes después, él suspiró.

—Pensaba quedarme unos cuantos días, hasta que se haya recuperado —le dijo en voz baja—. Cuando regrese a Londres, Fitz se quedará aquí para cuidarla.

Julia clavó bruscamente los ojos en él.

—No creo que necesite escolta, Colton. Solo me tropecé.

—No estoy tan seguro. Y hasta que lo esté, Fitz se quedará. —Aludió con un gesto a la pequeña habitación de la que se había adueñado a su llegada hacía dos meses—. ¿Por qué no está en los aposentos de la duquesa?

Julia se encogió de hombros.

—Angela se hizo con esas habitaciones cuando su madre falleció. No me pareció justo pedirle que se trasladara. Además, tengo más que suficiente con este cuarto.

Nick dio media vuelta y fue a zancadas hasta la puerta.

—Ve inmediatamente a buscar a lady Lambert —le dijo a un criado que estaba haciendo tiempo en el pasillo.

—Colton, de verdad… —empezó Julia, pero se detuvo cuando él alzó una mano.

—Es usted la señora de esta casa y merece ser tratada como tal. Por no mencionar que dormirá donde yo le diga que duerma.

—No, después de ocho años no —replicó ella. ¿De veras creía que podía dedicarse a darle órdenes después de haberla ignorado tanto tiempo?—. No puede elegir a su antojo cuándo ejercer sus derechos en calidad de marido, Colton.

Él cerró los párpados y le lanzó una sonrisa relajada y petulante.

—Creo que ambos sabemos que yo nunca necesitaría recurrir a los *derechos maritales*, Juliet.

11

Los hombres gustan de ofrecer protección, aun cuando no la ne-cesitemos. Generalmente lo mejor es acceder para no herir su ego.

Señorita Pearl Kelly a la duquesa de Colton

*J*ulia ahogó un grito al oír su nombre, lo que desde luego no había sido un lapsus. ¡Ay…, si pudiese borrarle esa sonrisita de la cara! Justo cuando iba a mandarlo al diablo, la puerta se abrió.

—¡Su excelencia! —exclamó Angela con expresión de sorpresa—. No sabíamos que había llegado.

Theo entró justo tras ella y ambas miraron a Colton extrañadas.

—Lo sé. He subido aquí primero. —Puso los brazos en jarras—. Me gustaría que mi esposa ocupase los aposentos contiguos a los míos, puesto que es su derecho legítimo en esta casa. Le ruego que saque sus pertenencias esta noche.

Las mejillas de Angela se sonrojaron.

—¡Oh, naturalmente! —musitó—. En ningún momento pretendía faltar al respeto a Julia. Le ofrecí trasladarme, pero me dijo…

—Bien, pues ahora se lo digo *yo* —dijo Nick, su voz acerada.

—Naturalmente. Ahora mismo. Con su permiso…

Angela se volvió y se fue.

—Colton, no hacía ninguna falta —protestó Julia.

—No, tiene razón —intervino Theo desde el umbral de la puerta—. Debería haber cedido esos aposentos sin que se lo pidieran. Buenas noches. Su excelencia —dijo e hizo una reverencia.

Nick hizo a su vez una leve genuflexión.

—Lady Carville.

—¿Piensa quedarse unos días con nosotros?

—Sí, hasta que mi mujer se recupere.

Theo miró fugazmente a Julia.

—Curioso… —musitó—. Bueno, me ocuparé de que limpien y preparen ambas habitaciones.

Salió del cuarto, cerrando la puerta al salir.

Julia cerró los ojos y se masajeó las sienes. Cielos, estaba agotada, desconcertada, y enfadada. Colton no había sido más que un estorbo desde su llegada a Inglaterra. ¿De veras le había *decepcionado* que ella no hubiese sufrido un aborto? ¿Tan cruel era? Los ojos se le inundaron de lágrimas, tanto por su hijo como por el hombre del que se había enamorado en Venecia (un hombre al que sabía que no volvería a ver jamás).

—Tiene que descansar —dijo Nick en tono categórico—. Volveré para ayudarla a trasladarse a su nueva habitación.

Ella asintió y le oyó salir del cuarto. Rodó de lado y dio rienda suelta a sus lágrimas, sobre la almohada.

*N*ick cerró la puerta de su mujer y caminó por el pasillo a zancadas. Tenía un nudo en el estómago de tantas emociones y necesitaba desesperadamente una copa. Había cabalgado media noche y el día entero, sin dejar apenas la montura salvo para cambiar de caballo, el temor por la salud de Julia volviéndolo prácticamente loco.

Y, al verla tan pálida y cansada, le faltó poco para estrecharla en sus brazos y no soltarla jamás.

Pero ¿qué le pasaba?

Julia seguramente le había engañado de la forma más fea en que una mujer podía embaucar a un hombre, y aun así no lograba sacársela de la cabeza. Llevaba seis semanas intentando olvidarla, y había fracasado. Lo peor eran las noches, porque su olor… su tacto… su sabor lo atormentaban. Y después de lo que había pasado en el local de madama Hartley, no sentía deseos de volverlo a intentar con otra mujer. De manera que estaba atrapado, desesperado por estar con la única mujer que no podía permitirse tener.

Había jurado que no se acercaría a la mansión Seaton, con la esperanza de que la irrefrenable necesidad se disipara. Luego, en septiembre, cuando supiera si el bebé era suyo o no, podría irse sin remordimientos. Después de todo, ella no quería un marido; quería un bebé nacido bajo la protección del apellido Seaton. La propia Julia le había dicho que se volviese a Venecia.

Era evidente que no lo añoraba. ¿Por qué estaba entonces tan fascinado con ella?

Dio con Thorton, el mayordomo. Llevaba en la mansión Seaton desde que él tenía memoria, aunque a sus casi setenta o setenta y algo, era increíblemente activo para su avanzada edad. Horas antes, cuando él y Fitz habían llegado, casi había salido corriendo a advertir al servicio de la presencia del duque.

—Localiza al señor Fitzpatrick y que vaya el despacho —ordenó Nick.

—Sí, su excelencia —contestó Thorton en su áspero tono de barítono.

Nick entró con resolución en el opulento despacho, una habitación empleada por su hermano, su padre y el resto de los dichosos duques de Colton. Por si eso no fuese bastante deprimente, la habitación le traía recuerdos especialmente aciagos, puesto que ahí había descubierto el cadáver de su hermano.

Fue hasta el mueble bar y agradeció encontrárselo bien surtido. Se sirvió un buen vaso del mejor whisky de su padre. Por lo menos ya no tenía que lidiar con su madre. Aún recordaba muchas de las reprimendas que le había echado (en presencia de su padre, naturalmente) en esa misma habitación. Su tema favorito siempre era lo mucho que les había decepcionado su hijo pequeño.

Luego, por la noche, después del funeral de su hermano, había estado ahí con sus padres, que miraron a su único hijo vivo con el odio y la culpa reflejados en sus ojos. Había intentado explicárselo, pero nadie le creyó; por eso dejó de intentarlo.

Se tragó un buche de licor para ahuyentar los amargos recuerdos con el whisky de sabor a roble y turba. ¡Dios, detestaba aquel lugar!

En vez de sentarse detrás del gran escritorio, Nick eligió un silloncito junto al hogar. Llamaron brevemente a la puerta y Fitz entró en la habitación con parsimonia.

—Buenas noches, su ex…

—No lo digas —le espetó Nick—. Me han *excelenciado* hasta la saciedad desde que he vuelto a este maldito montón de piedras. —Se levantó y regresó junto al mueble bar, donde sirvió otro whisky para Fitz—. Siéntate, Fitz. —Nick le pasó el vaso a Fitz y volvió a tomar asiento—. Mañana quiero ir a caballo hasta el sendero del bosque y ver dónde se cayó mi mujer. Quiero comprobar por mí mismo si fue un accidente.

—¿Sospecha lo contrario?

Había algo ahí que lo escamaba. Dos caídas misteriosas en un periodo tan corto de tiempo, contando la muerte de su madre… ¿Podía ser una coincidencia?

Cuando le informaron del fallecimiento de la viuda del duque, había dado por hecho que Satanás se había cansado de esperar a esa arpía y había venido a buscarla, pero ahora las circunstancias le daban que pensar. ¿Se había tropezado o había sido… otra cosa? Parecía improbable; después de todo, era harto difícil acabar con la maldad personificada. ¿Y quién iba a querer cargársela? ¿Un criado descontento y cansado de reprimendas?

Pese a sufrir su buena dosis de reveses, Nick había aprendido a confiar en sus instintos. Y, en aquel momento, dos caídas parecían excesivas para pasarlas por alto; cuando menos hasta que viese por sí mismo el lugar del accidente de Julia.

Se encogió de hombros.

—Pues no lo sé, francamente, pero tropezarse y caer justo donde el sendero se hace más pronunciado… Tú conoces mejor que nadie el peligro de dar por hecho que los sucesos trágicos son puro azar. Así que hasta que satisfaga mi curiosidad, quiero que ella esté protegida. De hecho, cuando vuelva a Londres, quiero que en mi ausencia te quedes aquí.

Fitz frunció el ceño, la cicatriz de la cara torciéndose de mala manera.

—¿Por qué?

—Porque resulta que mi mujer necesita más vigilancia que yo.

Fitz negó con la cabeza.

—No. ¿Por qué volverá a Londres?

«Porque no puedo quedarme aquí sin tocarla.»

—Es mejor que me vaya.

—¿Mejor para quién? —Fitz tomó un trago de whisky, el vaso pequeño y frágil casi cómico en sus enormes manos—. Nunca lo he tenido por un cobarde.

Nick iba a rebatirle, pero Fitz lo conocía demasiado bien, por lo que no dijo nada y se limitó a contemplar el fuego.

—¿Cuánto tiempo se quedará, entonces? —preguntó Fitz.

—Hasta que ella se recupere. Puede que dos o tres días.

—Está bien, la vigilaré, pero más vale que en Londres tenga cuidado. Si le pasa algo estando yo aquí, no se lo perdonaré jamás.

—Descuida. Quint apenas se separa de mi lado. Se ha tomado al pie de la letra tus advertencias acerca de mi seguridad.

—Dígame, ¿cuándo perdonará a lord Winchester?

A Nick se le tensaron los hombros.

—Cuando me dé la maldita gana, Fitz. —No había hablado con Winchester desde aquel día en que su amigo le habló en su despacho de los problemas económicos de Julia—. ¿Por qué lo preguntas?

—Por nada, aunque es una pena echar por la borda una amistad de toda la vida porque Winchester se comportara como un caballero.

—¿Como un caballero? —Nick refunfuñó con la mandíbula en tensión—. ¿Ayudando a mi mujer a hacerse pasar por una *zorra* para engañarme? ¿Riéndose de mí? ¿Mintiéndome en la cara? ¿Es eso lo que hacen los caballeros allí de donde vienes?

Fitz sacudió la cabeza.

—No. De donde yo vengo, si un hombre ignora a su mujer durante ocho años, prácticamente dejándola morir de hambre, la familia de esta lo aborda en un callejón y le da una tunda.

—Exacto, la *familia* de ella. No el mejor amigo de su marido.

—Winchester la considera parte de su familia. —Fitz apuró su vaso y se levantó; le sacaba varias cabezas a Nick—. Y usted lo sabe, solo que no quiere reconocer que se ha equivocado. Nunca lo hace. Es usted un duque condenadamente obstinado.

Nick entornó los ojos.

—Sí, y ese duque obstinado te mandará a dormir a los establos como no vayas con ojo.

Fitz echó la cabeza hacia atrás, riéndose.

—He dormido en sitios peores que sus establos, su excelencia. De hecho, son un palacio en comparación con ciertos callejones de Dublín en los que he tenido que verme. Me voy a la cama, a menos que necesite algo más…

—No, ya has hecho bastante por esta noche.

Acto seguido apareció Thorton.

—Su excelencia, ya están preparados los aposentos principales para su excelencia y para usted.

—Gracias. Me ocuparé de instalar a mi esposa en su nueva habitación. Que la doncella de su excelencia traslade sus cosas por la mañana.

—Muy bien, su excelencia. Buenas noches.

—Buenas noches, Thorton.

Nick se acabó el whisky y se desperezó. Estaba agotado. Cuanto antes acomodara a Julia antes podría irse a la cama.

Al llamar con suavidad a la puerta de su mujer no hubo respuesta. Asomó la cabeza y vio que dormía profundamente. Se acercó con sigilo, decidido a levantarla en brazos, pero se encontró, en cambio, de pie junto a su cama.

Su respiración era regular y profunda, parecía en paz. Inofensiva. Su melena rubia se arremolinaba alrededor de un rostro esculpido por los ángeles, y aunque las sábanas no le dejaban ver su cuerpo, Nick recordaba cada fascinante palmo. Soñaba con sus curvas todas las noches. El mero hecho de estar en la misma habitación que ella le hacía rabiar.

Era difícil de explicar, pero quería que estuviera en la habitación inmediatamente contigua a la suya.

«Porque eres idiota», susurró una voz en su cabecita.

Retiró las sábanas y contuvo el aliento. A Julia se le había remangado el camisón, dejando ver unos tersos muslos de color crema, mientras que sus senos, ahora aún más grandes por el embarazo, atiesaban la parte superior de este. El deseo lo golpeó con fuerza en las entrañas y cerró los ojos, procurando recuperar el control.

Intentó no pensar en meterse discretamente en su cama, desnudo, y hacer el amor con ella.

Cuando recobró cierta serenidad, abrió los párpados y fue entonces cuando se fijó en la suave protuberancia de su abdomen. No se notaba mucho, pero pudo ver un abultamiento debajo del fino algodón. ¡Señor! Ahí había un bebé de verdad. Nick se pasó una mano por la cara, arrollado por las emociones.

El plan era concienzudo, se recordó a sí mismo. Cuando se demostrase que el bebé no era suyo, podría marcharse del país sin darle al niño o a la niña la protección de su apellido. Si resultaba que se había equivocado y era *suyo*… En fin, nunca había querido ser padre (no sabía por qué, la verdad) y no quería quedarse en Inglaterra.

Aunque seguro que no sería hijo suyo… ¿no?

Pensar en esa posibilidad lo desbordaba. Deslizó los brazos por debajo de Julia, uno por detrás de la nuca y el otro por debajo de sus rodillas. Al levantarla ella suspiró y le echó los brazos al cuello. Nick ahogó un gemido. No solo tenía sus senos aplastados contra el pecho, sino que también su aroma (a gardenias, ¡qué dulce y familiar le resultaba!) lo envolvía. Le hizo añorar esas inocentes noches en Venecia, antes de enterarse de su engaño.

Nick recorrió despacio el largo pasillo y volvió la esquina. Los aposentos de la duquesa lindaban con los suyos en el extremo del ala este, aunque él nunca había dormido en la suite principal. La última vez que estuvo en la mansión Seaton, su padre aún vivía. Fue por el funeral de Harry.

Entonces empujó la puerta con la bota y entró en las nuevas dependencias de Julia. Las habitaciones eran grandes y habían sido decoradas por la mano dura de su madre. Nick tomó nota mentalmente para decirle a su mujer que las redecorase a su gusto. Ahora que había repasado la contabilidad de la finca, sabía que podían permitirse tranquilamente cualquier reforma que ella quisiera hacer en la mansión Seaton.

¡Demonios! Por él como si Julia quemaba la casa y la levantaba de nuevo. Se inclinó para dejarla con cuidado en la cama. Cuando quiso erguirse, ella lo abrazó con más fuerza.

—Nick —le susurró junto al cuello.

Se quedó helado. La indecisión se apoderó de él, la rabia y el orgullo combatiendo el acuciante deseo de su entrepierna. «Con lo fácil que sería ceder», pensó. Sumergirse en su morbidez y saciar su sed de ella, aunque ¿luego qué?

Un rápido vistazo a su rostro lo convenció de que estaba dormida. Aliviado, desenredó los brazos de Julia de su cuello y levantó las sábanas para taparla. Se quedó un minuto más, observando y deseándola. Torturándose.

No pudo evitarlo y se inclinó para depositarle un tierno beso en la frente. La piel de Julia estaba fría y blanda, y fue un suplicio apartarse. Se fue entre suspiros a la habitación contigua y se desplomó en la cama, con la ropa y demás.

A la mañana siguiente las dos mujeres estaban ya en el salón de desayunos cuando llegó Nick.

—Buenos días, su excelencia —dijeron alegremente a coro lady Lambert y lady Carville.

—Buenos días, señoras —respondió él. Después de una noche en vela, llevaba horas levantado, había desayunado ya y había dado un paseo matutino a caballo—. Lady Lambert, ¿tendría la amabilidad de salir conmigo a caballo esta mañana? Quisiera ver el lugar exacto del sendero donde se cayó mi mujer.

La esposa de su hermano asintió.

—Desde luego, su excelencia. Será un placer acompañarlo. Me voy a cambiar; en unos veinte minutos iré a su encuentro.

Se levantó y salió apresuradamente del salón.

Lady Carville lo miró con astucia.

—¿Por qué? Si no le importa que se lo pregunte.

—Todavía no lo sé. Puede que no sea nada —contestó Nick con franqueza—, pero los años que he pasado en el extranjero me han enseñado a recelar de los accidentes.

—Sí, tengo entendido que usted mismo ha sufrido varios supuestos accidentes. ¿Cree que Julia está en peligro?

—Espero que no. De todos modos, cuando me vaya dejaré a Fitz aquí para que las vigile a las tres.

—¿Cree que es necesario? Tal vez debería quedarse hasta que su hijo o su hija nazcan.

Nick dio un respingo. Estuvo a punto de decir que el bebé no era suyo, pero se contuvo. El tiempo le daría la razón.

—No, debo marcharme, pero si el bebé no nace antes de septiembre, volveré.

Lady Carville suspiró y su mirada le indicó que lo había entendido.

—¿Ha pensado en las consecuencias de su falta de confianza, su excelencia? Es probable que nunca lo perdone.

—Entonces estaremos en paz. Con su permiso, señora.

Nick, sin duda alicaído, encontró a Fitz en los establos preparando tres monturas. Había una yegua pequeña para lady Lambert, un imponente caballo destinado a cacerías para Fitz y el nuevo semental de Nick, *Charon*. Adquirido tres semanas antes en la casa de subastas de caballos Tattersalls, *Charon* medía dieciséis palmos de altura y era completamente negro. Brioso y tozudo, Nick había disfrutado soltándolo horas antes por los campos.

—¿Seguro que quiere que lo acompañe? —preguntó Fitz a Nick mientras este se acercaba.

—Segurísimo. Preferiría no estar a solas con lady Lambert. Además, quiero tu opinión sobre el lugar en el que se supone que se cayó mi mujer.

—Le preocupa que se abalance sobre usted, ¿eh?

Nick recordó varios encuentros violentos con la mujer de su hermano en vida de Harry. Esta había aprovechado cualquier ocasión para flirtear con él, incluso delante de Harry. Él jamás le había dado motivos, pero ella, sorprendida de que el Duque Depravado se opusiera a engañar a su hermano, se había mostrado persistente.

Y luego llegó aquella fatídica noche en la que todo se convirtió en un infierno.

—Tú estate cerca —refunfuñó Nick mientras sujetaba las riendas de Charon, y con un movimiento fluido, se subió a la silla de un salto.

—Vaya, por ahí viene…

Fitz señaló hacia la casa, y Nick se volvió y vio a lady Lambert, paseando tan contenta hacia los establos con un equipo de montar marrón.

Nick advirtió su disgusto cuando ella les dio alcance y reparó en el hecho de que había tres monturas, no dos.

—Fitz vendrá con nosotros —anunció Nick.

Ella asintió y fue hasta la escalerita. Un mozo de cuadra le sujetó la montura mientras ella se sentaba en la yegua.

Nick le dedicó a Fitz un gesto de impaciencia, ante lo que su amigo se montó rápidamente en el caballo para cacerías.

—Vámonos —dijo Nick conduciendo a *Charon* hacia el bosque.

Los tres salieron a una velocidad constante. Era una mañana de primavera despejada y fresca, y las vistas y los olores con los que Nick estaba familiarizado le recordaron una infancia en la que trotaba por la finca. Aún se acordaba del jardinero jefe, un canoso señor Thompkins que jamás tuvo inconveniente alguno en que un niño pequeño lo siguiera a todas partes. Gracias al señor Thompkins, sabía el nombre de casi todas las flores y los árboles de la propiedad (aunque de poco iba a servirle esa información).

Entonces se preguntó cuándo empezaría a hablar lady Lambert. Antes no callaba nunca y se imaginaba que después de ocho años tendría bastantes cosas que decirle.

No tuvo que esperar mucho. Nada más pasar el estanque, lady Lambert acercó su caballo al suyo, dejando rezagado a Fitz.

—Su excelencia —empezó, su voz un mero susurro—. ¿No deberíamos al menos hablar de lo que sucedió aquella noche?

—No.

Aquella noche era lo último en lo que Nick quería pensar. Mantuvo la mirada al frente, la atención puesta en el sendero.

—Pero tendrá que dejar que me disculpe.

Nick no dijo nada. Las disculpas no le devolverían a su hermano ni repararían el daño hecho a su reputación. Y luego estaba el asunto de su culpabilidad, que ninguna disculpa eliminaría jamás.

—He cambiado, debería saberlo —continuó ella—. Me he dado cuenta de lo tonta que era entonces. ¡Oh, Nick…!

Él posó los ojos en ella, entornados en señal de advertencia.

—Quiero decir... su excelencia. —Lady Lambert se sonrojó y apartó la vista—. Únicamente quería que supiera lo mucho que lamento lo que ocurrió. Espero que algún día podamos ser amigos.

Nick fue incapaz de articular una respuesta lo bastante educada para ser oída por una dama, así que siguió callado y rezó para que ella también se callara.

—¿Cuánto falta, lady Lambert, si no le importa que se lo pregunte? —dijo Fitz.

—Diría que unos diez minutos. Fue justo antes del gran recodo del sendero. —Lady Lambert se removió en la silla y se alisó la falda—. ¿Ha ido a visitar la tumba de su madre, su excelencia?

Él suspiró. Al parecer, este trayecto iba a ser ilimitadamente engorroso.

—No, no he ido, pero tranquila que bailaré una giga encima antes de irme.

Lady Lambert cerró la boca de golpe. Nick tuvo un maravilloso momento de silencio antes de que ella le espetara:

—Su mujer es absolutamente adorable. Enseguida nos hemos hecho amigas.

—¿Ah, sí?

—Sí. Es lista y...

—¿Por qué se quedó, lady Lambert? —le preguntó Nick, interrumpiéndole. Ella abrió mucho los ojos por la sorpresa, pero él insistió—. ¿Por qué se ha congraciado con la viuda del duque todos estos años? ¿Por qué no volvió a casa con su familia?

Ella no titubeó.

—No tengo familia. No tengo donde ir. Su madre ha sido mi familia durante los últimos ocho años.

—Entonces permítame que le ofrezca un hogar. Puede quedarse con la mansión pequeña, elegir la casita de campo que quiera o comprarse un palacete en Londres y mandarme la factura.

—¿Me está *obligando* a marcharme, su excelencia?

—No me ponga en esa posición. Preferiría no obligarle a marcharse, pero no logro entender su insistencia en quedarse aquí.

Espoleó a *Charon* y el caballo se adelantó a medio galope.

Minutos después llegaron al lugar donde Julia se había caído. Nick descabalgó y lanzó las riendas sobre una rama baja. La zona que rodeaba el sendero era frondosa y a un lado había un pronunciado terraplén.

—Se le enredó el pie en esa raíz de ahí —dijo lady Lambert señalando con el dedo—. Había bastante niebla esa mañana y me temo que resbaló cuando intentaba recuperar el equilibrio.

Nick asintió. Quería indagar, pero no necesitaba su incesante parloteo para hacerlo.

—Gracias por su ayuda esta mañana, señora. ¿Quiere que Fitz la acompañe de vuelta a la casa?

A lady Lambert le brillaron los ojos, probablemente por la sorpresa de ver que prescindían de ella, pensó.

—No, no hará falta. Sé volver sola. Buenos días, su excelencia.

Hizo girar su caballo y se alejó a medio galope. Cuando ya no podía oírlos, Fitz sonrió y la imitó con voz chillona:

—Espero que algún día podamos ser amigos.

—Vete al cuerno, Fitz —gruñó Nick—. Y bájate de ese maldito caballo y ven aquí.

Fitz, riéndose, pasó su larga pierna por encima del caballo y saltó al suelo.

—A ver ¿qué estamos buscando?

—No lo sé, pero hay algo que no me cuadra. ¿Se tropieza y se cae rodando por una pendiente? Tal vez esté algo torpe por el…

—¿Embarazo? —acabó por completar Fitz, arqueando una ceja con incredulidad—. ¿Ni siquiera puede decirlo?

—Sí que puedo —repuso Nick. Anduvo con ímpetu hasta la raíz y la movió con la punta del pie—. Parece bastante suelta, ¿no crees?

—Se parece más a una cuerda que a una raíz. —Fitz la levantó sin problemas mientras Nick se acercaba al terraplén, y tiró de la gruesa raíz hasta que tuvo su extremo en la mano—. Fíjese en esto —dijo.

Nick volvió corriendo con Fitz.

—Parece como si hubiesen atado algo en este extremo, ¿verdad? ¿Una cuerda, tal vez?

Nick no estaba seguro. El extremo estaba curiosamente retorcido, sugiriendo que había envuelto algo más. Pero ese algo más bien pudiera haber sido otra raíz.

—A ver si encuentras a qué puede haber estado atada.

Fitz asintió y cruzó el sendero, hacia los árboles.

En el terraplén, Nick echó un vistazo al cúmulo de hojas del suelo. Había un montón de ellas y lady Lambert había dicho que estaba neblinoso aquella mañana. Pasó la bota sobre las hojas para comprobar lo resbalosas que eran. Mmm…

Se asomó a la pendiente. Con cautela, bajó por la cuesta, sujetándose a troncos y ramas para evitar caerse. Al llegar al pie de esta, pudo ver el recorrido que había hecho el cuerpo de Julia sobre las hojas hasta detenerse. Se le heló la sangre.

¡Jesús! ¿Había rodado hasta ahí abajo? Era un auténtico milagro que no se hubiese desnucado.

Volvió a subir y se encontró a Fitz esperándolo.

—¿Y bien?

—El suelo está demasiado húmedo para conservar las huellas, si es que había alguna. Puede que haya unas cuantas marcas de cuerda en un árbol de ahí lejos, pero son demasiado tenues para estar seguros.

—¡Maldita sea! —refunfuñó Nick—. Tenía la esperanza de descubrirlo de un modo u otro.

Fitz agarró las riendas de su caballo para cacerías.

—¿Sigue queriendo que me quede cuando regrese a la ciudad?

—Sí.

Nick no tenía prueba alguna, pero había algo raro en la caída. Y aunque no quisiera admitirlo, no le gustaba dejar a Julia desprotegida. La idea de que le pasara algo…

Ahuyentó esos pensamientos de la mente y se subió a lomos de *Charon*. El gran semental rehusó el peso adicional y se puso a zapatear, y Nick sujetó las riendas con más fuerza.

—No pierdas de vista a mi mujer. No te muevas de su lado, Fitz. Comidas, paseos, té… lo que sea que decida hacer con su tiempo.

—Por supuesto, aunque sería mejor que usted…

—No lo digas —refunfuñó Nick, y espoleó a *Charon* con los talones.

*J*ulia no vio a su marido en tres días. Sabía que seguía ahí, sin embargo, porque cada noche, cuando se iba a la cama, oía sus pasos en la habitación contigua. Que en realidad ansiara cualquier indicio de su presencia decía bastante del tedio de sus días.

También Theo la mantenía al corriente de lo relativo al paradero del duque. Como era de esperar, este pasaba la mayor parte del tiempo a lomos de su caballo con Fitz a la zaga. Por lo visto las cenas eran un tanto violentas, puesto que en la primera velada Nick, Theo y Angela habían agotado ya todos los temas de conversación posibles.

Esa noche Julia decidió unirse a ellos. Tenía el tobillo considerablemente mejor y la idea de pasarse un día más en cama era superior a ella.

Llamó a Meg con la campanilla y procuró no plantearse por qué en los últimos días Nick no había aparecido. Desde aquella primera noche, no había ido ni una sola vez a verla ni a comprobar cómo estaba. ¿Estaría esperando la noticia de un posible aborto?

Pues se llevaría un chasco, pensó ella levantando el mentón con orgullo. Según le había dicho ese día la comadrona, el bebé estaba bien; cosa que le alivió escuchar. De hecho, tanto Julia como Theo habían llorado de felicidad al oír la noticia.

Apareció Meg y las dos se pusieron a hablar de lo que se pondría para cenar.

—Aún tiene un par de vestidos de los que se llevó a Venecia que debería poder ponerse una o dos semanas más —sugirió Meg—. Llamarán la atención de su excelencia.

—No estoy muy segura de querer su atención —masculló Julia.

Seguía enfadada y dolida. Nick le había dicho cosas horribles, sin dudar en pensar lo peor de ella.

No es que Meg estuviese al tanto de eso, pero los sirvientes hablaban y evidentemente Meg sabía que el duque y la duquesa no habían estado juntos desde la llegada de este.

—Póngase el vestido rosa, su excelencia. Ahora mismo voy a buscarlo.

Casi una hora después, Julia se miró en el espejo.

—Bueno…, Meg. ¿Qué te parece?

—Creo que le dará una patada a su excelencia en el trasero, si a su excelencia no le importa que se lo diga.

Julia soltó una risita. Había tenido que prescindir del corsé para entrar en la ropa, pero el resultado compensaba. La seda rosa le abrazaba el torso, el escotado corpiño empujándole los senos hacia arriba y hacia fuera. El tejido suave como un susurro caía con delicadeza hasta el suelo, rozándole muslos y pantorrillas por encima de sus finísimas enaguas. Las mangas casquillo le acentuaban los hombros y el cuello, y el color del vestido resaltaba el color crema de su piel.

Una lástima haberse vendido las perlas de su abuela.

—Ha sonado el gong. Más vale que su excelencia se dé prisa.

—¿Con el tobillo dolorido? Con suerte llegaré antes del postre —bromeó Julia—. Deséame suerte, Meg.

—Ese vestido es cuanta suerte necesita su excelencia.

Julia se rió e inició un lento descenso al primer piso. Para cuando llegó al comedor, habían empezado el primer plato. Todos se levantaron y corrieron a ayudarla, y a ella le sorprendió ver que Nick llegaba el primero.

—Querida —la saludó Theo mientras Julia tomaba a su marido del brazo. Notó su calor y su fuerza debajo de la mano y sintió mariposas en el estómago—, ¿seguro que puedes estar levantada?

—Estoy bien, tía Theo. —Nick caminó hacia el otro extremo de la mesa, el sitio habitual de Julia—. Colton, le ruego que no me haga andar hasta allí. Si no le importa, me sentaré en esta punta de aquí, a su lado.

Ella vio que a Nick, que carraspeó, se le iban los ojos a su escote.

—Como desee, señora.

12

Los hombres no comparten sus sentimientos como cabría esperar.
De hecho, tal vez descubra más cosas *por lo que no dicen.*

Señorita Pearl Kelly a la duquesa de Colton

*N*ick apenas miró en su dirección en toda la velada. Los platos se hicieron interminables porque Angela y Theo hablaban incansablemente, mientras que su marido se concentró en comer sin participar apenas en la conversación. Julia casi acabó deseando haberse quedado en la cama.

Cuando por fin llegó el postre reprimió un bostezo.

—Querida —le dijo Theo—, tienes que estar cansada. Si quieres retirarte, estoy convencida de que Colton te acompañará encantado a tus aposentos.

Nick levantó bruscamente la cabeza y su mirada fue de Theo a Julia.

—Naturalmente que sí. No tiene más que pedirlo.

—Gracias, pero seguro que me las arreglo sola.

—Bobadas —dijo Theo—. Deja que tu marido te acompañe. No quisiéramos que volvieras a caerte.

Julia no estaba en posición de discutir, especialmente porque Colton ya se había levantado, su figura alta y musculosa procediendo con elegancia para retirarle la silla. Suspiró resignada.

—Buenas noches, Theo. Angela…

Él la tomó del brazo.

—Apóyese en mí —le dijo, sosteniendo su peso mientras ella salía cojeando del comedor.

No hablaron. El mero roce hizo que a Julia le ardiera el cuerpo, cosa que la perturbaba teniendo en cuenta lo mal que él se había portado.

¿Cómo podía seguir sintiéndose atraída por un hombre que había sido tan cruel? Era exasperante.

Al llegar a las escaleras Julia puso por error el pie malo en el primer peldaño y torció el gesto de dolor.

—No debería estar levantada siquiera —protestó Nick antes de agacharse para levantarla en brazos.

—Bájeme. Puedo caminar sin problemas.

—No lo dudo, pero me gustaría llegar antes de San Miguel.

Nick subió los escalones como si nada, los músculos contrayéndose y moviéndose bajo las yemas de los dedos de Julia. Olía exactamente igual que en Venecia, a cítrico y almizcle, y ella sintió el absurdo impulso de descansar la cabeza en él. De hecho, si se giraba para verla, ella apenas tendría que inclinarse hacia delante para besarle.

Desechó la idea. ¿Por qué estaba pensando en besarle? No lo sabía, pero así era. ¡Oh, cielos! Acurrucada contra él, Julia recordó aquella maravillosa semana en Venecia; más bien su cuerpo la recordaba. El corazón le martilleó veloz, los pezones le escocieron por dentro del vestido conforme la necesidad que había intentado negar amenazaba con arrollarla.

¡Ojalá las cosas entre ellos no fuesen tan complicadas!

Nick empujó la puerta su habitación y accedió a sus aposentos. Como si ya no pudiese soportar más su roce, la dejó inmediatamente en la alfombra. Se alejó y cruzó los brazos sobre el pecho, carraspeando.

—He ido con Fitz al lugar donde se cayó y, aunque resulta sospechoso, no hay pruebas concluyentes que apunten a algo siniestro. De todos modos, tendrá que ir con más cuidado. Fitz la acompañará dondequiera que vaya.

—¿Siniestro? Colton, ¡hay que ver lo dramático que es! Ya le dije que había sido una simple caída.

—Una simple caída que podría haberla matado, señora.

Ella reprimió el impulso de poner los ojos en blanco.

—Si no hay pruebas, ¿por qué necesito que Fitz me siga a todas partes?

Nick levantó una ceja negra.

—Porque yo lo digo.

Julia se quedó boquiabierta. La arrogancia de aquel hombre la pasmaba.

—¿Eso es todo, Colton? —preguntó ella malhumorada.

—No lo sé, ¿lo es? —articuló él con lentitud mientras sus ojos la repasaban de arriba abajo—. Lo cierto es que esta noche es inevitable reparar en su hábil despliegue de encantos. Tal vez pretenda atraer mi atención.

A Julia le contrarió la excitación que se había apoderado de ella ante la mirada escrutadora de Nick, por eso su voz rezumó veneno.

—Mis encantos, como muy acertadamente ha dicho usted, a duras penas caben en ningún sitio a estas alturas. Esto —dijo señalando su vestido— no ha sido por usted.

—Le creería si no supiese ya lo astuta y mentirosilla que es.

Se acercó, pero ella no cedió un ápice.

—No me habría visto obligada a mentir, si usted no hubiese desatendido sus responsabilidades durante ocho años —le rebatió—. No se imagina lo que me ha hecho sufrir su familia. Sin ir más lejos, Templeton...

Cerró la boca porque se negaba a contarle lo horrible que realmente había sido. Total, a Colton tanto le daba.

—Lo de Templeton está solucionado, señora. No solo se ha solucionado su situación económica, sino que mi primo no le volverá a dirigirle la palabra en la vida.

La esperanza y el horror rivalizaron en su interior mientras reflexionaba sobre las palabras de Nick.

—¿Lo ha... matado?

Nick se rió echando atrás la cabeza, la primera sonrisa de verdad que ella le había visto desde Venecia.

—No, no lo he matado, aunque debería haberlo hecho teniendo en cuenta que le hizo proposiciones deshonestas como si fuese una...

—Fulana —acabó Julia la frase cuando él dejó de hablar—. ¿Acaso no es eso lo que piensa de mí, esposo mío?

En el rostro de Nick se reflejaron una miríada de emociones. Antes de poder distinguirlas, acortó la distancia entre sus cuerpos. Le rodeó la nuca con una mano y con la otra le presionó con fuerza la parte baja de la espalda, inmovilizándola.

—Y sin embargo no puedo evitar desearla. —Algo salvaje y misterioso llameó en sus ojos de color gris tormenta—. Cada minuto, cada segundo de cada día… —le susurró antes de agachar la cabeza y apoderarse de la boca de Julia con la suya.

Nada más entrar sus labios en contacto, desapareció todo lo demás. El deseo ardió feroz y ardiente entre ellos mientras la lengua de Nick la invadía, saboreándola y torturándola. Julia se asió a sus hombros, hundiendo las uñas en la ropa, preparándose para la arremetida de sensaciones maravillosas.

Con la respiración agitada, sus bocas se devoraron con desesperación, ambos procurando mantener el control. No fue un beso tierno, sino intenso y violento, el resentimiento y el recelo sazonando el desenfreno compartido. A Julia le dio igual. De hecho, pensó que moriría si él dejaba de besarla. Y cuando él presionó contra ella su erección, grande y dura, gimió en su boca.

Nick se apartó para deslizar los labios por su cuello, la lengua veloz sobre su piel dibujando un erótico sendero. Al llegar a la base del cuello, le mordió la curva del hombro hundiendo suavemente los dientes en los músculos y tendones. Julia se estremeció, la mezcla de dolor y placer produciéndole una candente llamarada entre las piernas.

Él le cubrió un seno con una palma caliente y empujó hacia arriba para que sus labios estimularan la generosa curva de carne que dejaba su vestido a la vista. Ella se arqueó hacia atrás, ansiando más, sus senos tiernos y doloridos y… ávidos de él.

De repente Nick alargó los brazos, le plantó las manos en las nalgas y la levantó. Julia le rodeó la cintura con las piernas de manera instintiva y cuando quiso darse cuenta tenía la espalda contra la pared. La boca de Nick encontró una vez más la suya y se dieron un beso arrebatado, y su erección, dura y rígida, encajó perfectamente en el valle entre los muslos de ella, quien no pudo evitar friccionar su hendidura contra el miembro de su marido, que gimió, un sonido grave y excitante; así que ella volvió a hacerlo.

Luego le tocó a él y balanceó las caderas para estimular la carne más sensible de Julia. Cada roce le arrancó un jadeo, el placer llegándole a los dedos de los pies, pero no le bastaba. Estaba ardiendo, su piel caliente y fría al mismo tiempo, nunca se había sentido tan vacía. Tan desesperada. Demasiado tiempo había pasado, pero su cuerpo recordaba perfectamente la sensación de tenerle dentro.

—Nick —suspiró Julia, moviendo las caderas a la vez que él.

Él ejerció más presión, aplastándola contra la pared, su boca ardiente y apremiante sobre el cuello de Julia. Ella jadeó y se agarró con fuerza de sus hombros, delirando por el intenso placer que disipó cualquier reserva que le quedara por lo que estaban haciendo. Necesitaba esto. Quería todo lo que él pudiese darle, y más.

El deseo de dar placer a Nick, de unir sus cuerpos, se impuso. Julia metió las manos entre ellos decidida a desabrocharle los botones de los calzones.

Cuando las tenía en la pretina, Nick se quedó helado y acto seguido retrocedió. Aturdida y desconcertada, Julia chocó contra la pared y procuró mantener el equilibrio.

¿Qué había pasado?

Su marido parecía igual de aturdido que ella. Se pasó una mano por el pelo moreno, revolviéndolo.

—Le… —Exhaló un suspiro sin mirarla a los ojos—. Le ruego que me disculpe, señora. Adiós.

—¡Colton, espere! —exclamó ella, incapaz de hacer nada salvo ver cómo él se precipitaba hacia la puerta.

Él se detuvo pero no se volvió. Ella recordó que había dicho que únicamente se quedaría hasta que estuviese recuperada. Y acababa de decirle *adiós* en vez de *buenas noches*.

—¿Así que se marcha a Londres?

—Sí —contestó él, girando ligeramente la cabeza y poniéndose de perfil—. Creo que será lo mejor.

Nick se *iba*. Julia no daba crédito. Acababa de manosearle el vestido hacía menos de un minuto, ¿y ahora se iba? Que aún ardiera de deseo por él, que no quisiera que él parara, la enfurecía aún más. ¿Cómo podía odiarlo y a su vez desearlo tanto?

—¿Para poder seguir ignorándome? —le espetó furiosa—. ¿Es eso? Habrá sido muy decepcionante venir aquí volando para enterarse de que no había perdido a nuestro bebé.

Nick se volvió y la miró, su expresión tan furibunda como se sentía ella.

—En ningún momento he deseado que pierda al bebé. —Dio un paso hacia ella—. Cuando me enteré de que había tenido un accidente me angustié muchísimo.

—Eso lo dudo, sinceramente; máxime, cuando no se cree que el hijo sea suyo.

—Nunca le he mentido.

—¡Ah...! Un hábil recordatorio de que *yo* le he mentido. Pues sí, Nick, mentí. ¡Mentí porque no tenía otra opción! Theo y yo nos vendimos todo lo que pudimos. Recurrí a su madre, a la que le habría alegrado verme plantada en la calle. Mis opciones eran usted o Templeton. Quizá fui una idiota, pero lo elegí a usted.

—De ser eso cierto —dijo él con desdén, sus ojos grises fríos e inexpresivos— me habría escrito, explicándome su problema. Podría haberle ayudado poniendo el asunto en manos de mis abogados, pero en lugar de eso tuvo que seducirme. Me pregunto por qué, Julia.

Ella miró alrededor con frenesí en busca de algo que tirarle. Al ver que no había nada a su alcance, apretó los puños.

—¿Lo habría hecho, Colton? ¿De verdad hubiese acudido en auxilio de una mujer con la que nunca quiso casarse, miembro de la familia a la que odia visceralmente? Simon me lo advirtió mil veces. Yo *sabía* lo que sentía por mí. ¡Y estuve *ocho años* esperándolo! Algo había que hacer. —Él sonrió con afectación y abrió la boca, por lo que ella alzó una mano—. No lo diga. Aquella primera noche juntos yo era virgen. No he estado con nadie más. Y si no me cree, entonces no hay nada más que hablar.

—Una virgen no monta a su marido en una silla. —Él se le acercó, su voz grave y amenazante—. Una virgen no le chupa la polla a su marido. Una virgen no se desnuda, se acaricia a sí misma ni suplica que le den lametazos.

Julia notó el rubor en la cara, no sabía si fruto del bochorno o del súbito deseo suscitado por sus groserías. Recordaba aquellas siete noches con tal nitidez que las había reproducido mentalmente un sinfín de veces. Tal vez las verdaderas damas no actuaran de semejante modo, pero la duquesa de Colton sí; y había disfrutado.

—Conocía su reputación. Habría huido despavorido de haber sospechado que era virgen, ¡y ya ni hablemos de que era su *mujer*! Así que pagué a Pearl Kelly para que me enseñara las maneras de una cortesana. Siento haberlo engañado, Colton, pero de verdad que pensé que no había otra alternativa.

Nick tenía una altura imponente, más de un metro y ochenta centímetros de hombre indignado. Sin embargo, ella se negó a recular, el corazón latiéndole descompuesto mientras lo miraba con arrojo.

—Sí, a mí desde luego no me dio cancha —masculló él.

A ella le entraron ganas de reírse. El empeño de Nick en ser siempre la víctima, como si ella fuese una especie de monstruo, pasaba de castaño oscuro.

—Pero si *me* persiguió y me sedujo tanto como yo lo seduje a *usted*. Y sabe Dios que lo de la *concepción* no le preocupó lo más mínimo cuando estábamos juntos. En ningún momento se tomó la molestia de impedir un embarazo fruto de nuestra unión. Dígame, ¿cuántos bastardos ha engendrado a lo largo de los años?

Nick retrocedió bufando.

—Me dijo que *no* podía tener hijos y yo le creí. Pensé que era usted de fiar. Estaba con uno de mis mejores amigos, por el amor de Dios. ¿Cómo iba a saber lo que en realidad era?

—¿Y qué era, Colton? ¿Aparte de una esposa desesperada porque su marido llevaba *ocho años* ignorándola?

Él le lanzó una sonrisa arrogante y farisaica.

—¿En serio quiere que se lo diga?

Ella ahogó un grito, el calor cubriéndole todo el cuerpo. La sangre corrió por sus venas, la indignación le zumbó pertinaz en los oídos. En aquel momento odió a Nick con una vehemencia de la que hasta entonces no se había creído capaz. Julia quiso pegarle, insultarlo… lo que fuese con tal de hacerle sufrir como sufría ella.

—Es usted un cobarde y un hipócrita —le dijo—. ¡Ojalá no hubiese ido nunca a Venecia!

—Pues ya somos dos.

Estuvieron un buen rato frente a frente, sus cuerpos a escasos tres palmos de distancia. La respiración de Nick tan entrecortada como la de Julia mientras se miraban fijamente. La tensión y la emoción enrarecieron el aire de la habitación, como una tormenta largamente incubada.

Entonces la atmósfera cambió, se tornó íntima, al tiempo que la consabida corriente saltaba entre ellos. Nick la miró con ojos entornados, rebosantes de una descarada carnalidad que a Julia siempre la ponía hecha un flan. Él la miró fijamente, como devorándola con los ojos. Estaba convencida de que se abalanzaría sobre ella y volvería a besarle.

Al tomar conciencia de ello sintió un cosquilleo por todo el cuerpo y abrió la boca anticipándose.

Nick posó los ojos en su boca y ella asomó la lengua para humedecerse los labios secos. Él parpadeó y volvió sobre sí.

—Me iré al alba —dijo y caminó con resolución hacia la puerta.

—¿Por qué? ¿Por qué tanto empeño en ignorarme?

Julia no pretendía decir nada, pero no pudo evitar que las palabras salieran atropelladamente.

Con las manos en el picaporte, Nick agachó la cabeza.

—Porque no acercarme a usted me está matando. Y si cedo y la poseo, cuando esto termine la odiaré a usted y a mí mismo.

Abrió la puerta y desapareció.

*C*olton partió por la mañana antes de que el resto de la casa despertara. Julia lo oyó marcharse, pero no se levantó de la cama. Tenía emociones encontradas y no sabía si la próxima vez que lo viera le darían ganas de estrangularlo o desnudarlo.

Probablemente lo mejor sería no averiguarlo, pensó. De manera que se propuso sacarse a su marido de la cabeza. Tenía que centrarse en su salud y en su bebé.

Fiel a su palabra, Colton dio instrucciones a Fitz de que la siguiera a todas partes. El hombretón hasta se unió al grupo todas las noches para cenar, lo que al principio desconcertó considerablemente a Angela y a Theo. Julia podía entenderlo, dado que Fitz constituía una presencia ciertamente severa e imponente en la casa. Pero conforme lo fue conociendo, le pareció divertido y cariñoso. Saltaba a la vista que haría cualquier cosa por Colton, y, no por primera vez, se preguntó qué había ocurrido entre esos dos hombres como para infundirles semejante lealtad.

A la semana de irse Colton llegó Simon.

A media cena la larguirucha silueta de lord Winchester entró dando trancos en el comedor.

—¡Simon! —gritó Julia saltando de la silla.

Él la estrechó en sus brazos.

—Buenas noches, Jules. —Retrocedió y la escudriñó—. Estás radiante. En serio.

Se volvió al resto de mujeres y a Fitz, y también los saludó.

Theo pidió por señas otro servicio de mesa y dos criados se apresuraron a traer los artículos necesarios, y colocaron a Simon al lado de Julia.

—¿Aún dura la sesión en el Parlamento o habéis terminado? —le preguntó ella cuando todos se hubieron sentado.

Simon se decantó por un poco de cordero asado de la fuente más cercana.

—Me temo que sí, lo que significa que no podré quedarme mucho rato, pero me he enterado por Quint, que se ha enterado por Colton, de que tuviste un accidente y quería verte en persona.

—¿Y por qué no se lo ha dicho el propio duque? —preguntó Theo mientras se servía más judías verdes en el plato.

Como él no contestaba, Julia le soltó a Simon:

—¿Sigue sin hablarte?

Simon no dijo nada y se limitó a cenar con avidez, lo que le dio a Julia la respuesta que necesitaba.

—Si Colton estuviera aquí, le daría un sopapo —aseguró ella.

—Me encantaría verlo —repuso Simon todo serio.

—Y a mí —intervino Fitz desde la otra punta de la mesa.

Todos se rieron y Simon continuó:

—Sí, Colton sigue enfadado conmigo, pero preveo que las disculpas llegarán pronto. Bueno… —Bajó la mirada hacia el vientre de Julia—, en septiembre.

—Supongo que me he perdido algo —comentó Angela—. ¿Por qué en septiembre?

—¿No se lo has contado? —le preguntó Simon a Julia, que se limitó a negar con la cabeza—. Porque es entonces cuando Julia sale de cuentas.

—Y cuando Colton vea a su hijo —metió baza Theo— estará todo perdonado. Bueno, cuéntenos qué noticias trae de la ciudad, lord Winchester.

Julia se fijó en la naturalidad con que su tía había contestado a la pregunta de Angela. Aunque esta le caía simpática, no le hacía ninguna gracia ir contando la historia entera a los cuatro vientos. Cuanta menos gente supiese lo que había hecho en Venecia mejor.

Simon procedió a agasajarlas con relatos de los diversos bailes, fiestas y eventos a los que había asistido a lo largo del último mes. Theo, que añoraba la vida en la ciudad más de lo que decía, estuvo atenta a cada palabra de Simon. Julia sintió una punzada de culpabilidad, pero a esas alturas no estaba dispuesta a dejar marchar a su tía. No hasta que llegara el bebé.

Después de la cena Simon se volvió a Julia:

—¿Damos un paseo?

Ella asintió.

—Fitz, lord Winchester y yo nos vamos a dar un paseo. Estoy convencida de que durante ese rato podrá protegerme sin problemas. Si quieres, puedes retirarte a tus aposentos.

Fitz frunció el ceño, la cicatriz de su rostro poniéndose blanca.

—Al duque no…

—El duque no está aquí —le espetó ella, y acto seguido suspiró—. Lo lamento, Fitz. No pretendía ser antipática, puesto que nada de esto es tu culpa. Simon, ¿podrás responder de mi seguridad durante la próxima hora?

Simon sonrió de oreja a oreja, los hoyuelos de las mejillas haciéndose más profundos.

—Yo os protegeré, hermosa doncella.

Fitz no pareció muy conforme, pero accedió. Simon ayudó a Julia a levantarse de la silla y salieron hacia el césped del ala oeste de la casa.

Hacía un calor atípico para ser una noche de primeros de mayo. Las lilas ya querían florecer, al igual que los lirios de los valles. Todo estaba verde y exuberante, un nuevo comienzo tras el invierno frío y húmedo. Julia tomó asiento en un banco de piedra cercano.

—¿De verdad estás bien? Cuando me enteré de que te habías caído, juro que envejecí un año.

El resplandor suave de las luces de la casa iluminaban su cara de preocupación.

Julia levantó la cabeza y sonrió a su amigo.

—Me he hecho un esguince en el tobillo y he estado con dolor de cabeza, nada más. Tuve mucha suerte.

—¡Gracias a Dios! Tengo entendido que Colton no ha hallado pruebas de las causas de la caída.

—Es cierto, aunque no sé por qué sospecha que pueda haber algo extraño, la verdad. Sea como sea, ha dejado a Fitz aquí para escoltarme.

—¿Por qué diablos no se ha quedado, si tan preocupado estaba?

Julia se encogió de hombros.

—Me dijo que lo mejor era regresar a Londres. No creo que tenga pensado volver.

—Vendrá, Jules. Dale tiempo.

—¿Cuánto, Simon? —Julia se levantó, se alejó toda tensa y se quedó mirando la oscuridad que envolvía la mansión—. Llevo ocho años esperándolo. Y tendrías que oír las lindezas que me dice cuando estamos juntos. —Una lágrima se le saltó del ojo y la enjugó de la mejilla de un manotazo. Señor, estaba harta de llorar por ese hombre—. ¿Por qué merece más tiempo?

«Porque lo amas», susurró una voz en su interior.

Simon se acercó y le dio un apretón en la mano.

—Porque es un tozudo y un cínico, y todas las personas a las que en algún momento ha querido le han dado la espalda. Merece que una o dos esperemos. Vendrá, te lo prometo.

Julia apoyó la cabeza en su brazo.

—¿Y si no viene?

—Lo hará. Lo conozco casi tanto como a mí mismo. Y, si yo estuviera en su lugar, estaría muerto de miedo.

—¿De miedo? Colton no tiene miedo.

Simon se rió.

—Es broma ¿no? Colton tiene pánico.

—¿A *qué*?

—A ti, tonta.

$\mathcal{S}$imon fue la alegría de la casa durante los días siguientes. Jugaba a naipes (piquet o especulación en general) con Julia por las tardes, montaba a caballo con Angela y Fitz todas las mañanas, y bebía licor con Theo por las noches.

Julia se reanimó. Su cuerpo se agrandaba cada día un poco más y tenía una energía inmensa. Theo sugirió que quizá convendría reformar el cuarto infantil, así que una buena mañana Julia y el ama de llaves, la señora Gibbons, fueron a echar un vistazo a la tercera planta.

La habitación estaba polvorienta y deteriorada, lo que no era de extrañar teniendo en cuenta que no había visto la luz del día en treinta años. Los ventanales estaban cubiertos de mugre, proyectando una palidez grisácea sobre las sucias paredes.

—La viuda del duque decía que no nos preocupáramos de esta habitación —dijo a la defensiva la señora Gibbons, al lado de Julia.

Con el pelo gris recogido en un moño funcional, la señora Gibbons no era mujer de florituras. Como decía Theo, esa ama de llaves no se andaba con chiquitas. Ella se imaginaba lo aterrorizadas que estarían las criadas de cometer un error bajo la atenta mirada de la señora Gibbons.

—¡Claro! —la tranquilizó Julia—. No se me ocurriría culparles a usted ni al servicio por lo descuidado que está esto, señora Gibbons, pero ahora me gustaría verlo vacío.

—¿Y qué hacemos con los muebles y los juguetes, su excelencia?

El ama de llaves señaló hacia las dos camitas que había al fondo de la habitación.

Julia sonrió y se imaginó a Nick acurrucado en su cama. Al acercarse vio que había algo escrito en una de las cabeceras. Retiró el polvo con la mano y vio las iniciales *N.S.* esculpidas en la madera. Se le encogió el pecho al repasar las letras con la yema del dedo.

—¿Podemos limpiarlos y guardarlos? Puede que algún día los usemos.

A la señora Gibbons le brillaron los ojos.

—Menudo sinvergüenza estaba hecho… —Avanzó hasta la cama en la que Nick había esculpido sus iniciales—. Era el niño más mono de este mundo, su marido, pero un diablillo al mismo tiempo.

Nada de lo cual había cambiado ahora que era adulto, pensó Julia.

—¿Cómo era su hermano Harry?

—Cabal, muy responsable. La antítesis de su esposo en todos los sentidos. —La señora Gibbons meneó la cabeza—. Lo que pasó fue una lástima.

—Desde luego —dijo Julia entre dientes, aunque no tenía ni idea de qué había pasado exactamente. Tomó nota mentalmente para preguntarle a Simon esa tarde—. Vaciemos esto, señora Gibbons. Done los juguetes a los niños del pueblo y que guarden las camas. Los colchones habría que quemarlos. Cuando esté vacío ya hablaremos del color de la pintura y las cortinas.

—Muy bien, su excelencia.

Aquella tarde, Simon y ella se sentaron a jugar una partida de piquet.

—¿Preparada para la paliza que *le* voy a dar, duquesa?

Simon sonrió y barajó hábilmente la baraja.

—En vista del resultado de nuestra partida de ayer, señor, esa pregunta debería *hacérsela* yo.

—¿Quieres que subamos la apuesta?

Ella se encogió de hombros.

—Si estás dispuesto a deshacerte de más de dos libras, que es lo que te gané ayer, sí.

Simon se echó a reír y sacudió la cabeza.

—Tu arrogancia no tiene nada que envidiar a la de tu marido. —Le pasó la baraja a Julia y se reclinó—. Venga, hasta dejaré que repartas.

Julia se frotó las manos.

—A ver si te vas a arrepentir.

Pronto cada cual tuvo doce cartas. Se hizo el silencio mientras estudiaban sus manos.

—Simon, ¿qué pasó con el hermano de Colton? Me refiero a lo del escándalo.

Él se frotó el mentón, pensativo.

—¿Qué te ha contado Colton?

—Absolutamente nada. Se ha negado a contestarme cuando le he preguntado al respecto.

—Verás, nadie sabe qué pasó porque Colton no lo ha dicho nunca. Le he soltado alguna que otra indirecta y no me ha corregido, de modo que doy por sentado que tengo razón. Pero debería contártelo él.

—¿Angela y él fueron…?

—¿Amantes? —completó Simon—. No. Estoy al tanto de los rumores, pero Colton jamás le habría hecho a Harry algo así. Quería a Harry. La muerte de su hermano lo dejó destrozado.

Puso tres cartas encima de la mesa y tomó otras tres del mazo.

—¿Por? —dijo ella, se deshizo de dos naipes y cogió dos más.

—Colton estaba borracho y enfadado. Me dio la impresión de que había discutido con su hermano por algo, que Harry se le había puesto en contra justo antes de morir. Y sus padres lo culparon de su muerte.

Simon enseñó su juego, tenía la mejor combinación posible.

Julia hizo lo propio, consciente de que su juego podía ganar la mano.

—Tuvo que ser terrible para él.

—Creo que a Colton le dolió mucho más la bronca con Harry que con sus padres, porque hacía años que había renunciado a obtener su aprobación.

—¿Cómo consiguió su padre que accediera a casarse?

Simon salió con una carta, un valet de corazones.

—Creo que lo sé, pero no puedo decírtelo.

—¿No puedes o no quieres?

—Pues… no quiero. Colton ya está enfadado conmigo por haberme inmiscuido. Lo siento, pero de verdad que no puedo decir nada más. Y deja de intentar distraerme.

La puerta se abrió y apareció Angela. Simon se levantó para saludarla, y Julia notó que se mostraba reservado, sin su coquetería natural.

—Acaba de llegar esto para usted. —Le entregó a Julia una nota—. Le he dicho a Thorton que se la traería yo.

Julia rompió el lacre y leyó la carta. El contenido le arrancó una amplia sonrisa.

—¡Oh! Es de Sophie. Viene a vernos.

—¿Sophie? —inquirió Angela.

—Lady Sophie Barnes —contestó Simon, sus ojos fijos en las cartas—, también conocida como la hija del marqués de Ardington y compañera de fechorías de Julia.

—¡Oh, qué divertido! —repuso Angela—. Desde luego no será por distracciones en esta casa. Como digo siempre: cuantos más seamos mejor. ¿Cuándo llega?

—Mañana —dijo Julia—. Su madrastra y ella se quedarán tres semanas. —Simon resopló y Julia lo miró con dureza—. ¿Qué?

—Una soltera y su mamá. ¡Que Dios nos asista!

Julia y Angela se rieron.

—Sophie ha jurado que jamás se casará, Simon; conque tranquilo.

—Eso tengo entendido, pero sigo sin entender cómo piensa evitarlo.

—Es hija única y el marqués le consiente todos los caprichos. Es más rico que Creso y ha prometido dejar a Sophie elegir marido. Me da bastante envidia, la verdad. —Simon le lanzó una mirada llena de compasión, y ella alzó una mano—. No lo digas.

Angela estaba atónita.

—Pe… pero ¡si es usted duquesa! —balbució—. A casi todas las mujeres del reino les encantaría estar en su lugar.

—Sí, a casi todas —dijo Julia entre dientes mientras contemplaba las cartas que sostenía en la mano—. Simon, te toca. Que aún me quedan diez libras por ganar.

$\mathcal{S}$alieron todos a recibir el carruaje, que avanzaba lentamente por el camino de acceso.

Su amiga tardó una eternidad en apearse, pero cuando por fin apareció Sophie, Julia corrió hacia ella. Las dos mujeres se abrazaron entre risas, y a continuación Sophie retrocedió con brusquedad y miró hacia abajo.

—¡Julia! Los rumores son ciertos. Estás…

—Sí, lo sé. Tengo muchas cosas que contarte, pero no hasta que hayas entrado. Buenas tardes, lady Ardington —le dijo a la madrastra de Sophie.

—Enhorabuena, su excelencia. Espero no importunarle con nuestra visita.

—De eso nada. Estamos encantadas de tener compañía.

Se hicieron las presentaciones de rigor y el grupo al completo entró en la casa mientras los criados de Colton subían los baúles de las invitadas por las escaleras.

—Sé que estoy mugrienta y huelo a caballo, pero puedo esperar un minuto más. Ven a pasear conmigo, por favor —le dijo Sophie a Julia, al parecer reconcomiéndose de curiosidad.

Las dos mujeres se fueron hacia la parte posterior de la casa, en dirección a los jardines. Fitz salió de la nada, dispuesto a acompañarlas fuera, pero Julia levantó una mano para impedírselo.

—Solo vamos a sentarnos en el jardín, Fitz. No hace falta que vengas.

—Sí, su excelencia. Pero no se aleje más, haga el favor.

Sophie, boquiabierta, con los ojos castaños bien abiertos, vio cómo Fitz se alejaba.

—¿Qué demonios está pasando?

Julia se echó a reír.

—Salgamos fuera y te lo explicaré todo.

Una vez que dieron con un banco en el jardín, Julia le espetó:

—Sí, es de Colton.

—¿Te refieres al bebé? —Al asentir Julia, Sophie puso los ojos en blanco—. Ya, naturalmente. Ni se me ha pasado por la cabeza que pudieras esperar un hijo de otro hombre. Entonces cuando me dijiste que estabas en París, en realidad te fuiste…

—A buscar a Colton a Venecia. Y triunfé.

Hizo un gesto hacia su vientre.

—¿Por qué ahora, después de ocho años?

Julia procedió a contárselo todo a su amiga, incluso lo de Templeton, que había contratado a Pearl Kelly y lo acontecido en Venecia, concluyendo con la visita más reciente de Colton a la mansión Seaton.

—¿Una cortesana? —repitió Sophie—. ¡No me lo puedo creer! Tienes que contarme todo lo que te dijo. ¿Y dices que lord Winchester te ha ayudado? Entiendo que Colton esté furioso.

—¡Eh, que tienes que estar de mi parte!

Había ocasiones en que la insistencia de su amiga en decir lo que pensaba le crispaba los nervios a Julia.

—Lo siento, Julia, pero ya sabes que nunca endulzo las cosas, ni siquiera por ti. Puede que no esté casada, pero está claro que a ningún hombre le sienta bien que lo engañen. Aun así, entiendo que creyeras que no había otra opción.

—No se cree que es el padre. Colton está convencido de que viajé a Venecia con el bebé de otro hombre en el vientre, decidida a seducirlo para legitimar a la criatura.

—Bueno, el tiempo lo dirá —repuso Sophie—. Nueve meses son nueves meses, Julia. ¿Qué tal el tiempo que pasaste con él Venecia? ¿Fue… amable contigo?

A Julia se le ablandó el corazón al rememorar aquella magnífica semana.

—Sí lo fue, sí. Y atento y cariñoso. Fue verdaderamente maravilloso.

—¡Oh, cielos, te has enamorado! Se te nota en la cara.

Julia suspiró y no se molestó en negarlo.

—No *quiero* quererlo. Ha sido deliberadamente cruel desde que volvió. Entiendo que esté enfadado, pero ¿y si nunca me perdona?

Sophie la abrazó.

—Entonces es que es más tonto de lo que pensamos —le dijo en voz baja—. Eres muy valiente y muy fuerte, Julia. Si Colton se niega a corresponderte, pues haremos como si no existiera. Tienes muchos amigos que te quieren y se preocupan por ti, aunque me hubiese gustado que recurrieras a mí cuando lo de Templeton. Tal vez mi padre…

—No, Sophie, nadie podría haber parado a Templeton salvo Colton o la viuda del duque, pero gracias. Soy una afortunada por tenerte; y perdona que no te lo haya contado todo hasta ahora.

—Pues claro que te perdono. He tardado una eternidad en convencer a mi madrastra de que dejáramos la ciudad para venir a verte. La temporada de eventos sociales se está acabando, pero hasta ahora no ha querido ausentarse de ninguna de las maneras. De no suplicarle a papá...

—Conque así lo has conseguido, ¿eh? ¿Qué tal está el marqués, por cierto?

—Desesperado por tener nietos. Me ha dicho que me da un año más para encontrar marido o me lo buscará él.

—¡Oh, no! —exclamó Julia espantada.

Su amiga se rió y agitó una mano.

—No creo que lo diga en serio. No es la primera vez que profiere algún tipo de amenaza.

—A ver, ¿hay alguien que te inspire afecto? ¿Qué me dices de Simon?

—No, ni hablar. Sé que lo adoras, Jules, pero no me hace sentir mariposas en el estómago, ¿sabes lo que te quiero decir?

—Sí, por desgracia sí. Ya quisiera yo sentir menos mariposas con Colton.

La mirada de Sophie se volvió inquisitiva.

—¿Me dejarás leer entonces los consejos que te dio Pearl? Si han funcionado con Colton...

—Esa mujer es un verdadero genio, Sophie. Te pasaré lo que me escribió cuando des con el hombre al que quieras echar el lazo; se las verá y deseará.

13

No importa lo que digan los demás. Mientras a usted la cuiden,
deje que hablen.

Señorita Pearl Kelly a la duquesa de Colton

Nick tiró la carta de Fitz. ¡Maldito Winchester! Debería haberse imaginado que el caballero de brillante armadura de Julia correría a su lado.
Algún día descubriría qué buena obra había hecho ella para que Winchester la tuviese en tan alta estima.

Detestaba tener celos, sobre todo porque nunca, jamás en la vida,
había experimentado algo similar. Pero esa furia arrebatadora y esa incertidumbre de sus entrañas eran innegables.

No es que creyera que ellos dos habían tenido relaciones sexuales.
No, detestaba la intimidad que compartían, la amistad y el afecto que
ella no tenía reparos en ofrecerle a un hombre que no era su marido.
Pero por qué le molestaba, no sabría decirlo, porque al fin y al cabo ella
lo había tomado por idiota.

Pero el recuerdo de verla pasándolo mal, tan pálida y frágil, lo per-
seguía. Quería protegerla, ser su caballero andante, no que lo fuera Winchester. Y albergar sentimientos tan hondos por una mujer que lo había
traicionado lo convertía en un idiota redomado.

Se estaba sirviendo una copa cuando Marlowe anunció a Quint. Su
amigo entró, desaliñado y mal vestido como de costumbre, y Nick le
pidió a Marlow que trajese té; Quint no tomaba alcohol.

Su amigo se desplomó en una silla.

—He venido por si querías ir al White a cenar y luego quizás al teatro. Han estrenado una obra nueva en Covent Garden.

Nick suspiró. Una noche en la ciudad se le antojaba tediosa y poco atractiva.

—Me parece que no.

—Llevas semanas sin salir apenas. ¿Qué pasó en tu última visita a la mansión Seaton?

La verdad rugió en su cerebro, humillándolo:

«Que por poco me acosté con mi mujer, quien probablemente esté esperando un hijo de otro hombre, porque ya no puedo controlarme».

Temeroso de que el humillante pensamiento se le escapase de la boca si la abría, se limitó a sacudir la cabeza a modo de respuesta.

—No aceptaré un no por respuesta, Colton.

Nick sabía que esa noche no sería buena compañía. Tal vez si Quint se daba cuenta por sí solo, dejaría de darle la tabarra para que saliera. Apuró el brandy.

—Muy bien. Vamos. Jugaremos primero a algún juego de azar.

Al llegar al White, Nick notó por las miradas ávidas puestas en él que algo había trascendido. Quint y él, impertérritos, se abrieron paso hacia las mesas de azar del fondo. Se apretujaron en un hueco de una mesa prácticamente abarrotada y empezaron a apostar. Sin embargo, en el transcurso de los minutos siguientes, el resto de jugadores empezó a retirarse hasta que tan solo quedaron Quint y él.

Estuvieron jugando un rato más y luego fueron tranquilamente hacia el comedor. El parloteo se redujo a susurros mientras Quint y él eran conducidos a su mesa. Nick suspiró. ¿Y ahora qué?

Sentado en la silla, se volvió y le dio unos golpecitos al hombre que tenía detrás.

—St. John, ¿por qué diablos cuchichea la gente?

St. John volvió los ojos hacia a Quint y luego de nuevo a Nick.

—Mmm… Supongo que no ha visto el libro de apuestas, ¿verdad?

A Nick se le encogió el estómago pero mantuvo la voz firme y serena.

—No, no lo he visto. ¿Hay alguna razón por la que deba verlo?

—Mencionan a su… mujer. —St. John carraspeó—. Dice…

Nick empujó la silla hacia atrás y salió a trancos del comedor. Nadie osó detenerlo mientras se dirigía hacia donde estaba expuesto el libro de apuestas.

No le costó encontrarlo. Última anotación, de carácter anónimo: «Cincuenta libras para el que adivine cuándo dará a luz la duquesa de C.».

Nick arrancó la página de cuajo. Estrujó el papel en la mano, caminó airado hasta el salón principal y lo arrojó a la lumbre más cercana. Regresó al comedor y volvió a ocupar su sitio. Habían traído la cena, pero apenas probó el lenguado al horno, la furia y la humillación a punto de asfixiarle.

Dichoso libro. Aún recordaba las numerosas apuestas realizadas durante el escándalo, tales como si él había seducido a la mujer de su hermano o si había matado a este último. En el estupor del momento, había sido capaz de estar por encima de todo aquello; ni que decir tiene que la realidad había sido mucho peor de lo que los idiotas del White alcanzaban a imaginarse.

En aquella época la especulación lo siguió allá donde iba. Y ahora, gracias a su mujer, nada había cambiado. Estaban haciendo apuestas sobre la legitimidad del hijo de su mujer. ¡Maldición!

Quint se inclinó hacia delante.

—¿Puedo preguntar qué ponía?

Nick lo repitió y Quint frunció las cejas.

—Corren rumores, pero nadie sabe a ciencia cierta si tu mujer está encinta. Ahora que has vuelto a Inglaterra, lo más probable es que estén haciendo apuestas sobre cuándo la dejarás embarazada.

Nick no había tenido eso en cuenta. El nudo del estómago se suavizó un poco.

—¿A qué se deben los susurros entonces? ¿Por qué aquí todo el mundo actúa como un conejo atemorizado en mi presencia?

El rostro de Quint denotó estupefacción, como si la respuesta fuese más que obvia.

—Porque la última vez que estuviste aquí le diste un puñetazo en la cara a un hombre, ¿o lo habías olvidado?

La verdad es que Nick lo había olvidado, sí. Se pasó una mano por la mandíbula.

—En cualquier caso, no quiero que el nombre de mi mujer esté en ese libro; me da igual el motivo.

—Bueno, por si todavía albergas dudas, Winchester jura que el bebé es tuyo.

—¡Qué sabrá él! —exclamó Nick con voz cansina.

Les retiraron la cena y los dos se quedaron un rato más con sendas copas: oporto para Nick y té para Quint. La conversación del comedor se había animado un poco, por lo que dedujo que ya no cuchicheaban sobre su persona y sobre Julia.

Su mujer. ¿Se libraría algún día de ella, de ese deseo irrefrenable que sentía? Porque aquellos sentimientos obsesivos en algún momento se disiparían, ¿verdad?; así seguiría adelante con su vida. Entonces, ¿por qué tardaban tanto, maldita sea?

Porque nunca había estado tan condenadamente hundido. Ni al morir su hermano ni cuando sus padres le dieron la espalda. Incluso su solitaria infancia era insignificante en comparación con el hallazgo de esa mujer perfecta en Venecia y el posterior descubrimiento de que todo había sido mentira.

Un hábil engaño. No lo barruntó en ningún momento.

«Conocía su reputación… Así que pagué a Pearl Kelly para que me enseñara las maneras de una cortesana.»

Nick frunció el entrecejo y dio un sorbo de brandy. Aunque no hacía mucho que estaba de vuelta en Londres, hasta él había oído hablar de Pearl Kelly. ¿En serio Julia había contratado a la legendaria cortesana para aprender los secretos del oficio, por así decirlo?

Tan… habilidosa era Julia que Nick había estado convencido de que otro hombre había iniciado a su esposa en las artes de la carne. Como aquella noche en que él le había dicho que se veía incapaz de repetir por cuarta vez, cosa que ella se tomó claramente como un reto, demostrándole que estaba equivocado. El recuerdo de su forma de mover la lengua le descargó en la entrepierna un rayo de deseo. ¿Y si había estado equivocado todo este tiempo?

Quint tiró la servilleta encima de la mesa.

—¿Qué? ¿Nos vamos? La función empieza dentro de menos de una hora.

Nick había olvidado lo del teatro, pero la idea de salir del club nunca le había parecido mejor. Asintió con la cabeza y los dos hombres no tardaron en enfilar hacia Covent Garden. Acabaron en el palco de Colton, uno de los más grandes, en el centro del teatro. Una vez que tomaron asiento, Quint le propinó un codazo y le susurró:

—Ahora no mires, pero Pearl Kelly está con Burston, en el segundo palco por tu izquierda.

Nick no dudó en echar un vistazo y clavó los ojos en una morena delgada. Esta esbozó una sonrisa fugaz y se arrimó a lord Burston para decirle algo. Nick vio que Burston asentía y acto seguido se levantaba.

—Creo que te van a invitar a sendas presentaciones —masculló Quint.

—Más bien reclutar —repuso Nick entre dientes.

Quint se estaba riendo cuando Burston entró en el palco. Rechoncho y lampiño, tenía suficiente dinero como para que una mujer como Pearl Kelly pasara por alto su aspecto.

—Su excelencia —saludó Burston con una reverencia—. Me habían hablado de su regreso. ¿Qué tal sus viajes?

—Sorprendentes —salió Nick por la tangente—. Distintos a como me los había imaginado.

—¿Conoce a la señorita Kelly?

Burston hizo un ademán hacia su palco.

—Me han hablado de ella.

—Venga, ¿me permite que se la presente? Disponemos de unos minutos antes de que empiece la función.

Por curiosidad y cortesía, Nick lo siguió por el pasillo, a través de las cortinas y al interior del palco. La señorita Kelly no se giró hasta que llegaron junto a ella.

—Cariño —empezó Burston, y se levantó a recibirlos una mujer absolutamente adorable y vestida con ropa muy cara.

Con su radiante sonrisa resaltada por una sarta de diamantes entretejida en su peinado, Pearl Kelly no era en absoluto como Nick se había imaginado. De corta estatura y no especialmente voluptuosa, su delicado rostro estaba rodeado de gruesos tirabuzones castaños. Unos diamantes le embellecían las orejas y también el cuello, y tenía casi todos los dedos adornados por anillos. Estaba claro que era una mujer que sabía apreciar las joyas.

Burston procedió a presentarlos. La reverencia de Pearl Kelly fue correcta y cortés.

—¡Su excelencia! —exclamó—. ¡Qué lujo de visita! —Sus ojos eran marrones con motas verdes. Ojos inteligentes y astutos que lo evaluaron con atención—. ¿Quiere que nos sentemos? Cuando tengo visitas me gusta ponerme cómoda.

Nick contuvo la risa. La había estado escudriñando con tanto afán que olvidó los modales.

—Disculpe —dijo y se acomodó en la butaca contigua a la suya y reparó con cierta curiosidad en que Burston había desaparecido.

—Es usted tan guapo como se rumorea.

Ella lo repasó de arriba abajo, y él se reclinó con regocijo.

—Y usted es tan hermosa como me habían dicho.

—Confieso que estoy un tanto aturdida. Atraer al Duque Deprava-do a mi palco es todo un golpe de efecto. —Su boca se curvó hacia arriba—. Creo que, de no ser por su esposa, usted y yo podríamos haber-nos conocido en circunstancias muy distintas, ¿sabe?

—Y yo que pensaba que a la mayoría de las mujeres de su posición les traería sin cuidado la existencia de una esposa.

Nick sentía curiosidad por ver hacia dónde iría esa conversación. ¿Confirmaría que había tutelado a Julia, enseñándole todos los secretos con los que contaban las prostitutas?

—Pero es que yo no soy como la mayoría. Hablando de esposas, es usted un hombre afortunado. Su excelencia es hermosísima. —La ex-presión de la señorita Kelly no traslució nada, y Nick se desconcertó aún más. Antes de que pudiese responder, ella preguntó—: ¿No le parece?

—En efecto. Y muy lista.

—La mayoría de las mujeres lo son. Ustedes los hombres no suelen fijarse en esas cosas. Digamos que están obsesionados con nuestros en-cantos más obvios. —Se alisó la falda sin mirarlo a los ojos—. Pero las mujeres hacen lo que haga falta para conseguir lo que quieren.

—¿Y qué quieren las mujeres, señorita Kelly?

—Llámeme Pearl. Todos mis amigos lo hacen…

Nick dio un respingo al recordar una conversación muy similar con la señora Leighton en Venecia.

—… Y me conformo con poco, su excelencia. Actualmente, no hago casi nada que no me divierta.

¿Se estaba refiriendo a lo de ayudar a Julia? Malditas mujeres y su habilidad para hablar con segundas.

—Admirable costumbre, si semejante entretenimiento no hace daño a nadie. «Por ejemplo, a un marido» —quiso añadir Nick.

—¡Oh! Dudo que haya llegado a hacer daño. Mis entretenimientos tienden a estar más dirigidos a la búsqueda de placer. Seguro que un hombre de su reputación sabe valorar ese empeño.

Bueno, ahora sí que estaban llegando al meollo del asunto. Nick cruzó los brazos por delante del pecho.

—Sí, valoro la búsqueda de placer, pero solo cuando se aborda con honestidad y franqueza. Nunca me ha gustado la hipocresía.

Ella se rió; un sonido grave y ronco, y le rozó fugazmente el brazo.

—¡Oh, su excelencia! Un poquito de hipocresía hasta puede venir bien. La vida no es una tragedia griega. ¡Está para disfrutarla! Para saborearla. Para vivirla sin mirar atrás. Tengo entendido que es usted un tipo serio y taciturno, pero tiene que mostrar más *joie de vivre*, de verdad.

Muy a su pesar, Nick estaba entretenido.

—¿Siempre es usted tan abominablemente optimista?

—Solo en compañía de hombres atractivos. Además, ¿por qué no voy a serlo? Si bien es verdad que no tuve una infancia agradable, fíjese en todo lo que he conseguido, en todo lo que tengo ahora. Si no fuésemos más que esclavos de nuestros titubeos y defectos, la vida sería ciertamente monótona.

¿Qué decir ante tal afirmación? Era un reflejo de su vida y no le hizo ni pizca de gracia. Desde su regreso a Londres había pasado muchas noches aburridas en el palacete, rumiando a solas.

—Su amigo…, el vizconde de Quint, creo que es… —Pearl Kelly ladeó la cabeza cubierta de diamantes hacia el palco de Colton—, ¿siempre ha tenido un sentido de la estética tan pésimo?

A Nick se le escapó la risa.

—Sí, toda la vida. Procuramos no tenérselo en cuenta.

Ella asintió con la cabeza.

—Es el *interior* lo que cuenta, ¿verdad? —Reclinándose relajadamente en la silla, Pearl Kelly miró de nuevo hacia Quint—. Le faltó poco para casarse con aquel esperpento de Pepperton. La mocosa se fugó ni más ni menos que con un mozo de cuadra. Absurdo.

Nick únicamente sabía lo que Quint le había contado, que no era mucho.

—«El amor no mira con los ojos, sino con el alma» —dijo citando a Shakespeare.

—«Por eso pintan ciego al alado Cupido» —completó ella—. ¿Cree que eso es verdad, su excelencia? ¿Se ha enamorado de la belleza o de la inteligencia de su esposa?

Él reprimió el impulso de reírse. *¿Enamorarse?* ¿De Julia? Qué idea tan absurda, ¿verdad?

—¡Está usted desencajado! —se rió ella—. Qué predecibles son los hombres. Vaya, ya viene Burston. —Pearl se levantó y Nick hizo lo propio—. Parece que se nos ha acabado el tiempo, su excelencia.

—Ha sido un auténtico placer, señorita Kelly. —Nick tomó su mano enguantada y se la llevó a los labios. Observó a Pearl con atención; le brillaban los ojos—. Me llevo la impresión de que he sido útil, de que esta noche la he entretenido.

—Desde luego que sí. Esta conversación ha sido memorable por muchísimas razones. —Pearl se le arrimó—. Le ruego que le dé recuerdos a su mujer de mi parte. La tengo en la más alta estima.

Nick miró fijamente a los ojos de la cortesana y la respuesta que había estado buscando estaba ahí. Era cierto: Julia *había* contratado a Pearl para aprender a seducirlo. Se tragó las preguntas que le obturaban la garganta.

—Cuente con ello.

Se despidió y volvió a su palco, aturdido. La obra se representó, pero él prestó poca atención, porque su mente seguía impactada por la conversación y por lo que había descubierto.

Había estado totalmente convencido de que Julia había mentido, de que el responsable de su profundo conocimiento de las actividades físicas había sido otro hombre. Había demostrado demasiado... talento para concluir otra cosa. La idea de que él había sido su primer amante le parecía irrisoria.

Recordó aquella primera vez en que ella lo había montado a horcajadas en una silla. Él estaba demasiado poseído por el deseo como para advertir indicio alguno de su virginidad, pero sí se acordaba del ímpetu con que ella lo había montado, dejando que él la penetrara hasta el fondo con fuerza en la primera embestida. ¿Había sido fruto de un deseo desenfrenado, tal como él se imaginó, o para perforar su membrana sin llamar la atención?

Posteriormente, Julia se había levantado enseguida para lavarse y para lavarlo a él; la única vez que lo había hecho de todas las que estuvieron juntos.

En su estómago germinó una sensación nauseabunda. ¿En serio su mujer había permanecido virgen *ocho años*?

La idea parecía ridícula. Con su cuerpo, ingenio e inteligencia, podría haber conseguido a cualquier hombre. ¿Por qué caray iba a reservarse para él, un hombre al que no conocía y con el que probablemente jamás se cruzaría? No tenía ningún sentido.

Se frotó la nuca. Si verdaderamente Julia era virgen en Venecia, entonces el bebé… ¡Dios santo! Estalló en su pecho un dolor punzante. ¿Había estado equivocado todo este tiempo?

Inspiró hondo y procuró no perder la serenidad. De nada servía ponerse histérico. El tiempo diría si el niño era suyo o no. Y que Julia hubiese contratado a Pearl Kelly no significaba que fuera virgen en Venecia. Si su empeño había sido engañarlo para hacerle creer que ese hijo bastardo era suyo, recibir consejos de Pearl habría garantizado su éxito para hacerla irresistible, casta o no, a sus ojos.

Pero el tiempo lo diría. Ahora solo debía ser paciente hasta obtener la respuesta que necesitaba. Sin embargo, la semilla de la duda había germinado, dejándolo turbado y receloso.

Simon se marchó de la mansión Seaton después de que lady Sophie y su madrastra llegaran. A Julia le apenó verlo marchar, pero prometió volver a verla en cuanto naciera el bebé.

En el transcurso de las dos semanas siguientes, Sophie y ella se pusieron a trabajar en serio en el cuarto infantil. Colocaron alfombras nuevas en el suelo e hicieron pintar la habitación de un amarillo alegre. Compraron cortinas y muebles, y en una de las paredes Sophie dibujó una réplica exacta del estanque de la mansión Seaton.

Estaban vaciando una caja de juguetes comprados en el pueblo cuando Julia sintió un ligero revoloteo en el abdomen. La segunda vez ahogó un grito.

—¡Sophie! ¡El bebé! Acaba de moverse. ¡Lo he notado!

Tomó la mano de su amiga y se la colocó en la dura protuberancia de su barriga.

Tuvieron que pasar cinco minutos, pero el bebé volvió a hacerlo.

—¿Lo has notado?

Sophie tenía los ojos como platos.

—No, pero te creo. ¿Es una sensación rara?

Julia asintió.

—Rara y maravillosa. Voy a ver a Theo. Nos vemos luego.

Bajó volando al segundo piso y corrió hasta los aposentos de Theo, donde esa tarde su tía estaba descansando. Julia se moría de ganas de contarle que por fin había notado al bebé moverse.

Al volver la esquina, la puerta de Theo se abrió. Del dormitorio de su tía salió Fitz, con aspecto un tanto desaliñado. Julia frenó en seco. Quizá le hubiese llevado a Theo...

Una mano de mujer, que Julia reconoció como la de Theo, apareció de la nada agarrando a Fitz de la pechera, y el hombretón fue arrastrado al interior. Su cabeza desapareció en la habitación y Julia oyó... un besuqueo.

Fascinada, se pegó al hueco poco retranqueado de una puerta cerrada para seguir pasando desapercibida. Clavó la vista en sus zapatos y esperó.

¡Theo... con Fitz! Reprimió una risita nerviosa.

Se oyeron pasos pesados. Se asomó y vio a Fitz tan tranquilo andando por el pasillo en dirección contraria. Theo, que lo había visto marcharse, se giró para volver a meterse en el cuarto y entonces vio a Julia.

Atónita, su tía se cerró la bata con las manos.

—¿Cuánto tiempo llevas ahí?

Julia corrió hasta ella y la volvió a meter en su habitación.

—El suficiente. ¡Tía Theo, no me lo puedo creer! Fitz es tan...

—Grande. Lo sé.

Le propinó a Julia un codazo cómplice en el costado.

Julia no pudo reprimir una carcajada.

—¡Theo! Iba a decir *joven*. Probablemente le dobles la edad.

—No te pases, querida. Ni que yo fuese tan mayor. Además, me gusta. Es adorable.

—Pues me alegro por ti. ¿Desde cuándo dura este idilio?

Julia fue a sentarse en la cama de Theo, pero cambió de idea al recordar lo que acababa de ocurrir allí.

—Desde hace varias semanas. —El rostro angelical de Theo sonrió abiertamente y Julia comprendió lo feliz que hacía a su tía aquel romance—. Quería decírtelo, pero no sabía cómo te lo tomarías.

Julia se levantó y abrazó a su tía.

—Si a ti te hace feliz, tía Theo, a mí también. —Notar la turgencia de su abdomen contra su tía le recordó el propósito inicial de su visita—. ¡Ah, sí! Venía a decirte que he notado al bebé moverse. Dame... —retuvo la mano de su tía en el montículo—, a ver si el pequeñajo vuelve a hacerlo.

Pasaron varios minutos pero no sucedió nada.

—¡Vaya, con la ilusión que me hacía compartirlo contigo! —masculló Julia.

Theo le dio unas palmaditas en el brazo.

—Tenemos tiempo de sobras para eso, querida. En solo unos meses tendremos a esa preciosidad en brazos. ¿Por qué siempre hablas del bebé en masculino? Puede que sea una niña.

—Es verdad. Pero como es el único hijo que Colton y yo tendremos juntos, espero que sea un chico. Así me quedaré con la tranquilidad de haber cumplido con mi deber.

—Tu deber no le importa un comino a nadie. Si verdaderamente Colton no desea un heredero, no hace falta que nos preocupemos por el sexo de tu hijo.

—Supongo que tienes razón, aunque puede que Colton cambie de idea algún día. Bueno, sea lo que sea, este hijo será *mío* y lo educaré o la educaré como me parezca oportuno.

—Fitz dice que, en Londres, Colton tiene el ánimo por los suelos.

Theo habló en voz baja, pese a que nadie más podía oírles.

Julia inclinó el cuerpo hacia delante y tomó la mano de Theo.

—¿Ah, sí? Vaya… ¿Qué más te ha dicho Fitz?

—Dice que el duque apenas sale, que se pasa el día cavilando melancólico y solo en el palacete de Londres.

—¿Solo? No sé, me cuesta creerlo. Seguro que Nick se ha buscado compañía allí. No me extrañaría que tuviese una amante ya, o dos.

Theo sacudió la cabeza.

—Según Fitz, el duque no ha recibido compañía femenina. Dice que una noche fueron a un burdel, pero que Colton salió despavorido a los pocos minutos.

Julia no supo cómo tomarse esa información. Si bien le alegraba que su marido no se hubiese echado una amante, la despistaba que prefiriese estar solo que ahí, en la mansión Seaton.

—Prefiere ignorarme y estar en Londres con el ánimo por los suelos, que aquí, conmigo.

—Eso es lo que opina Fitz. Dice que Colton se está castigando a sí mismo y a ti no acercándose por aquí.

—Bueno, por lo menos tengo la compañía de Angela y la tuya.

—Y pronto tendrás también al bebé —le recordó Theo.

14

Puede que los hombres, especialmente los obstinados, le hagan enfadar a menudo. Solo usted puede decidir si vale la pena perdonarlos.

Señorita Pearl Kelly a la duquesa de Colton

$\mathcal{F}$ue una delicia de verano. Julia engordaba por semanas. Dio largos paseos, leyó junto al estanque y cortó flores frescas del jardín. Theo y Fitz fueron sus leales compañeros de excursión, fruto tanto de su deseo de estar juntos como de velar por ella. Angela también merodeaba por ahí, charlando incesantemente como de costumbre.

Cuando el calor de agosto por fin se alargó hasta septiembre, Julia se imaginó que Nick llegaría en cualquier momento. Seguramente se hubiese dado cuenta de su error, de que ese bebé no era un bastardo, sino sangre de su sangre. ¿No debería estar postrado a sus pies implorando perdón?

Su ausencia dolía. Cuando el bebé daba patadas, ella quería compartirlo con él. Por las noches anhelaba sus caricias para que le aliviaran los dolores de espalda y los pies doloridos. Estaba encarando el nacimiento de su primer hijo, en escasas semanas, con sensación de soledad y temor. ¿Tan enfadado estaba aún que la verdad ya no contaba? El resquicio de esperanza que había albergado de salvar su matrimonio se marchitó junto con las flores de verano.

Cuando la segunda semana de septiembre dio paso a la tercera, a Julia ya no le importaba nada más que dar a luz. Estaba desesperada... e inmensa. Le costaba andar (incluso respirar) y apenas probaba bocado porque se sentía permanentemente llena. Ya ni siquiera le importaba

Nick. Era evidente que se había desentendido de ella, y ya no tenía ni energías para seguir sufriendo.

La comadrona dijo que podía dar a luz en cualquier momento. Le dijo que anduviera lo máximo posible y mandase a buscarla al primer indicio de parto.

Y justo cuando creía seriamente que no sobreviviría a otro día, sucedió. En la merienda se había estado quejando a Theo de lo mucho que le dolía la espalda. El dolor era más intenso que en días anteriores y se planteó volverse a la cama. Theo la instó a que no lo hiciera, repitiéndole las palabras de la comadrona de que no dejara de pasear. De manera que fue aquella tarde, paseando por la terraza, cuando rompió aguas.

Fitz, que en los últimos días la había estado observando de cerca, corrió a buscar a Theo, que inmediatamente envió a un lacayo a por la comadrona, la señora Popper. A continuación los dos ayudaron a Julia a subir a su habitación, donde Theo le pidió a Fitz que se retirara y le puso a su sobrina un camisón limpio. No mucho después empezaron los dolores, tenues y ligeramente molestos al principio. Para cuando la señora Popper llegó treinta minutos más tarde, no obstante, el dolor se había intensificado considerablemente.

Después de cuatro horas Julia pensó que la agonía no podía empeorar. La comadrona la hizo levantar para que caminara un poco por el cuarto, en un intento por acelerar el parto. El dolor, cuando aparecía, le atenazaba de espalda a vientre durante lo que se antojaba una eternidad cada vez. En esos momentos, ella se agarraba con fuerza a la mano de Theo y por su boca salían todas las palabras impropias de una dama que había en su vocabulario.

—¿Cuánto falta? —dijo, agarrándose a una columna del dosel para recobrar el aliento.

—Le haré una exploración dentro de media hora más, su excelencia. En el último tacto el bebé no estaba listo para salir.

La señora Popper era una anciana amable, pero en aquel momento Julia no estaba pensando cosas particularmente amables sobre ella.

Llamaron a la puerta. Theo fue a ver quién era y Julia se retorció otra vez de dolor. Cuando fue capaz de tomar aire de nuevo, su tía la tomó de la mano.

—Colton está en la puerta, querida. ¿Quieres que lo deje pasar?

—¿Colton? ¡Cielo santo! ¿Cómo ha podido venir tan deprisa?

Theo puso cara de circunstancias.

—Lleva tres semanas hospedado en la posada del pueblo.

—¡*Tres semanas!* —Llevaba casi un mes en el pueblo. ¿Por qué no había ido a dormir a la mansión Seaton? ¿O cuando menos de visita?—. ¿Por qué no me lo has dicho?

Theo se retorció las manos.

—Fitz me pidió que no lo hiciera. Al parecer, Colton no quería que te enteraras de su presencia.

¡Dios! ¿Tanto la odiaba? Ella le había demostrado que no le había puesto los cuernos, y aun así no quería verla. Estaba pariendo a su bebé y era incapaz siquiera de alojarse en la misma casa.

Un dolor que no tenía nada que ver con el bebé le desgarró el pecho.

—Dile que se vaya.

—¿Estás segura…?

—Dile. Que. Se. Vaya —masculló Julia mientras le sobrevenía otro ataque de dolor.

Su tía asintió lentamente con la cabeza y se dirigió hacia la puerta.

Transcurrieron otras seis largas horas. Angela fue a hacerle compañía un rato para darle un respiro a Theo. Ahora Julia estaba en la cama, descansando entre dolor y dolor. Los periodos de descanso entre uno y otro eran cada vez más cortos y también mayor la intensidad del dolor. La señora Popper le advirtió que no contara con tener al bebé en aproximadamente otra hora.

Julia no sabía si podría aguantar mucho más. Estaba exhausta y casi deliraba de dolor. Angela y Theo le enjugaron el sudor de la frente y le dieron sorbos de agua de cebada, nada de lo cual sirvió para aliviar su sensación de desgarro interior.

Una hora y media después, la señora Popper anunció que había llegado el momento de empujar. El dormitorio se convirtió en un ir y venir de preparativos para el bebé, aunque Julia apenas se dio cuenta. Tan cansada estaba que no tenía la menor idea de dónde sacaría la fuerza necesaria para empujar. Las extremidades ya le temblaban y a duras penas podía mantener los ojos abiertos.

Para evadirse del dolor, su mente se puso a divagar. Pensó en Venecia, en sus dedos pasando por el sedoso pelo moreno de su marido, tumbado sobre su regazo. En Nick cogiéndole de la mano y provocándola mientras paseaban por Torcello. En Nick, sonriéndole con ternura justo antes de besarle. Quería volver a sentirse así.

—Nick —gimió—. Necesito a mi marido, por favor. Que alguien...

Un dolor se apoderó de sus entrañas y Julia chilló. La señora Popper empezó dar instrucciones a Theo sobre cómo ayudar a sujetar a Julia ahora que tenía que empujar.

—¡Nick! —gritó Julia cuando recuperó el aliento.

Ya no tenía importancia que se hubiese hospedado en el pueblo, lejos de ella. Necesitaba su fortaleza, que le asegurara que todo saldría bien. Quería al Nick de Venecia.

Agonizando de dolor, su cabeza golpeó salvajemente contra la almohada mientras sudaba a mares.

—Necesito a Nick. Aquí conmigo. Ahora.

Oyó vagamente que, antes de abandonar el cuarto, Angela le decía a Theo que se ocuparía de ello.

*N*ick no podía estarse quieto. De tanto pasear arriba y abajo por poco hizo un agujero en la alfombra Aubusson. Habían pasado casi doce horas. ¿Era normal? ¿No debería haber nacido ya el bebé? Había oído los gritos procedentes de las dependencias de Julia. Le atormentaba la espantosa sensación de que algo iba mal. Dios, como la perdiera...

La puerta de la biblioteca se abrió y lady Lambert entró.

—¿Y bien? —musitó Nick.

Angela sacudió la cabeza.

—Aún no. Me ha pedido que vuelva usted a la posada. Si le necesita, se lo haremos saber.

Una súbita decepción lo arrolló.

—¿No quiere verme?

Los ojos de Angela se llenaron de compasión.

—Lo lamento, su excelencia. Si lo requieren antes de mañana, le avisaremos —le dijo girándose para marcharse.

Pasó justo lo que se temía. Julia no lo quería ni lo necesitaba. Se había equivocado, había sido un estúpido por dar por sentado que ella estaba embarazada de otro hombre. Le había dicho unas cosas… Le daba miedo que nunca lo perdonara, porque bien sabía Dios que él jamás se perdonaría a sí mismo.

Por esa razón se había mantenido alejado aquellas últimas semanas. A juzgar por la fecha del parto, no cabía duda de que el niño era suyo. ¿Cómo iba a mirar a la cara a la madre de su hijo, sabiendo lo que había llegado a decir? Julia tenía todo el derecho del mundo de odiarlo, cosa que al parecer hacía ya.

—Podríamos quedarnos, diga lo que diga lady Lambert —soltó Fitz, sentado junto al hogar, hojeando una biografía de Jonathan Swift.

Nick se desplomó en un sillón, puso los codos en las rodillas y apoyó la cabeza en las manos. Se había presentado en su puerta hacía un rato, había pedido verla. Había sido horrible estar en el pasillo oyendo sus gritos de dolor. Su único pensamiento había sido ofrecerle consuelo, por poco que fuera. Pero Theo le había dicho que en ese momento Julia no quería verlo, que esperara en la biblioteca y que su mujer quizá cambiara de idea.

Pues por lo visto no había cambiado de idea.

Parecía como si aquella casa se mofara de él. No había sido bien recibido en vida de sus padres y nada había cambiado ahora que estaban muertos. Su mujer tampoco lo quería allí.

Tampoco podía culparla. La culpa de lo que había hecho llevaba varias semanas consumiéndolo. A duras penas dormía ni probaba bocado, consciente de que no tardaría en llegar el día en que tendría que hacer frente a Julia. ¿Qué decirle para disculparse?

Y ahora ella lo había echado. Se le contrajo el pecho y se maldijo por enésima vez.

—Estaré en la posada. Avísame cuando…

Fitz asintió.

—Lo haré. Tenga cuidado durante el trayecto de vuelta.

—Llevo un revólver cargado, Fitz. Estaré bien.

Apesadumbrado, Nick se levantó y se dirigió hacia la puerta principal. Thorton apareció de la nada.

—Mi caballo, Thorton.

—Muy bien, su excelencia.

Se fue por el pasillo, dejando a Nick de nuevo mano sobre mano.

Tal vez fuese lo mejor; de todos modos, ¿qué sabía él de bebés? Al marcharse, el duque de Colton solamente tenía un objetivo en mente: ponerse ciego de alcohol.

*T*odo se inclinaba y daba vueltas. Algo iba mal. El embotamiento mental de Nick se disipaba muy ligeramente, lo justo para darse cuenta de que no tenía los pies en el suelo, y, sin embargo, se estaba moviendo. Notaba unos pasos pesados, pero no eran los suyos. Intentó abrir los ojos y, como no pudo, se echó a reír.

—¡Señor!

La voz era grave y le resultaba un tanto familiar.

—¿Fish? —preguntó Nick, fracasando en su segundo intento por hacer que sus párpados cooperasen.

—Soy yo, su excelencia. Le pido disculpas por lo que voy a hacer.

Nick no lo entendió, las palabras se embrollaron irremediablemente en su cabeza; de manera que se relajó…

Le echaron agua helada en el cogote, arrancándolo de su estupor. Procuró apartarse, pero sus brazos no quisieron levantarse. Solo fue capaz de sacudir el cuerpo para que el agua parase, pero el agua fría siguió cayendo a chorros sobre él hasta que casi no pudo respirar.

No sabía cuánto había durado aquello (una eternidad), pero por fin se alejó tambaleándose, calado hasta los huesos, y consiguió abrir los ojos.

—¡Maldita sea! ¡Para! —gritó y se retiró el pelo mojado de la cara.

Fitz soltó el mango de la bomba de la posada y el agua se redujo a un hilito y paró.

—Hacía años que no lo veía tan desastrado. Estaba tumbado boca abajo en el suelo de su cuarto, cuando lo encontré.

¡Ah…! Nick empezó a recordar. La mansión Seaton. La posada. Julia y el…

—¿Ha… tenido el bebé?

Fitz sonrió.

—Sí. Es una niña. Felicidades, su excelencia.

Una niña. Su hija. A Nick le flaquearon las piernas y cayó desplomado al suelo. ¡Maldita sea! Era *padre*.

Aunque aún tenía el cerebro embarullado, el horror y el miedo se apoderaron de él. No sabía hacer de padre. Y era evidente que ni siquiera sabía hacer de marido. ¿Cómo tenía que actuar? ¿Qué tenía que hacer?

—Lady Carville mandó a buscarlo. Será mejor que volvamos a la mansión.

Nick se sentó en el suelo de tierra del patio de la posada. Estaba hecho un desastre y, pese a la ducha fría, medio ido.

—Antes tengo que arreglarme. Ayúdame a levantarme, Fitz, ¿quieres?

Una hora y media después, Nick se había despejado considerablemente. Se había bañado, afeitado y vestido, dejando entretanto que su ayuda de cámara le sirviera un té bien cargado detrás de otro. Su estado era lamentable. La cabeza le retumbaba de forma rítmica detrás de los ojos y se le revolvía el estómago solo con pensar en comer. Pero estaba deseoso de volver a la mansión, de manera que pronto se encontró a lomos de *Charon*, cabalgando hacia su casa solariega.

—¿La has visto?

—¿A su hija? —inquirió Fitz. Cuando Nick asintió, este sonrió—. Sí. Tiene la cabeza llena de pelo negro y un buen par de pulmones. Diría que se parece a su padre.

Nick sintió un pinchazo en el estómago. Debería haber estado allí, debería haber esperado en la mansión para ver a su hija. No hacía ni un día que se había estrenado en la paternidad y ya le había fallado.

¿Y su mujer? ¿Cómo reaccionaría Julia a su presencia? Fitz le había dicho que Theo había enviado a alguien a buscarlo. ¿Significaba eso que Julia lo quería allí o volvería a decirle que se fuera?

¡Dios, qué desastre!

Lo que era indudable es que, si Julia no lo perdonaba, se iría al continente lo antes posible. Lógico. Julia había dejado claro que no lo necesitaba, y él ya había puesto en orden las cuentas de la finca; su mujer jamás volvería a pasar estrecheces. Así pues, ¿de qué servía quedarse en Inglaterra?

Cuando por fin llamó a la puerta de su mujer, no sabía lo que se encontraría. ¿Lo recibiría siquiera?

La puerta se entreabrió y apareció la cara redonda de Theo.

—Pase, su excelencia —susurró llevándose un dedo a los labios.

Nick entró y vio un diminuto fardo en brazos de lady Carville. Se le cortó la respiración. La cabeza del bebé estaba cubierta de pelo moreno ensortijado. Nick no podía dejar de mirar esa carita delicada de pestañas largas y oscuras que descansaban sobre las mejillas mientras dormía.

Theo cogió a Nick del brazo y pasaron por delante de la cama de Julia, donde su esposa en ese momento dormía. Tenía ojeras, la piel de un blanco fantasmal. Parecía exhausta.

Entraron en la salita de Julia, y Theo cerró la puerta.

—Perdone que le pregunte, pero ¿dónde diablos estaba? —Theo lo fulminó con dureza pese a que siguió hablando en voz baja—. Julia lo necesitaba, su excelencia.

Nick frunció las cejas.

—¿De qué me está hablando? Me dijo que me fuera y anoche volví a la posada.

Theo suspiró profundamente y puso los ojos en blanco.

—Pues le estuvo llamando. Durante *horas*. Lo ha pasado mal y quería verlo.

Seguramente le quedaba más alcohol del que creía en el sistema, porque aquello no tenía ningún sentido.

—Lady Lambert me dijo…

Y entonces lo entendió. Se pellizcó el puente de la nariz. ¿Por qué había dado por sentado que Angela decía la verdad? Él mejor que nadie debería saber lo embustera que era, pese a su insistencia en que había cambiado.

—Soy un idiota —dijo entre dientes.

—Sí lo es, sí. Ahora siéntese que le daré a su hija.

Nick se quedó helado.

—¡Ah, no…! No…

—Paparruchadas. —Theo lo condujo hasta un balancín colocado junto a la ventana—. Siéntese.

Nick obedeció, aunque casi incapaz de respirar. Seguro que con esas manazas le haría daño a una cosita tan pequeña ¿no? Además, no sabía ni sostener a un bebé.

Theo le dio unas cuantas instrucciones sobre cómo colocar los brazos y acto seguido le entregó con cuidado el diminuto fardo. ¡Dios del cielo, qué pequeña era! Y *bellissima*, como dirían los venecianos. Su hija se acurrucó en sus brazos y a Nick se le hizo un nudo en la garganta.

—Se llama Olivia —susurró Theo.

Él asintió, incapaz de hablar ni de mirar a otro sitio que no fuese la adorable cara rosa de su hija. La perfección de sus rasgos, desde su diminuta nariz al delicado arco de su labio superior, le recordaban a Julia. El pelo, sin embargo, era suyo.

Los remordimientos le obstruyeron los pulmones. Julia lo había necesitado; al parecer, lo había estado llamando durante horas. Anoche debería haber estado ahí con ella, y con Olivia. Y él esperando que ella lo perdonara; Julia debería mandarlo azotar. ¿Cómo podía haber sido tan estúpido?

Hoy se las veía con lady Lambert.

Theo le dio unas palmaditas en el hombro.

—Volveré, su excelencia. Tengo que ir a ver a mi sobrina. Siga así.

Nick continuó meciéndose mientras contemplaba el pecho de su hija subiendo y bajando. Se le pusieron los ojos sospechosamente llorosos. Le parecía surrealista pensar que aquella criatura perfecta era parte de él. ¿Qué había hecho para merecer algo tan precioso?

De haber sabido que Julia lo necesitaba anoche, nada le habría apartado de la mansión. Pensaba decírselo tal cual, disculparse a cada minuto, a cada hora hasta que su esposa lo perdonara. Quizá no recuperaran lo que en su día tuvieron en Venecia, pero estaban atados de por vida, tanto por su matrimonio como por su hija. Se lo haría entender.

En aquel momento, sin embargo, se conformaba con estar ahí sentado con su hija y sostenerla en brazos mientras dormía.

Al cabo de unos veinte minutos, Theo volvió.

—Su mujer está despierta, por si quiere verla.

Se inclinó y le quitó a Olivia de los brazos, dejándole a Nick pocas opciones más que hacer frente a Julia.

Él cruzó la puerta y entró en la habitación contigua. Recostada en unos cojines y bebiendo té a sorbos, su mujer parecía cansada. Llevaba el pelo rubio recogido en un moño hecho de cualquier manera, y lo repasó con la mirada cuando entró.

—Está hecho unos zorros, Colton. Tuvo una noche divertida, veo.

La voz de Julia era ronca y áspera.

—No —dijo él en voz baja, cerrando la puerta al entrar para tener intimidad—. En absoluto. Me... me dijeron que no me quería aquí, Julia.

—Ahora ya no importa, ¿verdad?

—A mí sí que me importa. Me importa, y mucho.

Desplazó el peso de un pie a otro, esperando a que ella dijese algo más.

Como no dijo nada, avanzó hacia la cama.

—Me temo que le debo todas las disculpas del mundo. No puedo culparla de su ira ni de su resentimiento. Es evidente que jamás debí dudar de su palabra.

Ella le lanzó una mirada inexpresiva carente de toda emoción.

—¿Eso es todo? Si ya ha terminado, me gustaría dar de mamar a Olivia.

Nick por poco torció el gesto ante la falta de sentimiento en su voz, pero siguió con determinación.

—Es preciosa.

Julia sonrió, una sonrisa sincera que le suavizó el rostro y a Nick le trajo a la mente la encantadora mujer de Venecia.

—Gracias.

Se hizo un violento silencio. Nick entrelazó las manos a la espalda.

—He pensado en hacer que traigan mis cosas de la posada.

—¿Se va a instalar en la mansión? —Julia frunció el entrecejo—. ¿Cuánto tiempo?

Él se encogió de hombros. Lo cierto era que se le acababa de ocurrir la idea. En algún momento dado, con su hija en brazos, había decidido quedarse a luchar; pero no le hablaría a Julia de sus planes. Aún no.

—Es mi casa, ¿sabe? Y se come mejor aquí.

—Cosa que al parecer no le ha supuesto problema alguno estas tres últimas semanas que ha estado escondido.

O sea, que lo sabía.

—No me he escondido, pero no quería ser un estorbo para usted ni para el bebé antes del parto. Ha sido por consideración a su persona que me he mantenido al margen.

Ella resopló.

—¿Consideración? Debe de pensar que soy dura de entendederas. Le ruego que nos ahorre las monsergas y regrese a Londres, Colton.

—Todavía no —repuso él. La conversación cuando menos le había devuelto cierto color a las mejillas—. En ocasiones, lo enojoso es por lo que más vale la pena luchar.

Dicho lo cual, hizo una reverencia y continuó hasta su habitación.

Dejaría que su mujer le diera vueltas a eso.

Llamó a Fitz por la campanilla y se plantó delante del espejo. En efecto, estaba hecho unos zorros. Se echó agua fría en la cara y se secó con una toalla.

Cuando este llegó a los pocos minutos, Nick le ordenó que hiciera traer sus cosas de la posada.

—Entonces, ¿se queda aquí?

Nick asintió.

—Así es.

—Ya era hora, si no le importa que se lo diga.

—¿Acaso no dices siempre lo que te da la gana, Fitz? —masculló con sequedad—. Pero antes de que te vayas necesito que te ocupes de algo muy importante.

15

Hay ocasiones en que las evasivas son necesarias para darle una lección.

Señorita Pearl Kelly a la duquesa de Colton

*N*ick estaba hojeando un libro cuando lady Lambert entró en la biblioteca.

—Tome asiento —le dijo Nick sin siquiera tomarse la molestia de levantarse.

No se mostraría respetuoso ni amable con ella, no. De hecho, quería que se sintiera lo más violenta posible, de modo que dejó intencionadamente que el silencio se prolongara unos instantes. Por fin cerró el libro, lo dejó en una mesa auxiliar y la miró a los ojos.

—No me explico a qué jugó anoche, señora. En realidad, dudo que creyera o disculpara ninguna explicación que pudiera darme. Desconozco aún por qué lo ha hecho, pero ha utilizado el nacimiento de mi hija para tramar cierta venganza contra mi persona.

Ella le sonrió con astucia.

—Aunque Julia tuviese un momento de debilidad y le llamara, yo sé que en realidad no lo quiere. Se lo he oído decir en numerosas ocasiones.

—Si bien puede que eso sea cierto, no era usted quien tenía que decidirlo. No consentiré que interfiera en mi matrimonio.

—¿Su matrimonio? —dijo ella con una carcajada—. Su matrimonio es una farsa, su excelencia. —Se puso de pie y avanzó despacio hacia él—. Venga… —ronroneó ella, y a Nick se le erizó el vello de la nuca—. Ahora nada se interpone en nuestro camino. Harry está muerto y su mujer no lo soporta. Por fin podemos estar juntos, como siempre planeamos.

¡Diantres! Nick se levantó veloz de la silla y se puso detrás de esta; la madera haciendo de barrera entre su cuñada y él.

—No planeamos nada semejante, señora. Hace nueve años le dije que no la quería y nada ha cambiado eso, ni tan siquiera la muerte de Harry.

—No le creo. Hasta Harry sabía que había algo entre nosotros.

Nick apretó los puños, sus músculos tensándose. La culpa por la muerte de su hermano era una sombra oscura sobre su alma.

—Jamás hubo nada entre nosotros y lo que sea que Harry creyera fueron mentiras salidas de su boca.

—¿Es que no lo entiende? Aún no es demasiado tarde para nosotros.

—Quiero que se vaya de esta casa, Angela. —Nick fue a zancadas hasta el tirador de la campanilla y llamó a Thorton—. No consentiré que difunda más mentiras.

Apareció Thorton.

—¿Sí, su excelencia?

—Que venga Fitz y acompañe a lady Lambert a la casa pequeña.

Angela ahogó un grito mientras Thorton cerraba la puerta.

—¡No hablará en serio!

—Pues sí. Y si no tuviese a mi hermano en tan alta estima, la dejaría en la calle después de lo que ha hecho, así que ya puede estar agradecida de que le permita quedarse en la casa pequeña. Su doncella recogerá sus cosas y se las mandará.

—Colton, sea sensato…

—Estoy siendo más que sensato —le soltó él—. Pero si vuelve a inmiscuirse alguna vez en mi vida familiar, la desheredaré y no le daré ni un cuarto de penique. Se verá en la calle y tendrá que arreglárselas usted sola.

Los labios de lady Lambert se tensaron.

—No sería capaz.

—Soy capaz de eso y más, señora. Prometo dejarla en la ruina, como ocasione más problemas en esta casa.

Llamaron a la puerta y Nick gritó:

—Adelante.

Fitz entró, su expresión verdaderamente severa.

—¿Me llamaba, su excelencia?

—Acompaña a lady Lambert a la casa pequeña, Fitz.

—Muy bien —dijo y cruzó los brazos sobre su enorme torso; y esperó.

—Nick, por favor…

Él alzó una mano.

—Soy «su excelencia». Y quiero que se marche de esta casa, señora, y no vuelva nunca más. —Nick miró a Fitz—. Si se niega a irse o te causa el más mínimo problema, tienes mi permiso para echártela al hombro y llevártela de aquí.

—¿*Que* ha hecho *qué*?

Julia echó el cuerpo hacia delante, deseosa de oír más mientras daba unas suaves palmaditas a Olivia en la espalda.

Theo asintió.

—La ha echado de casa. Le ha dicho a Fitz que, en caso necesario, la sacara como un saco de harina. Dice Fitz que echaba chispas, que ha estado rabiando todo el camino hasta la mansión pequeña.

Resultaba difícil compadecerse de Angela, pensó Julia, después de mentir deliberadamente. Estaba tan furiosa como Nick por el engaño de aquella mujer y pretendía obtener respuestas del porqué en cuanto tuviese ocasión. La cosa tendría que esperar, sin embargo, a que se hubiese recuperado del parto. Depositó un tierno beso en la frente de Olivia y se recostó en los cojines que tenía detrás.

—¿Ha vuelto Colton a verte?

—No. Desde ayer no.

No contaba con ver mucho a su marido, estuviese o no en la casa. Ella estaría postrada como mínimo varios días más, y cenaría en su cuarto.

No obstante, la acuciaba una pregunta: ¿por qué estaba Colton ahí? Había merodeado por el pueblo desde semanas antes del parto, incapaz siquiera de dormir bajo el mismo techo que su mujer, ¿por qué no volver entonces a Londres, ahora que su hija había nacido?

Julia bajó la mirada hacia Olivia, plácidamente dormida en su pecho. No cabía en sí de amor y de orgullo. No, no le había dado un heredero a Colton (aunque tampoco es que él lo quisiese), pero de todas formas Olivia era adorable. Su hija siempre sería un recordatorio de aquellos maravillosos siete días en Venecia.

Antes de que todo se torciera de mala manera. No había esperanza de arreglar su matrimonio. El perdón no llegaría jamás, por lo menos por parte suya. Las cosas habían ido demasiado lejos. Nick había sido cruel y encima la había ignorado cuando a ella más falta le había hecho él. Aquel hombre era un grosero, un arrogante y un vanidoso redomado. Por mucho que de día su corazón lo añorase (y de noche su cuerpo suspirase por él), no podía olvidar los meses anteriores. No, le había roto el corazón una vez; no se arriesgaría a que volviera a pasarle.

Llamaron a la puerta y la señora Larkman asomó la cabeza.

—¡Ah, qué cosita! —dijo la niñera de Olivia en voz baja mientras se acercaba a la cama—. Deje que la coja, su excelencia, y la acueste.

Alargó los brazos para quitarle a Julia con cuidado el bebé durmiente.

—Gracias, señora Larkman —susurró Julia, y le tiró un beso a su hermosa pequeñaja.

—Se desenvuelve muy bien esa mujer —comentó Theo una vez que la señora Larkman hubo abandonado la habitación.

—Pues sí, la verdad. Me cae estupendamente y parece que de verdad adora a la pequeña Olivia. —Julia levantó su taza de té y se quedó mirando a su tía—. Te prometo, Theo, que nunca te había visto tan bien. Estás absolutamente radiante. Y estas últimas semanas no has bebido tanto. —Su tía abrió mucho los ojos por la sorpresa y Julia sonrió—. Me he fijado, sí, pillina. Supongo que no hace falta que te pregunte qué tal tu relación con Fitz.

Theo sonrió de oreja a oreja.

—Estoy feliz. Es un buen hombre. De hecho, si no me necesitas...

—Vete —ordenó Julia sonriendo también—. De todos modos quería echar una cabezada.

—Muy bien, querida. Descansa un poco y paso luego a verte.

Le dio a Julia unas palmaditas en el brazo y se marchó.

No mucho después estaba casi dormida cuando la puerta que daba a la habitación contigua, la de su marido, se abrió.

Abrió rápidamente los párpados y vio a Colton entrar tan tranquilo, pura arrogancia masculina; se le tensaron los hombros en el acto.

—¿No llama a la puerta, esposo mío?

Él arqueó una ceja negra y una tenue sonrisa curvó sus labios.

—No.

Contrariada, Julia se arrellanó más en la cama y cerró los ojos.

—Estoy echando una cabezada, Colton; conque si no le importa…

—No pretendo quedarme. Solamente quería preguntarle por su salud y traerle algo de lectura.

Julia echó un vistazo y vio un librito en sus manos. ¿Colton… siendo atento? Pues bien, estaba perdiendo el tiempo. Cerró los párpados.

—Estoy bien. Déjelo encima de la mesilla de noche cuando salga.

Sus pasos se aproximaron y Julia oyó un ruido sordo.

—Es uno de mis favoritos —dijo Nick—. Lo he encontrado en la biblioteca.

Entonces Julia notó su enorme mano acariciándole con suavidad la frente, y la familiar fragancia de su jabón le llenó los sentidos. Tuvo que hacer esfuerzos para permanecer quieta.

¿Qué se proponía Nick? Se retiró sin decir nada más, y la puerta se cerró a sus espaldas. Como dormir ya no era una opción, Julia clavó la mirada en el techo y se puso a pensar en el comportamiento de su marido. Por curiosidad, echó mano del libro. Era el *Tancrède* de Voltaire, la obra de teatro en la que Rossini basó su *Tancredi* (un recordatorio no muy sutil de la primera ópera a la que habían asistido juntos en Venecia).

Julia se enterneció unos instantes, el corazón tontamente encogido. Estaba claro que Colton era encantador cuando quería, pero ella debía procurar mantenerse impasible; no correría el riesgo de amar a un hombre tan poco merecedor de ese sentimiento.

Aunque siguiera deseándolo con cada aliento.

El reloj dio la una, el solitario sonido reverberó en la oscuridad de la habitación de Julia. Parpadeó, exhausta pero incapaz de dormir. Hacía tres semanas que había dado a luz a Olivia. Le apasionaba cada preciado minuto que ejercía de madre, desde sostener y dar de mamar a su hija hasta contemplar simplemente la carita perfecta de la niña mientras dormía. Los ratos que no estaba con ella, los pasaba anhelando poder abrazar de nuevo a su bebé.

Pero no era lo que añoraba a su hija lo que la mantenía despierta esa noche. No, era otra persona la responsable de la ansiedad que la tenía dando vueltas en la cama. Era su marido quien la inquietaba.

Cada vez que estaba sola aparecía Nick. Se interesaba por su salud, le preguntaba por Olivia, le traía exquisiteces de la cocina, hasta le había traído otro libro para leer. Ese día le había llevado una flor: dalia, había dicho que se llamaba. Una adquisición bastante reciente para los jardines de la mansión Seaton; su forma absolutamente redonda estaba constituida por puntiagudos pétalos de color rojo intenso.

Julia no sabía qué pensar de la atención que le dispensaba. En ningún momento intentaba nada físico ni la tocaba en modo alguno, no desde que le había pasado la mano por el pelo; más bien parecía encantado de pasar tiempo con ella, casi como si la estuviese *cortejando*. Fuese por el motivo que fuese, su presencia le resultaba desconcertante.

De hecho, ella podría haber reanudado sus cenas en el comedor por las noches, pero había seguido comiendo en su cuarto. Era pura y simple cobardía; el deseo de pasar con su marido el menor tiempo posible.

Ya que estaba despierta, decidió subir a ver a Olivia al cuarto infantil. Se puso una bata y cogió una vela, y salió sigilosamente al pasillo. La casa estaba silenciosa, todo el mundo acostado hacía rato. Subió rápidamente las escaleras y avanzó hasta la habitación que Sophie y ella habían decorado con tanto esmero.

De la puerta abierta del cuarto infantil se colaba un tenue resplandor amarillo, señal de que la señora Larkman ya debía de estar allí.

Conforme Julia se acercó, le sorprendió que llegase al pasillo una profunda voz masculina. Era... Nick. Por el amor de Dios, ¿qué hacía allí? No dudó en apagar la vela, se detuvo junto a la puerta y echó un vistazo.

Su marido estaba tranquilamente sentado en una mecedora junto al hogar, una Olivia durmiente en sus grandes brazos. Su hija estaba acurrucada contra el pecho de Nick mientras este se mecía con suavidad. Se había quitado el abrigo, y llevaba una camisa de hilo blanca, corbata y chaleco de color rojo rubí. Al ver su oscura cabeza inclinada tan cerca de su hija, la emoción se apoderó de ella y de repente se le llenaron los ojos de lágrimas. Se apartó de la puerta para evitar ser vista y se quedó quieta, escuchando.

—... y en la parte este de la casa están las rosas, Livvie. —¿Livvie? ¿Ya le había puesto un apodo a su hija?—. Todas de distintos colores: rosa, blanco, rojo. Pero si decides coger una, cuidado con las espinas. Verás, tu madre prefiere las gardenias, por lo menos para su perfume. Esas las tenemos en el invernadero. Algún día te las enseñaré.

Al oír la alusión a su perfume, Julia sonrió. No pensaba que Nick se fijaría en algo tan trivial.

—Te las enseñaré, sí. Haré cuanto esté en mi mano para no fallarte nunca —dijo su marido en voz baja—. No sé muy bien qué clase de padre seré. Mi padre... no fue un gran ejemplo. Solo lo veía unas cuantas veces al año y hasta esos encuentros eran desagradables. Mi hermano solía decir que yo era un afortunado porque no tenía que soportar el sinfín de normas relativas a cosas tales como el deber y el honor. Yo era libre de ir de aquí para allá y de hacer lo que me venía en gana, y supongo que era cierto.

»Te habría caído bien Harry, mi hermano. Habría sido mejor duque, eso seguro. Harry siempre hacía lo correcto.

Pasó a hablarle a su hija del invierno en que su hermano había impedido que se ahogara en el estanque. Nick, pese a que Harry había intentado disuadirle, se empeñó en caminar sobre el hielo. Cuando este se resquebrajó y él se cayó dentro, Harry buscó una rama de árbol y lo sacó del agua helada, abroncándole por memo e irresponsable.

Julia sonrió y se dio cuenta de que sus mejillas estaban húmedas. Esta era una faceta de su marido que él raras veces destapaba delante de nadie, y la estaba compartiendo ahí, en plena madrugada, con Olivia. Se enjugó las lágrimas con la mano, secándose la cara, y una mano se posó suavemente en su hombro.

Se tapó la boca con la mano para ahogar un grito, sobresaltada. Sintió un gran alivio cuando vio a la niñera, la señora Larkman, a su lado.

—Viene todas las noches más o menos a esta hora —susurró la señora Larkman haciendo un movimiento de cabeza hacia el cuarto infantil—. Su excelencia se sienta con ella cerca de una hora para darme un respiro, dice. —Le dio un golpe en el brazo a Julia con el codo—. El duque queriéndome dar un respiro, ¿qué me dice, su excelencia? Aunque me lo guardo para mí; no quisiera dar que hablar al servicio.

Ambas asomaron la cabeza. Ahora despierta, Olivia había rodeado con su manita rosa en miniatura uno de los grandes dedos de Nick, y él la miraba sonriente. A Julia se le derritió el corazón. Ella pensando que él no se interesaba por su hija cuando en realidad cada noche pasaba un rato con el bebé.

—¿Ha visto algo más hermoso? —musitó la señora Larkman.

—No, la verdad es que no —contestó Julia, la cabeza dándole vueltas. Necesitaba tiempo para reflexionar sobre lo que había visto y oído. Nick era... desconcertante. Julia se apartó de la puerta—. Creo que lo mejor será que vuelva a la cama. Buenas noches, señora Larkman.

Julia encendió de nuevo la vela en un aplique antes de volver sigilosamente hacia las escaleras.

Al día siguiente durante el desayuno aún estaba dándole vueltas a la transformación de su marido. No le había entrado sueño hasta primera hora de la mañana. Cada vez que cerraba los ojos visualizaba a Nick sosteniendo a Olivia en brazos y sonriéndole con ternura. Quiso odiarlo, pero la imagen siguió reproduciéndose en su mente y la rabia que había albergado durante tanto tiempo empezó a disiparse.

Pero ¿podía permitirse que desapareciera del todo? ¿Cómo iba a confiar en él después de lo que había dicho y hecho?

En su día confió y él le había escupido ese amor y esa confianza en la cara, la había llamado de todo y la había echado de su vida. Nick le había roto el corazón. Julia no quería volver a darle a nadie el poder de hacerle tanto daño. Había sido demasiado doloroso.

¡Cielos, cómo deseaba que se fuera! Sería mucho más fácil no tener que verlo a diario, pero como estaba claro que no tenía pensado irse, ya era hora de averiguar qué estaba haciendo ahí.

*A*vanzada la mañana, Julia llamó a Thorton para averiguar el paradero de su marido.

—Su excelencia y el señor Fitzpatrick están practicando esgrima en el salón de baile —le informó el mayordomo.

Le vino a la memoria un recuerdo fugaz de Nick sudoroso y medio desnudo practicando esgrima en Venecia. Recordó cómo sus músculos se contraían y se relajaban mientras sus pies se arrastraban por el suelo. Se le aceleró la respiración al recordarlo. El deseo de volver a verlo así era fuerte, más fuerte incluso de lo que ella percibía.

Lo que significaba que era una idea peligrosa.

—Thorton, por favor, que su excelencia se reúna conmigo en la biblioteca cuando haya terminado.

—Muy bien, su excelencia. ¿Quiere que pida también que traigan té?

—No —le soltó ella, su voz áspera. No sería un encuentro distendido—. Gracias, Thorton —añadió en un tono más suave—, pero no será necesario. No pretendo robarle demasiado tiempo a su excelencia.

Julia se fue a la biblioteca a esperar. Eligió un libro de poesía para pasar el rato, pero recordó lo mucho que detestaba la poesía. Dejó el libro a un lado y justo acababa de cambiarlo por una novela cuando se abrió la puerta.

Nick entró con resolución en el cuarto, cada paso que daba con sus largas piernas denotaba una confianza absoluta. Con el pelo moreno retirado de su rostro de facciones duras, únicamente llevaba una fina camisa de hilo y unos calzones; ambos húmedos ahora por la transpiración y ceñidos a su ágil cuerpo. ¡Cielo santo! Estaba imponente. Ella tragó saliva y se propuso no fijarse.

—Disculpe por venir sin bañarme antes, pero me ha dicho Thorton que quería verme.

¿Eran imaginaciones suyas o había esperanza en los ojos de Nick?

Julia carraspeó.

—Así es. ¿Le parece que nos sentemos?

Ella volvió a sentarse en el sofá y él se dejó caer en una silla.

Julia no tenía clara cuál era la mejor manera de empezar. Al ver que el titubeo se prolongaba, Nick arqueó una ceja con arrogancia. Ella se puso rabiosa.

—¿Por qué sigue aquí?

—Porque aún no me ha dicho qué quiere.

Ella puso los ojos en blanco.

—No se haga el obtuso. Sabe perfectamente a qué me refiero. A la mansión Seaton, Colton. ¿Por qué sigue aquí?

Su pregunta directa pareció pillar a Nick desprevenido, pues se movió intranquilo y se frotó el mentón.

—Es *mi* casa. ¿Acaso no soy bienvenido aquí?

Ella reprimió el impulso de zapatear el suelo.

—Tiene otras tres propiedades repartidas por Inglaterra, además del palacete de Londres. Está *aquí* por alguna razón y me gustaría saber cuál es.

Pasó un buen rato. Por el músculo contraído de su mandíbula, Julia dedujo que Nick andaba a vueltas con su respuesta. Pero ella permaneció en silencio, intrigada por lo que diría.

—No lo sé —contestó al fin, su voz grave y dulce—. Tal vez esté aquí por usted. Por Olivia.

Julia sintió una gran emoción en el pecho, pero la reprimió. Todo esto llegaba con demasiadas semanas de retraso. Se levantó y se puso a andar de un lado a otro.

—Fruto de su desmedida ira me ordenó venir aquí y luego me ignoró durante *siete* meses. ¿De veras creía que, cuando decidiese volver, lo recibiría con los brazos abiertos? Si bien no le privaré del contacto con su hija, *jamás* le perdonaré lo que ha sucedido entre nosotros.

La mirada gris de Nick era triste y solemne.

—He pedido disculpas por mi parte de responsabilidad en lo sucedido, Julia. Si pudiera retroceder y hacer las cosas de otra manera, lo haría.

—Pues aunque yo lamento haberlo engañado, no me arrepiento de lo que he hecho.

¿Cómo iba a arrepentirse, teniendo a Olivia como resultado de ello?

—¿Prefiere que me marche entonces?

«Sí», quiso decirle. «Márchese antes de que mi determinación me abandone.» Pero recordó sus visitas nocturnas a Olivia. Sería una crueldad innecesaria privarles a ambos de esos ratos.

—No, pero quería que supiera cómo me siento. Nos veremos en las cenas, naturalmente, y me gustaría que nuestra relación fuese... cordial. Por el bien de Olivia —se apresuró a añadir—. Pero le ruego que deje de dispensarme atenciones durante el día. No quiero pasar tiempo, a solas, con usted.

Una máscara de cortesía, el rostro de Nick no traslució sus pensamientos íntimos.

—Muy bien. Como guste, señora. ¿Eso es todo?

Julia asintió, recordando que sería lo mejor. Su marido se levantó, le dedicó una cortés reverencia y salió de la habitación.

*N*ick subió la escalera principal zapateando con fuerza. La ira y la frustración le anudaban la garganta y dio la vuelta para volver a la planta baja. Un baño, donde no haría más que pensar, no era lo que necesitaba en aquel momento. No, unos sentimientos turbulentos le retorcían las entrañas y había que expulsarlos o, de lo contrario, se volvería loco. Caminó a trancos hacia la parte posterior de la casa, en dirección a los establos.

Por el camino pasó junto a Fitz. Algo detectaría su amigo en su cara, porque cambió de rumbo y acomodó su paso al de este.

—Vete —gruñó Nick.

—¿Está seguro?

—Absolutamente.

Fitz lo ignoró, como de costumbre, y anduvo a su mismo paso hasta los establos, donde Nick dio con un mozo y le ordenó que ensillara a *Charon*.

Fitz desapareció brevemente en un box mientras Nick paseaba por el barro, esperando su montura, y la sangre le aporreaba las orejas. El clima de octubre era un tanto fresco y él no llevaba más que una fina camisa, pero ni lo notó. Necesitaba huir. Sentir el viento en la cara. Extenuarse.

Después de que se subiera a lomos de *Charon*, Fitz le alargó enseguida un zurrón.

—El whisky irlandés más fuerte que encontrará, su excelencia. Y como no vuelva dentro de dos horas, iré a buscarlo.

Demasiado ofuscado para discutir, Nick asintió, ató el zurrón a la silla y espoleó al caballo. *Charon* salió como un rayo hacia la campiña ondulante.

El aire le azotaba la piel mientras el imponente caballo abría el suelo con sus enormes cascos. Nick inclinó el tronco sobre el cuello de *Charon* y ciñó los costados del animal con los muslos, su mente concentrada únicamente en permanecer sentado.

Para cuando aminoró la marcha cerca del río, tanto *Charon* como él estaban empapados de sudor. Fue al paso hasta el agua y entonces descabalgó, tirando las riendas al suelo.

Zurrón en mano, Nick se dejó caer en la ribera de arena. Introdujo la mano en la bolsa, extrajo la botella y la abrió. Cuando el primer buche llegó a su garganta, un fuego líquido descendió hasta su estómago. Tomó aire. ¡Maldición! Fitz había hablado en serio como los pastores en domingo, pensó, los ojos llorándole ligeramente. Era la bebida más fuerte que había probado en algún tiempo.

Y justo lo que necesitaba. Tomó otro gran trago de la botella.

«Jamás le perdonaré lo que ha sucedido entre nosotros.»

Llevaba tres semanas procurando romper el hielo entre ellos, intentando comportarse como un marido decente, amable y respetuoso; y había fracasado. Desde el primer momento, su esperanza había sido hacerle entender que lo sentía de corazón.

Era un idiota por haberlo intentado. Aquellas palabras (decente, amable, respetuoso) no habían estado asociadas a su persona en toda su vida. ¿Acaso no se lo habían dicho sus padres una y otra vez? No tenía la menor idea de ejercer de marido; así que, ¿por qué demonios se había visto capaz de desempeñar ese papel después de tanto tiempo?

Se dejó caer en la tierra blanda. La opresión del pecho se había reducido a un dolor sordo. Levantó la vista hacia las nubes grises que flotaban en el cielo y se puso a escuchar el suave borboteo del río.

Entendía perfectamente el enfado de Julia. Se había portado muy mal con ella. El bochorno de lo que le había hecho en Venecia a la madre de su hija, toda una dama que jamás había estado con otro hombre... casi le hizo vomitar. Lo que había dicho, lo que le había hecho hacer y le hizo a su vez, por no mencionar las acusaciones y la virulencia una vez de vuelta en Londres. No era de extrañar que no lo quisiera ni ver. Se odiaba a sí mismo tanto como ella a él.

Y aunque Julia lo quisiera, jamás podría ser el marido que ella necesitaba. Un marido que se arrimara a ella al abrigo de la noche, que apenas la tocase antes de poseerla con prudencia bajo las sábanas; la mera idea era absurda.

Claro que tampoco podía tratarla como a la señora Leighton. Era su mujer, no una zorra (aun cuando se hubiese comportado brevemente como tal), y no podía descubrirle su naturaleza más primitiva como había hecho en Venecia. No podía faltarle al respeto de esa forma.

El problema ciertamente alarmante, sin embargo, era que no lograba olvidar a la señora Leighton (Julia). La deseaba con cada latido de su salaz corazón. Se había recreado con sus recuerdos tan a menudo en los últimos siete meses que a esas alturas debería haberla desterrado de su mente. Solo que la necesidad seguía intensificándose.

Empinando la botella, tomó unos cuantos tragos y un hilito de whisky le resbaló por la mejilla y cayó al suelo.

¿Cuándo finalizaría aquella tortura, por el amor de Dios? ¿Cuándo perdería el interés por ella, como le había pasado con infinidad de mujeres antes?

Una fuerza inexplicable lo atraía hacia ella, volviéndola totalmente irresistible. Tal vez fuesen su pasión y su valentía, o que decía lo que pensaba y le había plantado cara desde el principio. Si fuese un hombre mejor, harían una pareja perfecta.

El whisky se le agrió en el estómago. ¿Estaba... *enamorado* de ella? Tomó otro sorbo, con la esperanza de que la idea desapareciese. Como no lo hizo, soltó un gruñido. No era de extrañar que desde Venecia hubiese sido incapaz de estar con otra mujer. Se había enamorado, qué caray. Y de una mujer que jamás conseguiría.

Maldita sea.

Dios, qué gracia le habría hecho a su padre lo irónico del asunto. Le había dicho hasta la saciedad que ninguna mujer respetable estaría con él, con o sin título. Incluso la noche de su boda, le había reprochado su padre: «He tenido que pagar una fortuna por ella, mocoso desagradecido. Más vale que le hagas enseguida un par de criaturas, antes de que descubra que eres un tremendo fiasco y se encierre en su habitación».

Y es que era un tremendo fiasco. Basto, tozudo e iracundo, se había pasado casi toda la vida solo. Harry había sido la única persona por la que Nick sentía cariño, pero su relación se empañó a poco de casarse su hermano. Pese a los vehementes desmentidos por su parte, Harry había estado convencido de que él intentaba seducir a Angela, y aquella desesperación lo había llevado a quitarse la vida.

La culpa, el horror de hallar el cadáver de su hermano... Nick no podría olvidarlo jamás, ni perdonárselo. Con la botella en los labios, tomó un largo trago de whisky.

Y ahora lo había empeorado todo enamorándose de su esposa respetable, bella y ejemplar, que al parecer aborrecía su mismísima existencia. «¡Señor, qué desastre!», pensó Nick, que empezaba a ver todo un poco borroso. Perfecto. Puede que se quedara ahí a beber el día entero. Bien sabía Dios que no había nada esperándolo en la mansión.

Le vino Olivia a la memoria, y sintió el corazón henchido de emoción. Dulce y perfecta, su hija era su mayor tesoro. Nunca se había imaginado que sentiría tanto amor por un hijo, era casi incontenible. En su experiencia, a los niños se los ignoraba, pero él no se veía haciéndole eso a Livvie; tenía que crecer sabiendo que su padre la quería.

A lo mejor por eso no quería irse, todavía no. No quería repetir los pecados de sus propios padres. Olivia no debería sentir nunca que no era digna o que no la querían, o ninguna otra maldita cosa. Es posible que no quisiera tener hijos, pero pobre del que a esas alturas le arrebatara a Livvie.

De modo que no se acercaría a su esposa y continuaría yendo a ver a su hija por las noches, cuando podrían estar los dos solos. No necesitaban a nadie más. Tenía a Livvie y eso le bastaba.

La decisión debería haberle hecho sentir mejor, pero, curiosamente, no lo hizo. Tal vez otro trago le vendría bien.

16

Recuerde que a los hombres solo se les puede presionar hasta cierto punto.

Señorita Pearl Kelly a la duquesa de Colton

*T*ranscurrió un mes y Julia apenas vio a su marido un puñado de veces. Nick ya no cenaba con ellas por las noches y durante el día hacía su vida. Sabía por la señora Larkman que seguía yendo al cuarto infantil cada noche a pasar un rato con su hija, pero en ningún momento intentó verla a ella. De hecho, tenía sus dudas sobre dónde dormía, porque nunca lo oía en el cuarto contiguo.

Procuró no resentirse; después de todo, ella le había pedido que la dejase en paz, aunque no se imaginó que desaparecería del todo. Había supuesto que como mínimo continuaría presentándose a cenar; ¿en qué ocupaba el tiempo, pues?

Averiguarlo implicaría seguirlo, cosa que Julia se negaba a hacer, porque pasaba, en cambio, las tardes con Olivia y tía Theo. Su cuerpo ya se había recuperado totalmente del parto y podía dar largos paseos diarios por la finca, lo que hacía todas las mañanas.

Aquella mañana en concreto había quedado en ir a ver a Angela. El día anterior, lady Lambert le había escrito una nota, disculpándose por haberle dicho a Nick que se fuera la noche del nacimiento de Olivia y suplicándole que fuese a verla.

Habían pasado dos meses desde que Colton enviara a Angela a la casita pequeña, y la confusión y la rabia que sentía por lo ocurrido aquella noche no habían disminuido un ápice. ¿Cómo había sido capaz esa mujer, a la que tenía por amiga, de volverse contra ella en un momento tan decisivo? No tenía sentido. Ella jamás hubiese dicho que Angela fuera capaz de tamaña crueldad. Y mientras que nada de l,o que Angela pudiese decir justificaría su comportamiento, necesitaba oír de su propia boca *por qué* lo había hecho.

En la cocina, Julia estaba supervisando la preparación de una cesta con diversas exquisiteces y manjares cuando oyó el tintineo de unas llaves.

—Buenos días, su excelencia. ¿Se va de picnic?

La señora Gibbons, el ama de llaves, le sonreía cortésmente desde el otro lado de la estancia.

—Buenos días, señora Gibbons. Voy a ver a lady Lambert y he pensado que le apetecerá alguna que otra exquisitez de la cocinera.

El ama de llaves frunció las cejas.

—Es un paseo largo para ir sola, su excelencia, si no le importa que se lo diga. ¿Le digo a uno de los lacayos que la acompañe?

—No, no será necesario. La otra mañana llegué prácticamente hasta allí. Estaré bien.

—Si insiste, su excelencia. Hace bastante frío, conque llévese su capa de más abrigo.

Julia asintió.

—Lo haré. Gracias, señora Gibbons.

A los veinte minutos partió, llevaba una gruesa capa, sombrero, mitones y bufanda. En efecto, hacía frío, el viento de últimos de otoño soplaba entre unos árboles prácticamente desnudos. Hojas de todas las formas, todos los tamaños y colores se arremolinaban en el suelo cual alfombra, crujiendo bajo sus resistentes botas de media caña al andar.

El bosque se cernía sobre ella y procuró no pensar en su accidente. La verdad era que no se había aventurado por ese sendero desde entonces, pero no había de qué preocuparse. Había sido un episodio insólito, sin duda causado por su falta de equilibrio debido al embarazo.

Al otro lado de los gruesos árboles pudo ver la mansión pequeña en la cuesta de una colina. Era una estructura maciza y de ladrillo de dos plantas, con hiedra verde trepando por la fachada. Dado que ahí no había vivido nadie en bastantes años, a Julia no le sorprendió ver los jardines un tanto descuidados. Angela se había llevado consigo un par de sirvientes, pero adecentar la propiedad llevaría su tiempo.

Subió por el camino de acceso y reparó en un caballo que descansaba cerca. ¿Tenía Angela visita?

Antes de poder llegar a la puerta, le estalló un agudo dolor en la parte posterior de su cabeza, el impacto del golpe la despidió hacia delante y se dio de bruces en el suelo. La tierra fría bajo su mejilla fue lo último que vio antes de sumirse en las tinieblas.

*N*ick se encontraba en el salón de baile, desnudo de cintura para arriba, esperando a que Fitz estuviese listo. Su amigo había pedido un breve descanso para recuperar el aliento.

—Si no te volcaras tanto en tus actividades nocturnas, ¡tal vez tendrías más aguante para nuestro ejercicio diario! —exclamó Nick.

—Y si usted tuviese cierta actividad nocturna, no tendría la necesidad de que ambos echáramos los hígados cada día —refunfuñó Fitz.

Seguramente fuese cierto, reconoció Nick. Con su cuerpo carente de esparcimiento, ese entrenamiento diario era lo único que lo mantenía cuerdo, pero se negaba a decirle eso a Fitz.

—¿Y qué tal la adorable lady Carville?

Fitz se sonrojó, una visión que Nick nunca se imaginó que vería. ¡Maldita sea! Ese hombre estaba enamorado.

—Adorable —contestó el hombretón—. Y tierna. Tan dulce como…

—Suficiente. —Nick alzó una mano—. Preferiría no echar el desayuno, si no te importa.

Fitz sonrió con complicidad, una expresión que a él le hizo empuñar con fuerza su florete.

—Si se permitiera caer, usted también podría estar bajo el hechizo de cierta mujer.

Ya había caído, pero no se molestó en corregir a Fitz.

—Levántate, holgazán. Hablas más que una mujer.

Justo entonces, la puerta se abrió y entró uno de los lacayos.

—Acaba de llegar esto, su excelencia.

Nick tiró el florete, cogió la nota y la abrió. Se quedó sin aire en los pulmones. Con la sangre aporreándole las orejas, musitó:

—¡Dios mío!

—¿Qué pasa? —preguntó Fitz corriendo hasta él y Nick le pasó la nota.

Colton:
Tengo a su esposa. Podemos hacer un intercambio por el precio justo. Venga solo a la cabaña de la granja que hay en la linde del bosque. Si viene con alguien, su mujer morirá.

—¿De quién cree que es esto? —inquirió Fitz.

Nick sacudió la cabeza, su mente petrificada. Alguien tenía a Julia. La había *secuestrado*. ¿Cómo demonios había pasado?

Pilló su camisa al vuelo y salió corriendo de la habitación.

—¡Thorton! —gritó mientras se la ponía y bajaba los escalones de dos en dos como un rayo—. ¡Thorton!

—¿Sí, su excelencia?

Thorton apareció al pie de las escaleras, sus ojos bien abiertos de preocupación.

—Mi esposa, ¿dónde está?

—Creo que su excelencia ha salido a dar un paseo esta mañana. Pensaba ir a ver a lady Lambert a la mansión pequeña.

—¿Sola? ¿No ha ido nadie con ella?

Al negar Thorton con la cabeza, la rabia y la culpa lo desgarraron, y se dio con el puño en el muslo. «¡Maldita sea!» Tendría que haberla vigilado más de cerca, pero su dichoso orgullo se lo había impedido. Ella le había dicho que no se le acercara y eso había hecho, el muy idiota.

¡Jesús! Si le llegara a pasar algo, jamás se lo perdonaría.

—¡Fitz! —gritó.

—Aquí estoy, su excelencia. —Nick se giró y vio a Fitz imponente en lo alto de las escaleras, su cara marcada por la cicatriz denotando preocupación—. ¿Qué quiere hacer?

—No lo sé todavía. Pero coge los revólveres y lo hablamos por el camino.

Julia despertó lentamente, con un dolor de cabeza insoportable. Le dolía todo. Aturdida, se giró ligeramente y constató, con considerable inquietud, que tenía las manos atadas a la espalda. Parpadeó bajo la tenue luz y miró a su alrededor. Era una especie de cabañita, que no reconoció, aunque, a juzgar por las telarañas, daba la impresión de que llevaba bastantes años sin usarse. ¿Qué había pasado?

Realizó varias inspiraciones profundas para tratar de mitigar el martilleo que notaba en la cabeza. Las paredes y el suelo eran de madera sin tratar, y había muy pocos muebles en la estancia: una mesita de madera con unas cuantas sillas y un catre. El fuego ardía vivamente en la chimenea, resguardándola del aire frío.

¿Quién vivía ahí? ¿Y qué quería de ella?

Movió los brazos para comprobar lo fuerte que estaban atadas las cuerdas; a lo mejor podía soltarse. Se rindió con un suave resoplido. Escapar no iba a ser fácil. Las cuerdas le apretaban demasiado para aflojarlas.

La puerta se abrió y entró un hombre con los brazos cargados de leña. Levantó la vista…

Templeton.

¡Ah, por el amor de Dios, cómo no se lo había imaginado! Julia frunció el ceño al ver al primo de su marido. En vez de miedo, se apoderó de ella una rabia incontenible. Ese hombre llevaba demasiado tiempo acosándola.

—Estupendo. Está despierta. No quería que se pasase la tarde entera durmiendo.

Fue hasta la chimenea y dejó la leña junto a la pared.

—No habría dormido nada si no me hubiese sacudido. ¡Cretino! ¡Desáteme!

—Gritándome no conseguirá nada, su excelencia. Además, a mí usted no me manda.

Ella suspiró.

—¿Se ha vuelto loco, Templeton? ¿Por qué me ha traído aquí?

—Ya lo verá —dijo él, quitándose el abrigo—. Antes me ocuparé de su marido cuando llegue.

¡Oh, no! Julia reprimió la histeria desaforada que se apoderó de ella. ¿Por qué le había golpeado en la cabeza? ¿Qué pretendía hacerle a Nick?

—¿Y cómo sabe que vendrá?

Templeton alcanzó una silla y la colocó contra la pared, de cara a Julia y a la puerta.

—Le he enviado una nota. Vendrá.

Julia no las tenía todas consigo; al fin y al cabo, Nick y ella no estaban precisamente en buenos términos. En su última conversación, ella le dijo que la dejase en paz y él no había tenido ningún problema en hacerlo. Dudaba seriamente que fuese corriendo en su rescate.

—¿Y si no viene?

—Sí que vendrá. —Templeton sacó un revólver del bolsillo—. Pero ya está bien de hablar. Quiero estar listo cuando llegue.

—Pretende matarlo.

De pronto lo vio claro. Quitando de en medio a Nick y sin un heredero Colton, Templeton estaría en disposición de reclamar el título.

—Sí, ese viene a ser el plan. Ese degenerado no debería haber vuelto nunca. Y, de no ser por *usted*, no lo habría hecho.

—Entonces, ¿por qué me ha secuestrado?

—Cuando las autoridades encuentren el revólver en su mano y no en el mío, la muerte de Colton parecerá una riña amorosa con final triste; a fin de cuentas, todo el mundo sabe que no se tienen ningún cariño ustedes dos.

A Julia se le revolvió el estómago.

—Templeton, eso es repugnante, incluso viniendo de usted.

Él sonrió, sus facciones angulosas y enjutas crispándose de perverso regocijo.

—Gracias.

Se hizo un silencio tenso. El siseo y chisporroteo del fuego era ensordecedor, y cada segundo que pasaba era una tortura. A Julia se le tensaron los músculos, anticipando con terror el instante en que Nick entrase por la puerta. Tal vez pudiese convencerlo de que le aflojara un poco las cuerdas; de ese modo quizá pudiera escapar.

—Las cuerdas me aprietan un poco, Templeton. Me duelen bastante los brazos. ¿Le importaría aflojarlas?

Él la fulminó con la mirada.

—De eso nada. No puedo correr el riesgo de que se escape. Ahora deje de cotorrear, mala pécora, o la amordazaré.

Los minutos transcurrieron lentamente. ¿Cuánto llevaba ahí? ¿Horas? Su angustia aumentó, porque no tenía ni idea de si Nick iría a buscarla. Y, de hacerlo, ¿cómo sobreviviría?

Visualizó a Nick irrumpiendo en la cabaña, y a Templeton disparando a su marido y matándolo de un tiro certero en su presencia. El dolor le atenazó el pecho y tuvo que cerrar los ojos. No, no. Nick no podía *morir*. Estaba enfadada con él, sí, pero la idea de perderlo hizo que la consumiera una desesperación que no se había imaginado.

Seguía queriendo a ese hombre exasperante; y no podía morirse antes de que tuviese ocasión de decírselo. Solo Nick tenía la capacidad de trastornarla. Podía volverla loca de atar y al segundo hacerla arder de lujuria. Le había hecho daño, de eso no había duda, pero Julia lo necesitaba. Olivia lo necesitaba.

Al pensar en su hija se le humedecieron los ojos. ¿Volvería a ver a la pequeña Olivia? Si Templeton cumplía su amenaza, tanto Nick como ella morirían ese día.

Lo que significaría que Olivia dependería de la bondad de la familia. Si bien ella quería a Theo, su tía nunca quiso tener hijos. ¿Se quedaría con Olivia? Nunca habían hablado de ello, pero si Theo no criaba a Olivia, ¿quién lo haría?

Detestaba la idea de que se hiciera cargo de su hija un pariente lejano o un desconocido. ¿Quién besaría los rasguños de Olivia y le arreglaría el pelo? ¿Quién le ayudaría a elegir un vestido y la presentaría en la corte? ¿Le hablarían a Olivia de sus verdaderos padres, de lo mucho que la quisieron? Las lágrimas le resbalaron por la cara y reprimió un sollozo.

Templeton la miró extrañado y fue a echar al fuego los últimos leños.

—Salgo por más leña.

Dicho lo cual se puso el abrigo y el sombrero, y salió de la cabaña con paso enérgico.

A Julia casi se le escapó una sonrisa. De haber sabido que llorando se sacaría a Templeton de encima tan rápido, habría echado alguna que otra lagrimilla hacía rato.

Tirando desesperadamente con todas sus fuerzas, Julia intentó soltarse. Se valió de las uñas para tirar de todos los trozos de cuerda que pillaba. Aflojándolas un poco nada más, podría soltarse. Por el intenso escozor de las manos sabía que le sangraban los dedos, pero eso apenas importaba. Templeton no ganaría.

La puerta se abrió de golpe. Julia se quedó inmóvil, esperando a Templeton, pero en cambio vio a su marido. Presto para la pelea, su expresión era severa e iracunda; llevaba un revólver en la mano derecha.

—Nick —susurró ella, relajando los hombros de alivio—. Gracias a Dios.

Nick corrió junto a ella, mirando alrededor para confirmar que estaban solos.

—¿Está herida? —preguntó y le acarició suavemente la mejilla con la mano que tenía libre, la expresión de su rostro suavizándose.

Ella asintió.

—Estoy bien. Es Templeton. Quiere matarlo.

—Ya lo creo que sí —dijo Templeton a sus espaldas, la pistola apuntando a Nick—. Y si Colton se gira, reclamaré lo que me corresponde legítimamente.

Julia buscó la mirada de Nick. Había determinación y una ferocidad salvaje en sus penetrantes ojos grises, pero también miedo. Temía por ella.

—Ni se le ocurra —le dijo ella en voz baja—. No se sacrifique por mí.

—Tire el revólver, Colton. —Templeton avanzó un poco—. Al suelo. ¡Ya!

Nick no apartó la mirada de la de Julia en ningún momento. El revólver *retumbó* con fuerza al caer en el suelo de madera.

—No, Nick —susurró ella, y se le saltó una lágrima que rodó por su mejilla.

Él levantó la mano para enjugarle suavemente la humedad con el pulgar.

—No llore, *tesorina* —musitó él.

Julia tragó saliva, la ternura reconfortándole pese a que el pánico amenazaba con apoderarse de ella; porque seguramente pretendía detener a Templeton ¿no?

—Dese la vuelta. Despacio.

Templeton seguía apuntando a Nick con el arma.

Con rictus severo, Nick hizo acopio de valor y se volvió hacia él.

—No creerá en serio que va a salir de esta, ¿verdad? —Con voz acerada, el duque cruzó los brazos delante del pecho—. Y aunque así fuera, nadie le creerá.

—No podrán probar nada —repuso Templeton con desdén—. Encontrarán el revólver en la mano de su esposa y ambos estarán muertos. Lo único que tengo que hacer es dispararle en el pecho para que parezca una riña de enamorados de final triste.

—Del mismo modo que nadie pudo probar que amañó una raíz en el bosque para que mi mujer tropezara; se refiere a eso ¿no?

Julia ahogó un grito y la expresión del rostro de Templeton confirmó la acusación.

—Quería que perdiese la criatura —masculló el primo de su marido—. No podía correr el riesgo de que engendrase un heredero. Como no murió, tuve que pensar en algo más. Esto es mucho mejor, porque ahora desaparecerán los dos. ¡Venga, andando!

Nick levantó las manos.

—Templeton, esto es de locos. No quiere matarnos.

—Sí que quiero. Y a usted el primero. Colóquese en el centro de la habitación.

Nick fue con precaución hasta el centro, se quedó totalmente inmóvil, y Templeton levantó su pistola para apuntar directamente al pecho del duque.

Julia no podía creer que aquello estuviera pasando. ¿En serio iba Nick a dejar que Templeton le disparara sin defenderse?

—¡Nick, no!

Volvió a intentar soltarse con frenesí, desesperada por alcanzar el revólver de Nick tirado en el suelo junto a sus pies.

Templeton hizo retroceder el martillo y...

Se oyó un disparo. El tiempo se detuvo; Julia tenía los ojos fijos en Nick a la espera de verlo retroceder por el impacto. Solo que permaneció erguido, sus ojos posados en Templeton... quien se desplomó en el suelo sin emitir ni un gemido.

Fitz apareció en la puerta con una pistola humeante en la mano.

—Buen tiro, Fitz —dijo Nick volviéndose a Julia—. Asegúrate de que esté muerto, ¿quieres?

Fitz asintió y se acercó a examinar la herida de Templeton.

Nick sonrió a Julia.

—¿Seguro que está ilesa? No le ha puesto la mano encima, ¿verdad?

Julia negó con la cabeza, demasiado aliviada para hablar.

Su marido se acuclilló detrás de la silla. En cuestión de segundos sus muñecas quedaron liberadas. La sangre afluyó a sus brazos en forma de intenso hormigueo, y gritó de dolor. Con sus grandes manos sobre los hombros de Julia, Nick empezó a masajearle los brazos hasta alcanzar las muñecas. Cuando por fin volvió a sentirlos, ella se levantó, se giró y le rodeó el cuello con los brazos, estrujándole tan fuerte como pudo. No quería soltarlo, jamás.

—Pensé que iba a matarlo —musitó ella pegada a su cuello.

Los fuertes brazos de Nick la rodearon y la estrecharon contra sí.

—Lamento haberla preocupado, pero no podía alertarlo de la presencia de Fitz —dijo y le depositó un tierno beso en la coronilla mientras la abrazaba con fuerza.

Ninguno de los dos reparó en la silueta imprecisa de la puerta. Julia oyó un grito y vio a Fitz corriendo hacia la salida justo cuando se oyó otro disparo. Con horror, vio cómo Fitz se desplomaba en el suelo.

Angela cruzó el umbral de la puerta con una pistola en cada mano.

—¡Maldita sea! Esa bala era para usted, Colton.

Tiró el arma sin munición al suelo, levantó rápidamente la segunda pistola e hizo retroceder el martillo.

—Angela, ¿se puede saber qué hace, por el amor de Dios? Baje la pistola.

Nick se puso delante de Julia y le rodeó el antebrazo con la mano para impedir que se moviera. Ella miró por encima de su hombro para no perder de vista a Angela.

—No sin matarlo antes. Ese estúpido —Angela miró hacia Templeton— nunca daba una.

—¿Templeton y usted...?

La voz de Nick denotaba su incredulidad.

—No se sorprenda tanto. Teníamos intereses comunes. Ocho años me he pasado dirigiendo a ese idiota para hacerse con el ducado, instándole a ejercer cada vez más control en nuestro beneficio. Y ha fracasado continuamente.

—Déjeme adivinar. Es el único responsable de los ataques de estos últimos años contra mi persona.

Angela echó la cabeza hacia atrás, a carcajadas.

—¿Él? ¡Por favor! No, fui *yo*. Tardé una eternidad en ahorrar suficiente dinero para contratar a alguien que diera con usted y luego intentara matarlo. Pero siempre se las arreglaba para seguir con vida, y tenía que empezar de nuevo a guardar dinero. Pero esta vez no, su excelencia.

—¿Por qué? —preguntó él, su voz tranquila y serena—. ¿Por qué lo hace?

Ella dio un paso hacia delante, las manos temblorosas.

—Yo tendría que ser *duquesa*. Debería ser yo quien controlase la fortuna de los Colton en lugar de pedir las sobras como un perro; de haberme visto obligada a soportar a esa bruja despiadada durante *ocho años* y escuchar sus reproches contra mí y contra todo el mundo durante horas. La única razón por la que no la maté antes fue porque la había convencido de que dejara controlar la finca a Templeton.

A Julia le dio vueltas la cabeza. ¿Angela había matado a la madre de Nick? Esa mujer estaba rematadamente loca.

Asomando de nuevo la cabeza por detrás de Nick, Julia echó un vistazo a Fitz, que seguía sin moverse. Se extendía en su costado una enorme mancha roja, pero pudo percibir el tenue movimiento de su pecho al respirar, lo que significaba que, gracias a Dios, aún estaba vivo.

Al recordar que había un revólver en el suelo, Julia se sentó disimuladamente en la silla y con el pie lo fue arrastrando despacio bajo su falda.

—Pero Harry murió y usted me echó. Y ahora no soy *nada* —le espetó Angela, resoplando.

—Harry no solamente murió, Angela. Se colgó porque usted lo dispuso todo para que nos viera juntos. Un encuentro inocente en el que usted se echó oportunamente en mis brazos en el momento en que Harry entró. Toda la escena estaba hábilmente calculada. Y cuando Harry le dio la posibilidad de explicarse, en vez de contarle la verdad, se dedicó a llenarle la cabeza de mentiras —dijo Nick—. Lo cierto es que Harry la amaba y le destrozó descubrir que usted nunca había sentido lo mismo. Se negó a creerme y murió pensando que yo le había deshonrado manteniendo una relación en secreto con su mujer. Todo eso fue obra suya.

Sorprendida, Julia dio un respingo en la silla. ¿Su hermano… se había quitado la vida? ¡Oh, Dios! Pobre Nick. ¡Qué culpable tenía que sentirse! No era de extrañar que su padre hubiese logrado chantajearle para que en aquel entonces contrajese matrimonio. Nick no quiso en ningún momento que nadie averiguase la verdad sobre la muerte de su hermano, que se empañara así la memoria de Harry.

—Harry no se suicidó, idiota. Yo sabía que sorprendernos juntos lo desbordaría. Ya sentía muchos celos de usted, de lo que yo sentía por usted. Veía cómo me miraba, Nick. Sabía lo mucho que me quería. Y yo lo *amaba*. Habríamos hecho una pareja perfecta, pero ¡tuvo que *estropearlo* todo!

Julia notó que Nick se tensaba.

—¿Cómo que no se suicidó? —inquirió él.

La voz de Angela se suavizó, se volvió más ronca.

—Vamos, Nick. No finja conmigo. Yo he sido la única mujer que le ha entendido, que hubiese podido darle lo que necesitaba. Y sé lo mucho que me quería y cómo me miraba.

—Angela, ¿mató usted a Harry?

—Tuve que hacerlo. Se encerró en el despacho y bebió casi hasta perder el conocimiento —explicó ella—. Fue fácil atar la cuerda de la barandilla de la parte superior del despacho. No tuve más que conducirlo hasta la silla, pasarle la soga por la cabeza y luego retirar la silla. No sintió nada. Pero usted tuvo que estropearlo. Me dejó y se casó con *ella*, y yo ya no fui *nada*.

Angela se acercó despacio, la pistola apuntando todavía al pecho de Nick. Con ojos de loca y los labios dibujando una sonrisa malévola, se había trastornado de verdad. Su cuñada podía matar a Nick de un tiro en cualquier momento.

Como Nick seguía tapándola del todo, Julia, muy lentamente, procuró coger el revólver escondido bajo su falda.

—Usted no quiere hacer esto, Angela. ¡La colgarán!

—¡Oh, ya lo creo que sí! Llevo ocho años esperando para hacer esto. Y después de matarlo, mataré a su mujer.

—Somos dos y solo le queda un tiro. No sea estúpida.

A Julia le pasmaba que Nick mantuviera la calma, porque el pánico le recorrió el cuerpo hasta los mismísimos dedos de los pies. A pesar de todo, tenía que hacer algo. No consentiría que matasen a Nick. Se inclinó un poco más y pudo rozar la fría empuñadura de marfil del revólver.

Ya con el arma en la mano, se levantó y se pegó a Nick. Apuntó con el revólver a Angela e hizo retroceder el martillo con la otra mano.

—Baje la pistola o disparo.

—¿Alguna vez ha disparado un arma, imbécil? —se mofó Angela—. Soy una tiradora de primera. No tiene nada que hacer. Aunque tal vez la dispare a usted primero.

Con los ojos encendidos por una luz impía, Angela apuntó justo al pecho de Julia.

Fue como si todo ocurriese de golpe. Angela y Julia dispararon a la vez sus armas, el estridente sonido estallando en el reducido espacio. Julia oyó un chillido (de Nick) un segundo antes de que este se interpusiera entre la bala y ella.

Al caer Nick al suelo junto a sus pies, Julia apenas reparó en el hecho de que Angela también se había desplomado. ¿Nick había recibido un disparo? Julia cayó de rodillas, sin atreverse a respirar. «No. Por favor, no.»

Lo volvió boca arriba y vio una mancha roja en su hombro.

—¡Nick! ¡Oh, Dios, está herido!

Él pestañeó.

—Estoy bien. Ayúdeme a levantarme.

—No, no se mueva.

Ella le obligó a tumbarse de nuevo cuando él trató de incorporarse.

—Julia, sea sensata. Tengo que comprobar que Angela está muerta y ayudar a llevar a Fitz de vuelta a la mansión.

Su mandíbula estaba tensa por el dolor, pero ella conocía esa mirada testaruda.

—Está bien. Pero si se desangra y muere volviendo a la mansión, jamás se lo perdonaré.

Una tenue sonrisa curvó los labios de Nick.

—No esperaba menos, esposa mía.

17

De vez en cuando es posible que a los hombres se les ocurra decidir
por usted. Es nuestro deber disuadirlos de esta ilusión.

Señorita Pearl Kelly a la duquesa de Colton

—¿Qué hace levantado?

Julia se apoyó en el marco de la puerta y se puso a observar a su marido mientras se vestía como podía con un brazo.

Si bien la herida de Nick no había sido grave, el médico había aconsejado reposo a fin de reducir el riesgo de fiebre. De momento había estado en cama un total de veinte minutos.

Cerró la puerta al entrar.

—Nick, es evidente que le duele. El médico ha dicho que tiene que hacer reposo.

Continuó peleándose con la corbata, intentando anudarla con una mano.

—Tengo que ver a Fitz.

Julia se apiadó de él y se acercó decidida a ayudarle. Le apartó las manos y se puso a atarle el lino blanco.

—Ya le he dicho que la bala le hizo añicos la costilla y al caer al suelo sufrió una conmoción. Al margen de lo que le duele al respirar, su amigo se recuperará. Por lo menos él se recuperará, porque sigue en cama, obedeciendo las indicaciones del médico, a diferencia de *otros* hombres de esta casa heridos de bala.

Julia procuró no fijarse en la piel desnuda de su cuello ni en el sedoso vello moreno de su pecho, tan próximo a las yemas de sus dedos. Estar tan cerca de él le aceleraba el pulso. Si levantaba la cabeza, ¿Nick la besaría? La idea le produjo la sensación de que de pronto le sobraba el vestido.

—Pensé que se alegraría de deshacerse de mí —musitó él cuando ella hubo terminado.

Sorprendida, clavó los ojos en los de Nick, pero él apartó la vista. ¿De veras creía tal cosa? Naturalmente que sí. No había ningún motivo para que él supusiera que ella había cambiado de idea. Había mucho que decir, muchas cosas que él debía saber, pero tenía la lengua pesada y torpe.

—Nick, yo…

Llamaron a la puerta.

—Adelante —gritó el duque.

Apareció Thorton.

—Su excelencia, hay un agente de la policía abajo que desea hablar con usted. ¿Quiere que haga subir a un criado para que le ayude con la ropa?

—No, ya puedo yo. Dile al agente que ahora mismo bajo.

El mayordomo asintió y desapareció. Nick empezó a meterse con la mano la camisa larga y recién planchada por dentro de los pantalones.

—¿Le importaría ayudarme con el chaleco?

Julia sostuvo el chaleco azul que él había seleccionado del armario y se lo puso lentamente, sin forzar el hombro lesionado. Se giró y ella se lo abotonó. Procuró no pensar en las duras tablas de su abdomen que estaban justo bajo las yemas de sus dedos… en cómo le había besado el vientre plano en Venecia antes de seguir descendiendo…

—Gracias —dijo Nick cogiendo el abrigo y, después de que ella le ayudase a ponérselo, se alejó andando.

—No quiero deshacerme de usted —le soltó antes de que llegase a la puerta. Él se detuvo pero no se volvió. Ella continuó—: Pasé unas horas terribles pensando que Templeton le dispararía. Y cuando luego, *en efecto*, le disparó Angela… —Se le quebró la voz e inspiró hondo—. Le necesito, Nick. Si hoy lo hubieran matado, no sé qué habría sido de mí.

Nick no se movió, se limitó a mirar fijamente a la pared, la postura rígida.

—Habría salido adelante. Le ha ido bastante bien todos estos años sin mí. Yo diría que pase lo que pase se las apañará.

—¿Cómo puede pensar una cosa así? No me imagino un futuro sin usted.

—Pues no sé por qué, cuando le he fallado de todas las formas imaginables.

Ella parpadeó. ¿Fallarle?

—Creo que está atontado por la pérdida de sangre. Lo que dice no tiene sentido.

Él la miró a la cara con el brazo lesionado pegado al costado.

—Por mi culpa la han secuestrado y por poco la *matan* hoy. ¿Cómo va a vivir con el hombre responsable de eso?

—Lo que ha sucedido no es culpa suya, Nick. Angela se había vuelto loca de remate.

—En cualquier caso, ya ha sufrido bastante debido a mi estupidez. —Nick sacudió la cabeza y se pasó la mano buena por el pelo—. Yo sabía que Angela estaba algo chiflada, pero no hice nada por impedir su presencia en esta casa. Dejé que la adulase mientras intrigaba con Templeton para que perdiera usted a Olivia. Es imperdonable.

—Es posible, pero no le culpo de lo que ella...

—Eso no importa porque ¡yo me culpo a *mí mismo*! He envejecido diez años corriendo hasta esa cabaña, sabiendo que alguien la había herido. Y presenciar cómo Angela le disparaba... reviviré ese momento en mis pesadillas el resto de mis días.

Julia nunca había visto a Nick tan consternado, tan pálido y tembloroso. Los percances de la jornada sin duda lo habían alterado. Tenía que hacerle entrar en razón, hacerle entender que la culpa no era enteramente suya.

—Angela nos engañó a los dos, Nick. Y cometí la estupidez de ir sola hasta la mansión pequeña. Si me hubiese llevado a alguien conmigo, todo este asunto podría haberse evitado.

—O alguien más habría resultado herido. —Nick se puso la mano en la nuca y apretó—. Y no es solo lo de Angela, lo sabe perfectamente. ¿Puede decirme con toda sinceridad que me perdona, que es capaz de olvidar cuanto he dicho y hecho? Yo no lo creo posible ni sé cómo podríamos construir una vida juntos después de tanto dolor y desconfianza.

¿Acaso ella no se había hecho esas mismas preguntas últimamente? No había una respuesta fácil, más allá de que tenían que pasar por ello porque la alternativa era insoportable.

—Asumo mi parte de culpa por todo lo que ha pasado entre nosotros. Fui a Venecia para seducirlo, para quedarme embarazada, incluso *conociendo* su voluntad al respecto. Y luego…

—No intente excusarme, Julia. No lo merezco.

—¿Me ha perdonado mi falsedad? ¿Y lo que le hice?

—La perdoné hace meses, pero no quería reconocerlo. La verdad es que si yo no me hubiese desentendido de mis responsabilidades, no habría hecho falta que me engañara. Acepte mis más sinceras disculpas por todo lo que ha tenido que sufrir.

—Nick, por favor…

—No, déjeme decir esto. Cuando la miro, veo una inocencia tan hermosa…, pero entonces recuerdo que la he mancillado. ¡Dios, la desvirgué en una silla! —Nick sacudió la cabeza y se pellizcó el puente de la nariz—. Jamás podré resarcirla ni tener la sensación de haber expiado por el sufrimiento causado. He sido el peor de los maridos; bien sabe Dios que estaría mejor con cualquier otro hombre que no fuese yo. La he ignorado, la he tratado como un trapo y le he dicho y hecho toda clase de barbaridades imperdonables.

Julia sabía que aquello no iba únicamente por su virginidad.

—No me ha *mancillado*. Nuestra semana en Venecia… jamás la olvidaré. ¿Cómo iba a hacerlo si fue la experiencia más maravillosa, increíble y hermosa de mi vida?

Él cerró brevemente los ojos y se dio la vuelta.

—No soy lo que necesita, Julia. No puedo ser un marido como Dios manda. Es más: ni siquiera sabría por dónde empezar. Y, después de lo de hoy, ha quedado sobradamente demostrado.

Todo lo contrario, comprendió ella entonces. Hoy Nick había demostrado justamente la clase de marido que sería: valiente, solícito y protector.

Ella se plantó delante de él y le acarició con los dedos la mandíbula áspera por el pelo de la barba.

—Me ha salvado. No olvide esa parte, esposo mío.

Él ladeó brevemente la cabeza, buscando sus caricias, luego se apartó.

—Hecho que no cambia nada ni cambia quién soy. No puedo ser lo que necesita: un marido como marcan los cánones que pida permiso antes de entrar en la habitación de su esposa para acariciarla a oscuras. El título, esta casa... nunca tenían que haber sido para mí. Ni yo los quise nunca. Intentar convertirme en el marido que merece solo nos hará desdichados a ambos, Julia.

A ella le dio vueltas la cabeza. Aquello era mucho peor de lo que se había temido inicialmente. Nick creía en serio que no merecía nada de lo que había recibido, ella incluida.

—Merezco un marido aquí conmigo, a mi lado. Ese marido es *usted*, Nick. No quiero a nadie más.

Él la bordeó y se alejó de ella en dirección contraria a la puerta.

—No sabe lo que está diciendo. Se me partió el alma hace años y la esperanza de llevar una vida normal me rehúye desde hace tiempo. Winchester me ha acusado muchas veces de ser egoísta, de pensar solamente en mí mismo. Pues bien, aprendí a ser egoísta porque nunca le he importado nada a nadie. No puedo cambiar y es mejor que no me quede.

—Sí que puede cambiar. *Ha* cambiado. ¿O acaso un hombre egoísta habría corrido a salvar a su esposa de unos secuestradores? ¿Habría recibido una bala destinada a otra persona? ¿Habría pasado las noches acunando a su hija en brazos y contándole cuentos en vez de dormir?

Nick abrió mucho los ojos, sorprendido.

—¿Lo sabía?

—Sí. Y tengo más que suficiente con un hombre que es capaz de hacer esas cosas.

Nick no dijo nada y su expresión, más lívida y cariacontecida de lo que le había visto nunca, pareció aún más desconsolada si cabe. ¿Cómo podía ser? Al fin ella había entendido que lo amaba y él se le estaba escapando, negándose a pelear por un futuro en común. ¿Es que no sentía nada por ella, absolutamente nada?

Julia no quería a nadie más. Nick no era perfecto, desde luego que no, pero ella tampoco. Y, en el fondo, era un buen hombre. Eso Julia lo tenía claro, había visto muchos ejemplos de ello; incluso hacía unas horas. No habría más hombres para ella. Jamás.

Con un nudo en el estómago, sintió auténtico miedo por segunda vez aquel día. ¿De veras tanto se odiaba él, tan poco merecedor se consideraba de amor genuino y afecto que se negaba incluso a intentarlo? Había dejado atrás su vida hacía ocho años, incapaz de aceptarse a sí mismo y su pasado, y parecía decidido a huir una vez más.

—Por favor, Nick. Podemos olvidarnos de esto y seguir adelante. El nuestro no sería el primer matrimonio que empieza sobre un terreno tan pedregoso.

Él apretó los labios; una expresión de terquedad que reconocía.

—No me parece factible.

—¿Por qué no? —La rabia y la tristeza, la frustración y la decepción se debatían en su interior, y apenas podía discurrir qué emoción exteriorizar primero—. ¿No puede aceptar que lo quiero?

Estuvo a punto de decirle que lo amaba, pero algo le hizo contenerse. Tal vez el miedo por lo que él había dicho, el miedo a que el sentimiento no fuese correspondido.

Nick fue hasta la ventana, apoyó el brazo bueno en el cristal y contempló un instante los jardines.

—Ni siquiera ha contestado a mi pregunta —dijo en voz baja, la voz quebrada por la emoción—. Lo que en sí es una respuesta, ¿no le parece? Nunca podré olvidar lo que ha hecho, ni usted nunca podrá perdonarme por ello.

Julia quiso negarlo… pero no consiguió que las palabras salieran de su boca. ¿Había perdonado a Nick? Estaba claro que no quería perderlo, pero ¿podía decir de verdad que lo había exonerado de sus hirientes palabras y actos desde su regreso de Venecia?

Como titubeó, él se apartó de la ventana y fue hacia la puerta.

—¿Y ahora qué? —logró preguntar.

Él se detuvo con la mano en el pomo.

—Me voy.

Y a continuación abrió la puerta y desapareció.

A la mañana siguiente, Julia se quedó acostada, agotada. Se había pasado la noche dando vueltas en la cama hasta que aparecieron en el cielo los jirones púrpura del alba. Nick se iba. Había tomado una decisión; el odio hacia sí mismo y el miedo eran demasiado intensos para que ella los venciera.

Después de que Meg le hubiese llevado su chocolate matutino, la señora Larkman le bajó un rato a Olivia. Tener a su hija en brazos solo sirvió para recordarle la decisión de Colton de no formar parte de su vida. ¿Eso también era extensivo a Olivia? La idea de que su hija creciera sin padre volvió a partirle el corazón. Sí, cuando la idea de concebir un hijo de Colton empezó a arraigar, ella había dado por sentado que, en ausencia de su esposo, haría de madre y de padre. Pero Colton había visto a su hija, la había tenido en sus brazos, ¿cómo no iba a querer verla crecer?

Llegó Theo y se encontró a Julia al borde de las lágrimas.

—¡Oh, cielos! ¿Qué ha pasado? —preguntó, se acercó a zancadas hasta el tirador de la campanilla y tiró con fuerza.

Mandó a buscar a la señora Larkman y Olivia volvió al cuarto infantil. Entonces Theo se sentó en la cama y agarró a Julia de la mano.

—A ver, querida, ¿cuál es el problema?

Julia realizó una inspiración entrecortada.

—Lo siento. No consigo parar de llorar.

—¿Es por Colton? —Al asentir Julia, Theo suspiró—. Me lo imaginaba. Por lo que me ha dicho Thorton, lleva desde anoche encerrado en el despacho. A ver, ¿qué ha ocurrido?

—Le dije que lo necesitaba, que quería un futuro con él. Ayer por poco lo perdí y casi me muero del susto. Lo amo, Theo.

Las lágrimas que había estado intentando reprimir se desbordaron.

—Miedo me da preguntarte, pero ¿qué dijo Colton a esta revelación?

Julia le contó la conversación a Theo, la insistencia de Nick en que jamás podría ser el marido que ella necesitaba. Theo chascó la lengua, sacudiendo la cabeza.

—Si su madre siguiera viva, le echaría un buen rapapolvo por la forma en que educó a ese muchacho. No hay razón para que una madre sea tan cruel, aunque el niño no fuese concebido en las condiciones ideales.

—¿A qué te refieres?

—¿No te lo contó Angela? Sospechaba, por sus conversaciones con la viuda del duque, que el padre de Colton forzó a su mujer cuando ella lo rechazó. Tu marido fue el fruto de aquel encuentro y la duquesa nunca pudo perdonar u olvidar lo sucedido, y descargó su rabia en el chico.

Julia ahogó un grito.

—¡Qué horror! Me pregunto si Colton lo sabe.

—Si no lo sabe, habría que decírselo. Podría serle de gran ayuda para entender que la falta de entrega maternal de su madre no era culpa de él, sino de ella.

Julia tomó nota mentalmente para darle a Nick este nuevo dato; si tenía ocasión.

—¿Qué hago, Theo? Sé que me quiere. ¿Cómo puedo demostrarle lo mucho que lo quiero? Quiero recuperar lo que teníamos en Venecia.

—¿Hasta dónde estás dispuesta a llegar para convencer a tu marido de que se quede?

—Haré lo que haga falta. Quiero luchar por él, pero no sé cómo.

Theo sonrió.

—Entonces déjamelo a mí. Sé exactamente lo que tienes que hacer.

Nick vio cómo subía y bajaba el pecho de Fitz. Su respiración era regular y profunda, y el médico le había asegurado que su amigo se recuperaría.

Aun así, la culpa amenazaba con asfixiarlo. Debido a su estupidez, habían estado a punto de matar a Fitz y a Julia. ¿Cómo no había visto lo loca que estaba Angela? Ocho años antes había aprendido que era capaz de mentir e intrigar para conseguir lo que quería; así pues, ¿por qué no hizo nada entonces para detenerla?

Nada había salido según lo previsto desde que había vuelto a Inglaterra. Había sido un completo desastre, porque no había pensado con claridad. Primero le había corroído la furia contra Winchester y Julia, y luego le había cegado un deseo irrefrenable por su esposa. E incluso ahora, tras el nacimiento de Olivia, la paz y la felicidad seguían resistiéndosele.

Quizá se le resistieran siempre ahí, donde los recuerdos y la pena eran demasiado intensos. Cuanto más lejos se fuera de Inglaterra, mejor. Julia merecía más que la vida que le había tocado, con un marido que nunca podría ser lo que ella necesitaba. El divorcio no era una posibilidad, pero volviendo a vivir en el extranjero podría por lo menos darle cierta libertad.

Dios, la amaba tanto que dolía. Anhelaba a su mujer de una forma que no había experimentado nunca con ninguna otra mujer, y estar cerca de ella sin tenerla era una tortura inimaginable. En su opinión, la distancia los beneficiaría a ambos.

Fitz resopló en sueños y cambió de postura, volviendo a captar la atención de Nick. Aunque él retomaría sus viajes, en esa ocasión Fitz no lo acompañaría. Su amigo estaba enamorado de lady Carville y no osaba negarle un minuto de felicidad con aquella mujer. Además, ahora que Angela había asumido la autoría de los ataques de los últimos años, no necesitaba escolta. No, iría solo. Mañana, antes de que Fitz se recuperase del todo; antes de que Fitz pudiese intentar disuadirle.

Nick suspiró y se frotó los ojos con la mano buena. ¡Diablos, qué cansado estaba! La noche anterior había sido espantosa. Los percances del día sumados a las revelaciones de Julia sobre sus sentimientos garantizaron que no pegase ojo. Ni siquiera ir a ver a Olivia a primera hora de la mañana le había levantado la moral; solo le había hundido más, haciéndole desear cosas que jamás podría tener.

La puerta se abrió y entró lady Carville.

—¿Se ha despertado ya?

Nick se puso de pie.

—Aún duerme, me temo. ¿Eso es normal? ¿Tanto tiene que dormir?

—Dormir es lo que más le conviene, su excelencia —le aseguró ella—. Anoche lo desperté cada pocas horas debido a la herida de la cabeza. Es probable que se pase el resto del día durmiendo.

Lady Carville miró a Fitz sonriente, sus ojos brillando ostensiblemente de amor. Al percibir la necesidad de privacidad, Nick se dirigió hacia la puerta.

—¿Vendrá a buscarme si se despierta? Tengo que darle las gracias.

—Él ya sabe que está usted agradecido, su excelencia. Es lo que pasa con las personas que amamos ¿no? Queremos protegerlas de cualquier sufrimiento, lo necesiten o no.

Clara y fija, su mirada era sumamente elocuente y Nick se dio cuenta de que ya no estaban hablando de Fitz.

—Con todo, si no le importa, mande a un criado a buscarme si se despierta hoy.

Horas más tarde, tras un buen paseo a caballo y un baño, Nick se instaló en el despacho. Quedaban muchas cosas por hacer antes de partir, tales como escribir sendas cartas a su abogado y al administrador de la finca, así como concluir su testamento.

Y luego estaba Olivia. Merecía una explicación por escrito del motivo por el que no se había quedado, no fuera a ser que cuando creciese se sintiera abandonada. Lo último que quería que su hija pensara era que él no la quería, porque la quería. Con locura. Las pocas horas que pasaba con ella cada noche serían el mejor recuerdo de su vida.

Junto con Venecia, pensó con pesar.

No tenía la menor idea de cómo despedirse de su esposa. El sentimentalismo era una virtud que no poseía, y desnudar sus sentimientos únicamente los haría más desdichados a ambos. No obstante, tenía que decir *algo* y solo el demonio sabía qué.

Para cuando hubo dejado instrucciones tanto para el abogado como para el administrador de la finca, la tarde gris se había vuelto oscura hacía rato, dando paso a la noche. Se masajeó la nuca, estirando un poco el cuello para mitigar el dolor del hombro, y continuó escribiendo.

Llamaron a la puerta. Probablemente fuese Thorton, para insistirle otra vez en que comiera.

—Adelante —gritó, sin siquiera molestarse en levantar la vista.

Oyó que la puerta de madera maciza se abría.

—Thorton, he pedido que no me molestaran. ¿Qué es tan urgente esta vez?

Lo asaltó la ligera fragancia de gardenias, invadiendo sus sentidos, y Nick levantó la cabeza bruscamente.

Julia.

Ahí estaba su mujer, tan hermosa e intocable que quiso aullar por lo injusto que era. Iba en bata, los pies descalzos, e incluso esa pizca de piel desnuda hizo que el corazón le latiera con fuerza. Maldita sea, esa mujer lo provocaba a cada paso.

El rostro de Julia no dejó entrever nada mientras cerraba la puerta al entrar. Cuando el clic de la cerradura reverberó en toda la habitación, él se levantó de un salto, casi tirando la silla.

—¿Va todo bien? —se oyó preguntando, su voz un mero graznido mientras ella se acercaba tranquilamente.

En lugar de contestar, ella levantó los brazos y se quitó una horquilla del pelo. Seis horquillas más, y una cortina de rizos rubios le cubrió la espalda. Nick se quedó helado, paralizado, incapaz de hablar. Una parte de él estaba impaciente por ver qué haría Julia a continuación; la otra quería escapar cuanto antes.

Ella anduvo hacia él sin prisas, las caderas contoneándose y la parte superior de los senos asomando por las solapas de la bata… Costaba creer que no fuese un sueño. Cuando los ojos de Nick se encontraron con su sensual mirada azul (que no había visto desde Venecia), se agarró del borde del escritorio para evitar abalanzarse sobre ella.

—¿Qué pretende, Julia?

Ella llevó las manos a la cinta de la cintura y la desató lentamente.

—Enseñarle lo que se perderá cuando se marche. ¿Quiere verlo?

Abrió la capa de fina seda y empezó deslizarla por los hombros. A Nick se le quedó la boca seca.

La piel de color crema de cuello y hombros quedó a la vista, seguida de las gráciles crestas de las clavículas. Acto seguido la bata cayó revoloteando al suelo, y Nick se quedó boquiabierto. ¡Jesús…! Llevaba el corsé rojo de Venecia.

Compuesto de satén y encaje, la prenda contribuía poco a ocultar su belleza innata. El corpiño de encaje negro le iba muy ceñido, sus senos levantados asomaban como una ofrenda deliciosamente tentadora. De cintura para abajo… estaba todo maravillosamente a la vista. La tela roja transparente se acababa justo por encima del pubis en la parte delantera y bajaba rozándole las nalgas por la parte posterior. El cuerpo de Nick reaccionó al instante, endureciéndose, hasta que su pene rígido presionó sin piedad contra el interior de los pantalones.

Ella se deslizó en su dirección, y él no pudo mover los pies; ni los brazos, de hecho. No pudo hacer otra cosa que observar, incapaz de frenar lo que sea que ella tramara.

—Julia —susurró controlando su voz.

Su esposa meneó la cabeza, los labios dibujando una enigmática sonrisa.

—Esta noche no, cariño. Esta noche puede llamarme Juliet.

*J*ulia nunca olvidaría la expresión de la cara de su marido. El titubeo, la esperanza… y la lujuria que le derretía los huesos. Los ojos de Nick la repasaron ardientes de arriba abajo y no se lanzó sobre ella de milagro. Los posibles nervios habían desaparecido totalmente y habían sido reemplazados por una explosión de poder femenino que no había experimentado desde que la señora Leighton guardara sus polvos y ligeras enaguas.

—¿Por qué? —preguntó él, casi sin aliento.

Ella arrastró un dedo por la parte superior de sus senos.

—Presume usted de saber qué clase de hombre necesito, pero en ningún momento me ha preguntado qué clase de hombre *quiero* yo. —Cuando estaban a un brazo de distancia, dijo ella—: No quiero un marido que pida permiso para venir a mi cama y me manosee a oscuras como un colegial inexperto. No, quiero un hombre. Un hombre impúdico que también disfrute de mi falta de pudor.

Julia apoyó las manos en el pecho de Nick, se puso de puntillas y le susurró al oído:

—Porque a mí me encanta ser impúdica con usted, Nicholas.

Sus senos rozaron el pecho duro de Nick y le complació oírle gemir.

Respirando con fuerza y entrecortadamente, Nick estaba totalmente paralizado. Pobre hombre; hacía lo posible para no sucumbir. Suerte que ella aún no había empleado todas sus tácticas.

La mano de Julia descendió por su estómago hasta que llegó a la gruesa protuberancia erecta de sus pantalones. Al arrastrar las yemas de los dedos por el contorno, vio que él pestañeaba y cerraba los párpados, las pestañas negras acariciándole las mejillas.

—¿Quiere que le cuente todas las cosas impúdicas que me gustaría hacer con las manos? —musitó Julia, acercándose más hasta que sus labios por poco se tocaron—. ¿Con la boca?

Aquello encendió a Nick. Con el brazo bueno, la estrechó contra sí y bajó la cabeza para devorar su boca. El beso fue apasionado. Impetuoso. Desesperado. No había aire que tomar y sus dientes entrechocaron, las lenguas acariciándose. Fue tal como ella recordaba de Venecia, y más.

Los labios de Nick buscaron los de Julia una y otra vez, y ella le correspondió de igual manera, rodeándole el cuello con los brazos y besándolo febrilmente. Entonces las manos de Julia empezaron a tocarle en todas partes, redescubriendo las prietas tablas de sus hombros y su pecho. Intentó acercarse más a él, casi retorciéndose en un intento por aliviar el ansia desaforada que sentía en su fuero interno.

Nick se agachó para besarle el cuello y musitó:

—La llevaré a la cama.

Julia negó con la cabeza.

—No. Aquí. —Apoyó el trasero en el escritorio. Sentada en el borde, sus piernas desnudas colgaron por el lateral—. Quiero que me posea aquí mismo.

—No deberíamos…

Ella lo pescó por la corbata arrugada y lo atrajo hacia sí. Él se colocó entre sus rodillas, el calor del miembro presionando directamente contra su hendidura desnuda. Ella ahogó un grito por la áspera sensación, pero necesitaba más.

—Nick, *por favor*…

Él colocó la mano entre ellos y dio con su entrada, los dedos deslizándose sin problemas entre la viscosidad allí acumulada. La provocó, tocando y acariciando, y ella tuvo que morderse el labio para evitar chillar.

—¡Señor! —exclamó él jadeando—. Tiene usted la capacidad de volverme loco. O la penetro…

Julia llevó rápidamente los dedos a la bragueta de sus pantalones y desabrochó los botones lo más deprisa que pudo. Con las prisas, saltaron unos cuantos y cayeron sobre la moqueta.

—Ahora, Nick. Lo necesito ahora.

Cuando su falo quedó liberado, él no tardó nada en alinearse bien y empujar con fuerza. Ambos gimieron. Su dureza dilató a Julia, la llenó, y rodeó la cintura de Nick con las piernas para inmovilizarlo. Él retrocedió con angustiosa lentitud para volver a empujar una vez más, hundiéndose en ella.

—He estado soñando con esto todas las noches desde Venecia —dijo antes de penetrarla con la suficiente fuerza para que ella se tumbara boca arriba en el escritorio. Nick deslizó la mano buena por debajo de las nalgas para que no se moviera—. Es bochornoso, pero me temo que no aguantaré mucho.

Julia no pudo contestar porque la intensidad de aquello era increíble. Nick encajaba en ella a la perfección, estaba a gusto en la hondonada de sus caderas mientras los elevaba a ambos a cotas de placer más altas. Le encantaba que estuviese tan loco por ella, los dos casi enloquecidos de lujuria.

Él volvió a besarla, jadeando en su boca mientras empujaba, y entonces le pilló el labio inferior con los dientes. Mordió. Un dolor y un placer intensísimos recorrieron la columna de Julia hasta sus genitales, directamente hasta su canal, que oprimió el pene de puro gozo.

—¡Dios! —susurró Nick, y empezó a embestir con fuerza, la cabeza hacia atrás, sus cuerpos acompasados a un ritmo frenético.

Ella notó que el placer aumentaba, las sensuales ondas de excitación tensándole las extremidades. Sus manos se aferraron a él y hundió las uñas en los músculos de sus antebrazos.

—Sí, más deprisa. ¡Oh, Dios! ¡Nick!

Los dedos de Nick localizaron el cúmulo de nervios entre sus piernas y dibujaron con pericia círculos sobre estos. El placer fue cada vez más intenso… hasta que su cuerpo estalló en mil pedazos diminutos. La luz chispeó tras sus párpados y un largo gemido arrancó de su garganta, el orgasmo inundando todos los rincones de su ser, la intensidad del placer sacudiendo su cuerpo. Se estremeció y tembló, y solo percibió vagamente que Nick también empezaba a estremecerse, las caderas con espasmos, los músculos contraídos por el éxtasis.

Sin fuerzas y agotada, Julia se aferró a él e inspiró aire. No había palabras para describir lo maravilloso que había sido aquello. Nick tampoco habló, se limitó a inclinarse sobre ella para apoyar la frente en la suya. Estuvieron así un buen rato, su falo todavía hundido en ella.

Cuando Nick recobró el aliento, sacó el pene y se lo volvió a meter como pudo en los pantalones con una mano evitando mirar a Julia a los ojos.

—Lo siento —masculló.

Ella lo agarró del brazo.

—No se disculpe conmigo. Los dos deseábamos esto, Nick.

—No, no lo entiende. Esto…

Julia inspiró aire para hacer acopio de valor.

—Lo amo. —La mirada de sorpresa de Nick se posó rápidamente en ella, de modo que Julia lo repitió—. Lo amo. Me enamoré de usted en Venecia y no quiero a nadie más. Desde luego no quiero un marido que solo acuda a mí a oscuras y me toque bajo las sábanas. Quiero un marido que me asalte sobre la mesa de su despacho.

Él frunció el ceño.

—¿Me ama?

—Lo amo —volvió a manifestar ella asintiendo con la cabeza—. Y si me deja, lo seguiré, Nicholas. Lo juro. Si no quiere vivir en Inglaterra, Olivia y yo lo acompañaremos donde sea que quiera ir.

Él soltó un largo suspiro.

—No sabe lo que dice…

—Míreme. —Cuando sus ojos de un gris tormenta se cruzaron con los de Julia, ella continuó—: Nunca se librará de mí, esposo mío, de igual modo que yo nunca me libraré de usted. Lo perseguí una vez y estoy dispuesta a volver a hacerlo. Sé perfectamente lo que quiero, y lo tengo justo delante.

—No… —dijo y apartó la mirada cuando su voz se apagó.

—¿No, qué?

Él carraspeó.

—No sé si puedo ser lo que necesita.

—Es *exactamente* lo que necesito. —Ella le rodeó la cara con las manos—. ¿Me ama?

Nick asintió.

—La amo. ¡Dios, creo que me enamoré de usted nada más verla! Sin usted estoy perdido.

Ella sonrió.

—Repítalo, esposo mío.

Nick se inclinó hacia delante, su boca casi pegada a la suya.

—La amo, esposa querida. Pero ¿y si se equivoca? ¿Y si la hago desdichada?

—Seguro que habrá días en que me hará desdichada, y yo a usted. Habrá altibajos en nuestro matrimonio, pero no puede seguir huyendo, Nick. Quédese conmigo y empecemos la vida que ambos queremos. La vida que ambos merecemos.

Nick parecía andar a vueltas con aquello, tratando de entender, y en su expresión brotó una briza de esperanza.

—¿Nada de hacerlo a oscuras bajo las sábanas?

—De ninguna de las maneras. Si lo intenta, le daré un sopapo. —Julia alzó una mano para acariciar la mejilla de Nick—. Al fin y al cabo, me enamoré del Duque Depravado en Venecia. Ahora no puede echarse atrás.

Los nubarrones se alejaron de la mirada de Nick y una sonrisa pícara se dibujó en su rostro. Aquella sonrisa reconfortó a Julia en todos los rincones imaginables.

—Bueno, si de vez en cuando puede ser la señora Leighton, supongo que es justo que a cambio yo sea el Duque Depravado.

—Sí, es lo justo —dijo ella con burlona seriedad.

—Si verdaderamente me quiere, *tesorina*, soy suyo. No estoy seguro de poder ser un buen marido y padre, pero me dejaré la piel en el intento, porque estar sin usted me mataría.

Entonces le dio un beso, largo y efusivo.

—¿Cuántos conjuntos más como este tiene la señora Leighton? —preguntó Nick cuando dejaron de besarse.

Su mano le rozó el encaje que cubría el seno, y ella se estremeció.

—Unos cuantos. ¿Por qué?

—Porque este marido impúdico tiene unas ganas locas de arrancárselo y asaltarla una vez más, esta vez en el suelo de este despacho.

18

Son pocas (y afortunadas) las mujeres que reciben el don del amor verdadero.

Señorita Pearl Kelly a la duquesa de Colton

Un mes después

$\mathscr{N}$ick le hizo el caballito a Olivia con cuidado en su regazo, el corazón brincándole dentro del pecho mientras ella lo miraba sonriente. Su hija tenía la habilidad de hacerle sentir el hombre más poderoso de la Tierra. No tenía reparos en darle su amor y su confianza incondicionales, y él juró no desaprovechar jamás ese regalo.

Y luego estaba su esposa, que a su modo le hacía sentir bastante poderoso. En un primer momento, él había dudado de su insistencia en que lo quería tal cual era, con sus defectos y demás. Parecía demasiado bueno para ser verdad, pero en el último mes ella le había demostrado de mil maneras que estaban hechos el uno para el otro. A decir verdad, algunas noches la depravación de Julia había superado la suya propia. Tomó nota mentalmente para enviarle a Pearl Kelly un generoso obsequio como muestra de gratitud.

Habían decidido vivir en la mansión Seaton. A su mujer le había dado por redecorar, y siempre había obreros en la finca. La mayoría de los retratos familiares de Seaton habían sido retirados y guardados en el desván. Aunque Nick ahora entendía la causa del resentimiento de su madre, podría arreglárselas sin aquellos recordatorios diarios de su familia.

Exceptuando a Julia y Olivia, naturalmente.

—Livvie, te prometo que papá te mimará; diga lo que diga tu madre, *bellissima*.

Su hija sonrió como si entendiera cada palabra, aunque si era la mitad de inteligente que su madre, probablemente fuera así.

—¿Otra vez mimándola, Nicholas?

Él se giró y vio a su mujer entrando con paso largo en la habitación. Qué hermosa y tenaz era, y era suya. Incluso lo amaba. Había días en que Nick aún no daba crédito.

—¡Chsss…! —Nick se agachó para susurrarle a su hija—: No se lo digas a tu madre.

Julia se rió con ganas, su dicha llenando la habitación, como sucedía allá donde fuese. Hizo ademán de coger a Olivia.

—Dame. Tienes visita.

—¿Una visita? ¿Quién es?

—Enseguida lo sabrás. Anda, ve, Nick —dijo y cogió a su hija en brazos, con lo que él no tuvo más remedio que levantarse.

Se fue, pero no sin antes darle un beso impetuoso a su esposa.

Cuando por fin entró en el despacho, un hombre de pelo rubio se volvió, un hombre al que Nick reconocería en cualquier parte.

—¡Winchester! —lo saludó—. No te esperaba. —Nick cerró la puerta—. ¿Recibiste mi carta?

Winchester asintió, su expresión petulante.

—Sí, pero he venido para oírlo en persona.

Nick puso los ojos en blanco.

—Ya me he rebajado, ¿qué más quieres que haga?

—Quiero oírlo una y otra vez todos los días durante el resto de mi vida.

Nick se rió entre dientes.

—Muy bien. Tenías razón. He sido un canalla y un egoísta que ha tratado injustamente a Julia. Te doy las gracias por ayudarle cuando te lo pidió y por llevarla a Venecia a buscarme. Te pido disculpas por haberte pegado y por poner en entredicho tus motivaciones puras y desinteresadas. ¿Eso es todo o me dejo algo?

—Creo que eso es todo. ¿Y qué, sois felices?

—Inmensamente felices, sí.

—Magnífico —dijo Winchester, y le dio a Nick una palmada en el hombro ileso—. Entonces tomemos una copa y cuéntame qué es lo que te ha hecho cambiar de idea.

Minutos después, los dos hombres estaban arrellanados en sendos sillones con una copa de brandy en la mano.

—Bueno —empezó Winchester, apoyando una bota encima de la rodilla contraria—, es difícil decirle que «no» a tu mujer, ¿eh?

—Así es. Yo diría que es la persona más tozuda que he conocido en mi vida. ¿La has visto ya?

—Un segundo, al llegar. Le he dicho que había venido a verte. Por un momento he pensado que no nos dejaría a solas, por miedo a que volviéramos a zurrarnos. He tenido que decirle que me habías escrito, implorando perdón eterno, para que accediera a ir a buscarte.

—¿Perdón eterno? Para que luego digas que el exagerado *soy* yo.

—Bueno, has tenido tus momentos. Los miembros del White aún hablan del día en que viniste y me noqueaste en la mesa de juego.

Nick sorbió su brandy y se abstuvo de hacer comentarios.

—¿Qué tal está Quint?

—Sigue desconsolado, aunque él afirma lo contrario. No paro de decirle que si el Duque Depravado ha sido capaz de encontrar la felicidad con una mujer, todos podemos.

—Hablando de felicidad, ¿cómo lo sabías? ¿Cómo sabías que Julia y yo encajaríamos tan bien? —Nick dejó su copa—. Lo más probable era que la rechazase en Venecia, y habríais viajado en vano.

Winchester se encogió de hombros.

—Os conozco a ambos desde hace muchos años y tenía claro que saltarían chispas. No podía ser de otra manera, con lo apasionados que sois los dos. ¿Te acuerdas de lo que te dije cuando te casaste con ella?

Nick rebuscó en su cerebro un recuerdo de aquel momento de hacía más de nueve años, pero tras la muerte de su hermano había estado demasiado borracho como para recordar gran cosa.

—No, no me acuerdo.

—Te dije que era igual de fogosa y tozuda que tú, y que eras un afortunado por tenerla. Sabía que, si alguien podía hacerte doblegar, esa sería Julia. —Dejó la copa con cuidado sobre el escritorio—. ¿Recuerdas qué más te dije aquel día?

Nick negó con la cabeza y vio que su amigo se levantaba y se quitaba el abrigo. Ahora en mangas de camisa, Winchester fue hasta el centro de la habitación.

—Te dije que si alguna vez le hacías daño, te partiría la mandíbula.

—Le hizo una seña a Nick para que se pusiera de pie—. Venga, Colton. Levántate y afróntalo como un hombre.

A Nick le dio por reírse.

—No creerás que voy a ponerme ahí para dejar que me des una paliza, ¿verdad?

—Lo mismo que te dejé hacer yo cuando volviste a Inglaterra. Dejé que me dieras una buena y no me molesté en defenderme porque sabía que lo merecía. En pie, Colt. ¡Venga!

Winchester cerró los puños y los alzó en posición de pelea.

Como poco merecía un puñetazo en la cara, así que Nick se puso de pie.

—Estoy deseando que te enamores, Winchester. Te juro que haré de tu vida un infierno.

—Deja de refunfuñar como un viejo y acércate.

Winchester levantó el puño, llevó el brazo hacia atrás y...

—¡Simon!

Volvieron la cabeza hacia la puerta, donde estaba Julia, horrorizada. Winchester bajó en el acto los brazos, avergonzado, mientras la duquesa entraba con resolución en el despacho.

—¿Ibas a *pegarle*, Simon? ¡Me prometiste no hacerlo!

Winchester entrelazó las manos a la espalda, la viva imagen de la inocencia. A Nick por poco se le escapó un resoplido.

—No, por supuesto que no. Solamente quería enseñarle algunos movimientos del combate de boxeo en el que estuve no hace mucho en Londres. ¿Por qué diablos iba a querer pegar a Colton?

Esta vez sí que Nick resopló. Su esposa los miró a ambos con recelo.

—No sé qué os traéis entre manos —les espetó—, pero tenéis que hacer las paces. *Ahora*. Lo pasado, pasado está. Os estáis comportando como dos críos.

Nick alzó las manos en señal de entrega.

—Yo ya he pedido disculpas.

Los dos miraron a Winchester, que exhaló un suspiró y sacudió la cabeza.

—Está bien. Pero si vuelve a *causarle* problemas, *prométame* que contactará conmigo, señora duquesa.

Ella le sonrió afectuosamente.

—Lo haré, Simon. Bueno, ¿quieres subir a ver a tu ahijada o qué?

—Me encantaría.

Winchester se dispuso a seguir a Julia, pero se detuvo cuando Nick le puso una mano en el brazo.

—Iremos en unos minutos. Quiero hablar un momento con él.

—¿Sin pegaros? —inquirió ella.

Nick asintió.

—Sí. Iremos al cuarto de la niña enseguida. —Julia les lanzó sendas miradas de advertencia antes de salir. Nick invitó a Winchester a sentarse con un gesto de la mano—. Cuéntame cómo os unisteis tanto Julia y tú. Nunca he entendido por qué parecías tan decidido a protegerla.

—¡Ah…! —Winchester cambió de postura, el rubor subiéndole por el cuello. Su reacción aún intrigó más a Nick—. ¿Se lo has preguntado a ella?

—Sí —contestó a Nick—. Y me dijo que te lo preguntara a ti.

—No es un episodio que me guste contar, así que únicamente diré que en cierta ocasión tu mujer impidió que cometiera una estupidez descomunal.

Como Winchester no entró en detalles, Nick insistió:

—¿Y? No pretenderás dejarlo ahí, ¿verdad?

Su amigo soltó una risita.

—Si te lo cuento, te burlarás de mí el resto de mi vida. ¿Te crees que soy tonto de remate, Colt? No, ya te he dicho todo lo que necesitas saber.

—¿Hace más de veinte años que somos amigos y no me lo piensas contar?

—No es un incidente que me enorgullezca contar, pero sí puedo decirte que cuando me case no será porque crea que estoy enamorado.

—No sé, Winchester. El amor tiene sus ventajas.

Winchester se levantó.

—Toda esta felicidad sería condenadamente repugnante, si no estuviera tan asquerosamente encariñado de los dos. Vayamos a ver a tu hija, Colton. Me han dicho que tiene el genio de su padre.

Cuando entraron en el cuarto de la niña se encontraron a Julia acunando a Olivia y arrullándola. Nick no recordaba escena más hermosa. Apoyó un hombro en la jamba de la puerta, absolutamente embelesado con las dos mujeres que amaba sobre todas las cosas.

Winchester le dio una palmada en la espalda.

—Para ser un degenerado, tienes una suerte increíble.

Nick sonrió de oreja a oreja.

—Lo sé.

Cuando Julia reparó en ellos, le lanzó una sonrisa a Nick, los ojos brillando de felicidad y amor, y a él le brincó el corazón. Maldita sea, siempre se lo metía en el bolsillo, lo desarmaba con una simple mirada.

—Olivia, ven a conocer a tío Simon —susurró Julia, y Winchester cogió a la criatura en brazos, manejando a Olivia con manos firmes pero cuidadosas. La volvió de cara y el bebé sonrió de oreja a oreja.

Julia se reunió con Nick, pasó el brazo por debajo del suyo y contemplaron juntos a Winchester y a Olivia.

—¡Qué cara tan rara pones! —musitó ella—. ¿En qué estás pensando?

Él la atrajo hacia sí y le depositó un tierno beso en la sien.

—Sé que Winchester acaba de llegar, pero tenía planes para esta tarde. ¿Crees que podemos escaparnos un rato?

Ella levantó la vista, los ojos le brillaban.

—Estás deseando un encuentro con la señora Leighton, ¿verdad?

Él se agachó y susurró:

—Solo te necesito a ti, mi vida. A ser posible sin ropa y en mi cama.

—Vaya, Nick. ¡Qué aburrido! —bromeó ella—. Con costumbres como esa no conservarás tu apodo.

—Contigo es imposible aburrirse, esposa mía. Seguro que te dedicarás a volverme loco hasta el día en que me muera.

—Esa es la idea, querido esposo. Esa es la idea...